À PROPOS DE L'AUTRICE

Maya a commencé à lire de la romance quand elle est entrée à l'université, sur l'insistance de sa mère. Elle préparait un diplôme de littérature à l'université de New York et étudiait pour cela la place des femmes, en tant qu'autrices et personnages. Depuis lors elle est devenue autrice de nombreux romans, aussi intelligents qu'impertinents. Elle vit à New York avec son chien adoré, Penelope.

Le libertin amoureux

Collection : VICTORIA

Titre original :
SOME LIKE IT SCANDALOUS

Ce roman a déjà été publié en 2020.

HARPERCOLLINS FRANCE
83-85, boulevard Vincent-Auriol, 75646 PARIS CEDEX 13
Service Clients — https://www.harlequin.fr/contenu/contactez-nous
ISBN 978-2-2805-0808-7 — ISSN 2493-013X

Édité par HarperCollins France.
Composition et mise en pages Nord Compo.
Imprimé en juillet 2025 par CPI Black Print (Barcelone)
en utilisant 100% d'électricité renouvelable.
Dépôt légal : août 2025.

MIXTE
Papier
FSC
FSC® C159065

Pour limiter l'empreinte environnementale de ses livres, HarperCollins France s'engage à n'utiliser que du papier fabriqué à partir de bois provenant de forêts gérées durablement et de manière responsable.

MAYA RODALE

Le libertin amoureux

Traduit de l'anglais (États-Unis) par
LÉA TOZZI

Victoria

HARLEQUIN

À ces dames qui portent du rouge à lèvres.
Et à ces messieurs qui lisent des romances.

Prologue

New York, 1883
Central Park

Miss Daisy Swan n'était pas belle. Et si elle osait penser le contraire, ce qui arrivait rarement, ses semblables, les enfants des familles les plus en vue de Manhattan, se chargeaient de lui rappeler la dure réalité. Avec un visage tel que le sien, elle ne risquait certainement pas d'être choisie pour participer au lancement d'un transatlantique ! Elle avait le nez légèrement trop grand, les yeux un peu trop rapprochés et la bouche quelconque. Pour l'heure, du haut de ses treize ans, elle n'était qu'une grande asperge empotée, animée par ce mélange de mélancolie, d'espérance et de timidité si fréquent à l'adolescence. Elle nourrissait pourtant un fol espoir : un jour, quand elle serait une femme, le monde se retournerait sur son passage (pour de bonnes raisons) et s'intéresserait à elle.

Pendant que les enfants de son milieu jouaient à chat en faisant un boucan de tous les diables, elle avait préféré s'asseoir à l'ombre d'un arbre, en veillant bien à ne pas attirer l'attention sur elle. Puis elle avait ouvert sur ses genoux l'exemplaire du *Manuel de chimie théorique et pratique* qu'elle s'était procuré, et s'était mise à lire.

Enfin, en apparence seulement, car elle écoutait discrètement la conversation d'une petite assemblée de gouvernantes, tout près de là. Dire que les autres filles de son âge préféraient courir dans tous les sens ! Elles avaient tort de ne pas suivre cette leçon de choses sur les épreuves et les vicissitudes imposées aux femmes.

C'était pourtant un bon moyen de savoir comment réagir face aux séducteurs et aux dandys qui pouvaient vous accoster dans la rue. En l'occurrence, un petit coup d'épingle à chapeau faisait l'affaire. On échangeait des astuces pour avoir une peau parfaite, on se plaignait de certains tracas qui revenaient tous les mois, on parlait mode et on se demandait s'il était bien raisonnable de louer l'un de ces nouveaux appartements tout juste construits dans le sud de la ville. Et les potins, n'oublions pas les potins sur les hommes ! Ceux qui étaient beaux comme des astres, ceux qui avaient une liaison ou ceux qui abusaient de la boisson, voire pire.

Daisy n'était pas très renseignée sur l'adolescence, mais elle apprenait déjà tout sur le quotidien d'une femme.

Elle jeta un regard en direction des enfants qui couraient sous ce soleil éclatant. Pourquoi s'adonnaient-ils à ces jeux stupides, au risque de se miner la santé ? Tout ce qui se disait à deux pas de là était mille fois plus intéressant, même s'il s'agissait d'informations de seconde main !

Parmi eux, il était difficile de ne pas remarquer Theodore Prescott. Le fils, précisait-on, pour le distinguer de son père, qui portait le même prénom.

Il était d'une beauté qui lui faisait chavirer le cœur.

Pourquoi la nature avait-elle offert ces somptueuses boucles blondes à un garçon ? Elle-même ne savait pas si elle avait des cheveux blonds ou châtains. Et ils étaient désespérément lisses, malgré tous les efforts de Sally, sa caméristе. Elle était terriblement jalouse de la chevelure de Theodore. Il ne devait même pas la brosser. Pire : il ne devait même pas *essayer* d'avoir l'air si beau !

Il avait des yeux immenses, aussi bleus et profonds que l'océan, entourés de cils d'un noir incroyable et à peine recourbés. Et sa bouche ! On aurait dit celle d'un ange. Il était d'une beauté presque féminine. Quel gâchis ! Un garçon n'avait pas besoin d'être aussi agréable à regarder qu'une fille.

Malgré son jeune âge, Daisy savait déjà que la valeur d'une femme se mesurait à l'aune de sa beauté. Alors qu'on se moquait bien de l'apparence d'un homme !

Voilà pourquoi elle contemplait toujours Theodore Prescott avec une jalousie dévorante.

Brusquement, elle se redressa. Il venait dans sa direction. Elle se figea, son livre toujours ouvert sur les genoux, quand ces deux yeux bleus extraordinaires se posèrent sur elle. Un frisson irrépressible s'empara alors d'elle.

Il lui donna une tape sur le bras.

— Hop, c'est toi le loup !

— L'homme est un loup pour l'homme, c'est bien connu, répliqua-t-elle. Mais la femme ? Je ne crois pas.

Rien de tel qu'un trait d'esprit pour marquer sa différence. Encore fallait-il avoir assez d'intelligence pour le saisir.

Et ce n'était pas le cas de Theodore.

— Essaye de m'attraper, maintenant.

De l'attraper ? Ah non, si c'était pour courir, transpirer et finir avec une insolation, pas question ! On risquait de se moquer d'elle, en plus.

— Merci, mais non, répondit-elle posément.

— Pourquoi ? Tu fais quoi ?

— Je lis. J'écoute ce qui se dit. Sans me donner en spectacle.

Tiens, ne venaient-ils pas de se lancer dans une véritable conversation ? Eh bien, voilà qui n'était pas prévu. La situation n'échappa évidemment pas aux autres filles, qui se regroupèrent pour les rejoindre. Comme si elles voulaient protéger leur idole de la godiche prétentieuse avec qui il parlait.

— Par ailleurs, il y a déjà assez de filles qui vous courent après, crut-elle bon d'ajouter.

Hélas, *assez* ne semblait pas faire partie du vocabulaire de ce fâcheux de Theodore Prescott. Non, il voulait que *toutes les filles* s'intéressent à lui.

Et, pour mieux le prouver, il lui chipa son manuel de chimie.

— Hé !

L'idiot, il risquait de l'abîmer ! Elle tenta de le récupérer. Trop tard.

Theo l'avait déjà lancé à ses amis, deux petits voyous pourris gâtés, Daniel et Patrick. Leurs pères respectifs avaient fait fortune dans le charbon et le pétrole. Hilares, ils commencèrent à se passer le livre à la façon d'un ballon, tout en criant :

— Tu l'auras pas ! Tu l'auras pas !

Leurs piaillements étaient insupportables. Quel cauchemar !

Les trois garçons se rapprochaient dangereusement de la mare aux canards. Ils sautaient sur des souches et des rochers entourés de flaques de boue. S'ils laissaient tomber son livre, elle devrait en racheter un autre. Et elle avait déjà eu une discussion houleuse avec sa mère à ce sujet. À l'entendre, ce n'était pas une lecture convenable pour une jeune fille.

Tandis que ces imbéciles continuaient de rire à ses dépens, elle acquit une certitude : elle détestait tous ces enfants. Theo, bien sûr, mais aussi ses amis et les filles qui accompagnaient ce nouveau « jeu » de leurs cris de joie.

Et puis, ce fut la catastrophe.

Comment avait-elle fait son compte ? Difficile à dire, tout s'était passé si vite. Une occasion de récupérer son livre s'était présentée et elle avait voulu l'attraper au vol. C'est là qu'elle était partie à la renverse.

Les bras tendus. La bouche grande ouverte. Le cœur à l'arrêt.

Elle atterrit dans la mare, au milieu des roseaux et des plumes vertes qui flottaient à la surface de l'eau.

Trempée jusqu'aux os et couverte de boue.

À côté d'elle, un canard caqueta bruyamment.

L'instant d'après, à sa grande honte, les autres imitèrent l'animal.

Coin-coin, coin-coin ! Daisy est dans la mare, Daisy est un canard.

Pour être honnête, elle n'aurait su dire ce qui lui faisait le plus mal. Leurs rires, leurs cris ou le rocher pointu sur lequel elle était tombée.

Une voix domina les autres :

— C'est Daisy, le vilain petit canard !

Theodore Prescott ricanait, et venait de détruire son existence en quelques mots.

Coin-coin, coin-coin ! Daisy est dans la mare, Daisy est un canard !

À cet instant, elle prit sa décision. Elle suivrait un autre chemin. Elle couperait les ponts avec ses semblables le plus vite possible. De toute façon, leur compagnie la laissait indifférente. Et puis, pourquoi ferait-elle des pieds et des mains pour être acceptée par ces gens, alors qu'ils passaient leur temps à se moquer d'elle ?

Elle préférait rester célibataire. Devoir plaire à un imbécile prétentieux dans le genre de ces trois énergumènes ne l'intéressait pas, d'autant plus que bien d'autres femmes rechercheraient leurs faveurs. Alors, qu'importe si cela la forçait à vivre seule, à rester vieille fille jusqu'à la fin de ses jours. Au moins, personne ne la blesserait. Et qui sait ? Elle accomplirait peut-être de grandes choses, une fois libérée de ces préoccupations aussi futiles qu'inutiles ?

Autre chose, encore… Elle détesterait Theodore Prescott fils de tout son cœur, jusqu'à la fin de ses jours.

Et ce, dès à présent !

1

Douze ans plus tard
New York, 1895
Central Park

À vingt-cinq ans, Daisy n'était toujours pas belle. Elle avait toujours le nez légèrement trop grand, les yeux un peu trop rapprochés, et sa bouche ne rendait pas les hommes fous d'amour. Malgré tous les espoirs qu'elle avait secrètement nourris au cours de son adolescence, le Vilain Petit Canard n'était pas devenu un cygne majestueux, contrairement à sa mère et ses sœurs.

Oh ! avec un peu de chance, on pouvait la trouver belle. Enfin, les bons jours, avec un éclairage flatteur et sous un angle avantageux.

Mais combien de jeunes filles rêvaient-elles qu'on les trouve belles certains jours, au mieux ?

Lorsqu'une jolie femme n'était toujours pas mariée à vingt-cinq ans, elle semblait promise au célibat toute sa vie. Daisy, elle, en rêvait *presque* : encore un an, et elle terminerait ses études à l'université de Barnard, qui venait tout juste d'ouvrir ses portes. Une fois libérée de la perspective du mariage, elle mènerait une vie indépendante. Et là, son existence commencerait pour de bon. C'était son seul désir depuis qu'elle avait treize ans.

— Daisy, ma chérie, j'aimerais que nous parlions un peu, toi et moi.

— Hum...

Sa mère, Evelina Swan, et elle se trouvaient dans le salon de leur demeure située sur la Cinquième Avenue, avec une vue imprenable sur Central Park. Daisy dévorait littéralement une revue scientifique, tout en sirotant nonchalamment une tasse de thé sans sucre.

— Daisy, insista sa mère. Nous devons aborder la question de ton avenir.

— Mère, laissez-moi d'abord terminer mes études, c'est ce dont nous étions convenues. Ensuite, nous aborderons le sujet.

Elle avait toujours préféré esquiver la question du mariage. Elle était célibataire depuis la nuit des temps ! Aucun homme ne voudrait unir sa destinée à la sienne. Il ne lui restait plus qu'à décrocher son diplôme et... en faire quelque chose.

Ce n'étaient pas les idées qui lui manquaient ! Elle voulait créer et vendre des produits de beauté pour aider les femmes à se sentir belles. Mais comment concrétiser ce grand projet ? Tout le problème était là. Qu'importe, elle avait encore le temps d'y réfléchir.

Malheureusement, elle avait sous-estimé sa mère. De toute évidence, celle-ci avait des projets pour elle. Pire : des ambitions.

— Bien sûr, ma chérie, mais... hum...

Lorsque sa mère plissait les lèvres et faisait entendre ce murmure, ce n'était pas pour marquer son assentiment. Il fallait être naïf ou très optimiste pour le croire. Et Daisy n'était pas dupe.

— Mère, j'ai l'impression que vous souhaitez revenir sur notre accord. Ce n'est pas le cas, rassurez-moi !

— Pourquoi es-tu toujours aussi hargneuse, ma chérie ? Ce n'est pas très agréable.

Sa mère reposa sa tasse de thé, et Daisy leva le nez de sa lecture.

— Pourquoi faudrait-il que je me rende agréable ? Surtout

si je suis chez moi, seule avec ma mère censée m'aimer sans réserve.

— Tu sais bien que c'est le cas.

C'était la vérité, même si ses sœurs et elle n'avaient rien en commun. Rose, Camilla et Lily avaient des cheveux blonds comme les blés et exactement les mêmes yeux bleus que leur mère. Toutes quatre aimaient les robes somptueuses, les conversations mondaines et le champagne. Elles ne vivaient que pour les soirées, les sorties à l'opéra, les aventures romantiques et les visites dans les grands magasins. Sans surprise, Rose, Camilla et Lily avaient fait de beaux mariages. L'une d'elles avait même mis le grappin sur un aristocrate anglais.

La réalité s'abattit soudain sur Daisy comme la foudre. Elle était bel et bien le Vilain Petit Canard, entouré de trois cygnes. Ce surnom qui la hantait depuis des années avait un fond de vérité...

— De quoi souhaitez-vous m'entretenir, mère ?

— De Theodore Prescott.

— Le père ou le fils ?

La distinction était de la plus grande importance.

Theodore Prescott père était l'un des millionnaires les plus en vue de Manhattan. L'histoire de ce grand capitaine d'industrie parti de rien était entrée dans la légende. Après avoir commencé tout en bas de l'échelle, il avait fini par acheter l'usine où il travaillait. Pas à pas, il avait bâti un empire florissant dans la sidérurgie. Les gratte-ciel qui avaient poussé comme des champignons dans Manhattan n'auraient jamais vu le jour sans les aciéries Prescott.

Avec sa fortune considérable, son air charmant et son énergie débordante, il avait été l'un des célibataires les plus convoités de son époque. Au moment de son mariage avec Miss Maribel Gold, la plus belle femme de son temps, sa richesse et sa puissance étaient sans limites.

Mais le destin l'avait rattrapé : son épouse était morte après la naissance de leur premier enfant.

Theodore Prescott ne s'était jamais remarié. Il avait préféré se consacrer corps et âme à son travail, ce qui lui avait permis de décupler sa fortune. Respecté de tous et riche à millions, il demeurait un très bel homme. Enfin, à condition d'aimer cette allure de gentleman d'âge mûr mais distingué, ce qui était le cas de nombreuses femmes. On le considérait encore comme un très bon parti, et les victimes de ce bourreau des cœurs n'étaient pas rares.

En revanche, son fils était un véritable enfant gâté.

Il incarnait les pires défauts de l'époque. Il aimait multiplier les excès, mener une vie de pacha et jouir des plaisirs que lui procurait la fortune familiale.

C'était la coqueluche de la haute société new-yorkaise. Il était tellement beau, riche, charmant, et habillé avec tant d'élégance... Il ne pouvait qu'être adulé de tous ! Les dames faisaient des pieds et des mains pour l'avoir à leurs fêtes, et les jolies jeunes femmes ne rêvaient que d'une chose : être assises à côté de lui au cours des dîners. Pour sa bande d'amis et lui – bande qu'il avait nommée « les Charmants Voyous de la 57e Rue », surnom immédiatement adopté par la presse –, Manhattan était un vrai terrain de jeu. Et, en effet, ils semblaient passer leur temps à s'amuser, entre les soirées au théâtre, les amourettes avec des cantatrices, les courses hippiques à Saratoga, les sorties en bateau du côté de Newport... La liste était longue.

Les amateurs d'indiscrétions croustillantes l'admiraient sans réserve.

Mais, pour Daisy, il était et serait toujours le garçon qui l'avait rebaptisée « le Vilain Petit Canard », un sobriquet qui n'avait cessé de la hanter. À ce titre, il demeurait son ennemi juré.

Pendant ce temps, plus loin sur la Cinquième Avenue, au numéro 901...

Theodore Prescott fils avait pris sa décision. Moins on parlerait du « scandale de Saratoga », mieux ce serait. Hélas, la plupart des gens n'étaient pas de cet avis. Tout le monde, oui, absolument tout le monde voulait mentionner cette histoire, à commencer par les journaux.

Une chose était sûre : son père aurait son mot à dire sur l'affaire.

Il se prépara donc à essuyer un sermon.

Pourtant, son père commença par le fixer de ce regard presque assassin qui avait fait sa réputation. Ce regard-là avait refroidi des hommes d'affaires chevronnés. Les pauvres bougres tremblaient, la tête rentrée dans les épaules, et finissaient toujours par dire oui. C'était grâce à cette arme redoutable, conjuguée à une intelligence vive et un goût du risque immense, que son père avait construit cette bibliothèque aux rayonnages interminables, cette grande maison et toute cette fortune.

Un jour, lui-même hériterait de tout cela.

Mais pas de ce fameux regard.

Si son père avait une carrure de plantigrade, lui-même avait plutôt un physique de lion : athlétique, blond et généralement paresseux. Il n'aimait pas prendre un plaisir sadique à menacer les autres d'un simple regard, ou à se servir de sa prestance physique pour les intimider. Non, il préférait séduire. Le passe-temps préféré de son père était de visiter ses usines. Pour sa part, il trouvait ces endroits assez répugnants. Ils avaient beau être du même sang, ils étaient comme le jour et la nuit.

Au grand désespoir de son père.

Et ça, Theo le savait bien.

— Bonjour, père.

— Eh bien, on peut dire que tu as réussi ton coup, cette fois-ci ! Je ne sais même pas par où commencer.

— Et si nous nous dispensions de cette conversation ? Non, j'ai mieux : passons au moment où je me confonds en excuses. Laissez-moi reconnaître mes torts et vous promettre de ne plus jamais recommencer. Ou, du moins, de ne plus me faire pincer.

Il afficha ce sourire qui lui permettait généralement de se tirer d'affaire. Hélas, son père ne le remarqua même pas, car il avait les yeux fermés. Il semblait marmonner quelque chose dans sa barbe. Sans doute priait-il pour que le bon Dieu le sauve du noceur qui lui servait de fils.

— Ce serait une possibilité. Mais, dès le mois prochain, nous devrions repartir de zéro, j'en ai peur. Autant avoir cette conversation maintenant, avant qu'il ne soit trop tard.

— Ce n'était qu'une petite bêtise de rien du tout.

— Une petite bêtise qui nous a coûté horriblement cher ! répliqua son père. Tâche de marcher dans mes pas. Depuis toujours, je ne te demande que ça. À ton âge, je m'étais déjà bâti une fortune. Alors que toi...

— Ce n'est pas rien d'être, aux dernières nouvelles, le plus beau séducteur de Manhattan, le coupa-t-il, afin de détendre l'atmosphère.

Assez pesante, il fallait bien le dire.

— Enfin, c'est l'avis du *New York World*, des femmes de toute la ville et de mon miroir.

— Cesse de ne penser qu'à ta petite personne, Theo ! Tu passes ta vie à t'amuser. Tes vêtements hors de prix, tes amis, tes conquêtes, tes frasques... Tu mènes une vie de bâton de chaise et tu n'as aucun but dans l'existence.

Ce n'était pas tout à fait vrai. Depuis sa plus tendre enfance, il avait compris qu'il devait suivre la voie tracée par son père et se dévouer corps et âme à l'empire familial. Malheureusement, fabriquer et vendre de l'acier ne l'intéressait pas. Négocier âprement le salaire des ouvriers ou supporter la saleté et le vacarme de l'usine ? Il s'en moquait comme d'une guigne. Cette vie-là n'était pas pour lui.

L'ennui, c'est qu'il n'avait pas le choix.

Lui, il aimait les conversations mondaines, le frisson de la séduction, la beauté et l'élégance, les plaisirs raffinés. Il aimait les femmes. Et, à sa connaissance, personne ne risquait de l'embaucher pour son expertise en matière de beauté ou pour son talent d'orateur de salon. Certes, il aimait des tas de choses, mais cela lui suffirait-il pour vivre décemment et se bâtir une fortune ? C'était son seul moyen de gagner le respect de son père.

En attendant, il préférait les sorties en bateau à Newport et les amourettes avec les actrices dans les coulisses des théâtres de Broadway. Jouer les séducteurs aux quatre coins de Manhattan, voilà ce qu'il aimait.

— Ce qui s'est passé à Saratoga a sonné comme un avertissement à mes oreilles. J'ai encore une petite chance de faire de toi un homme. Enfin, en admettant que tu ne sois pas complètement irrécupérable.

Ah, Saratoga... Theo s'y rendait souvent pour assister aux courses hippiques. Et conter fleurette à des actrices, au passage.

Son père s'était levé de son fauteuil et faisait à présent les cent pas dans la pièce. On aurait pu croire qu'il se dégourdissait les jambes, rien de plus. Mais non, s'il tournait en rond, c'était dans un but précis. Afin d'attirer l'attention. Afin d'obliger son fils à le regarder et de dominer l'espace. Une bonne façon de marquer sa supériorité et son pouvoir.

— Attendez, père...

— C'est ma dernière chance de faire de toi un homme dont nous pourrons être fiers tous les deux, répéta-t-il. Un homme capable de donner un sens à sa vie. De réussir tout ce qu'il entreprend. Je n'échoue jamais et tu le sais, Theodore.

Pendant ce temps, au numéro 854...

— Un mariage ?

Daisy avait poussé un cri strident.

Sa mère venait d'évoquer l'idée d'une union entre elle et... Theodore Prescott fils ? ! Pire, elle semblait on ne peut plus sérieuse.

— Je suis abasourdie. Horrifiée. Écœurée.

— Ne joue pas les encyclopédies ambulantes, ma chérie. Les hommes n'aiment pas les femmes plus intelligentes qu'eux.

— Voilà pourquoi les hommes sont des imbéciles, Theodore Prescott le premier ! Il a un petit pois à la place du cerveau.

— C'est un garçon charmant et beau comme un dieu. Avec

ces yeux bleus, ces cheveux blonds comme les blés... Et puis cette élégance ! Il choisit ses tenues avec goût et elles lui vont comme un gant.

Daisy leva les yeux au plafond.

— C'est surtout un bon à rien de première force, mère. Sa bande d'amis et lui ne sont que de petits voyous capricieux, qui ont fait de la ville leur terrain de jeu.

— Tu lui en veux encore de ce qui s'est passé au parc quand tu étais petite ?

La simple évocation de ce souvenir redoubla la colère de Daisy.

— C'était il y a des années, ma chérie ! Une éternité, même.

Une éternité ? Peut-être, mais elle avait l'impression que c'était la veille. Entendre des enfants rire aussi méchamment de soi, ça ne s'oublie pas. Cet épisode navrant hantait encore sa mémoire, il s'était même gravé dans les tréfonds de son âme.

— C'était il y a longtemps, effectivement. Plus de dix ans, à vrai dire. Pourtant, les gens continuent de m'appeler « le Vilain Petit Canard ». Pas plus tard que la semaine dernière, quelqu'un a même imité le cri du canard à un dîner où j'étais conviée.

Sa mère marmonna quelque chose qui pouvait se résumer à : les hommes étaient tous de grands enfants et il fallait bien que jeunesse se passe. Pour sa part, elle n'était pas de cet avis. Les garçons méchants devenaient des hommes méchants. Et la jeunesse n'était pas une excuse.

— J'ai tourné la page, mère, si c'est ce que vous pensez. Mais, lorsqu'un homme vous montre sa véritable nature, la cause est entendue. Theodore Prescott ne se préoccupe que de soigner son apparence et d'impressionner les imbéciles qui lui servent d'amis. Le récent scandale de Saratoga en est le parfait exemple. Qu'importe, nous perdons notre temps pour rien. Je n'ai aucunement l'intention de me marier, et surtout pas avec lui ! Je mangerai mon chapeau, avec les plumes, les épingles à chapeau et tout le reste, avant de marcher jusqu'à l'autel à ses côtés.

— Daisy, réfléchis, je t'en conjure.

Sa mère vida sa tasse d'un trait. On aurait dit qu'elle évitait son regard. Voilà qui était curieux.

— Pourquoi ça, mère ? Pourquoi devrais-je être séduite par un mariage arrangé avec un homme que je hais de tout mon cœur ?

— À mon avis, vous pourriez vous entendre, tous les deux…

— Il vaut mieux entendre ça que d'être sourde ! C'est vous qui m'avez consolée chaque fois qu'ils se sont moqués de moi, que ce soit lui, ses amis ou tous ces gens qui ont la ville à leurs pieds. Vous me cachez quelque chose, dites-moi quoi.

Sa mère ajouta une généreuse cuillerée de sucre dans son thé et mordit une seconde fois dans son sandwich. Ce qu'elle ne faisait jamais, au grand jamais (à cause du régime strict qu'elle suivait depuis la nuit des temps). Sauf si elle était vraiment en colère.

— Qu'avez-vous fait, ma très chère mère ?

— Voici. La semaine dernière, j'étais invitée à dîner chez Mrs Astor. Le hasard a voulu que je me trouve assise à côté de Theodore Prescott. Le père. Nous avons évidemment parlé de nos enfants. Vous êtes du même âge, Theo et toi, et vous avez grandi ensemble, d'une certaine façon. Après cette navrante histoire de Saratoga…

Oh non.

Daisy ferma les yeux.

Oh non, non, non !

Theo était en mauvaise posture et c'était elle qui lui permettrait de se racheter.

— Mr Prescott est d'avis que son fils a besoin de se marier avec une femme faite pour lui. Une femme sensible. Disciplinée. Indifférente à la frivolité. Bref, je me suis dit que tu serais la candidate idéale…

Pendant ce temps, chez les Prescott...

— J'ai pris ma décision. Tu dois te marier.

Cette idée fit frémir Theo. Certes, il aimait passionnément les femmes et appréciait la compagnie de certaines jeunes célibataires tout à fait charmantes. Mais, jusqu'à présent, l'intérêt et les sentiments qu'elles lui inspiraient ne duraient jamais plus d'une quinzaine de jours. De là à passer le reste de son existence avec l'une d'elles !

— À mon avis, le mariage n'est pas la solution à...

— Une épouse digne de toi t'obligera à te calmer et à ne plus te comporter comme un adolescent. Elle t'empêchera de dévier du droit chemin. Tu as besoin de quelqu'un de sensible. Une femme avec les deux pieds sur terre. Quelqu'un qui gérera les choses à ta place.

— Oh ! voilà qui est d'un romantisme achevé ! Est-ce bien une épouse que vous cherchez pour moi ou une gouvernante ?

Son père le fixa de son fameux regard.

— Une épouse. Et j'ai trouvé la candidate idéale.

— Vraiment ? Qui est-ce ? Je brûle d'impatience !

Le silence glacial de son père le calma aussitôt. Ce n'était pas avec son insolence qu'il gagnerait l'approbation paternelle.

— N'hésitez pas à me donner le nom de ce parangon de droiture qui va partager ma vie, reprit-il d'un air qui se voulait indifférent.

En réalité, un mélange de colère et de déception se partageait son cœur. Comme si son costume était subitement devenu trop petit pour lui. Car son père se moquait de lui comme d'une guigne, il avait bien mieux à faire. Amasser quelques millions supplémentaires, par exemple. Alors que ce n'était pas indispensable.

— Miss Daisy Swan.

Daisy Swan ?

Il ouvrit la bouche à s'en décrocher la mâchoire. Son père

avait perdu la tête ou quoi ? Il plissa les yeux. Manifestement, ce dernier n'était pas devenu fou. Et il ne plaisantait pas.

— Non !

Il avait lâché ce refus d'un ton ferme et catégorique.

— Non ? Et pourquoi ça ?

Comment l'expliquer ? Il voulait que son père reconnaisse ses qualités. Pas celles de sa future femme. Il voulait qu'on l'aime tel qu'il était, avec ses défauts. Il n'avait pas envie d'être *confié* à quelqu'un, surtout une épouse qu'il n'avait pas choisie.

Surtout Daisy Swan, le Vilain Petit Canard de New York.

L'ennui, c'est qu'évoquer ces choses-là lui était difficile. Il avait du mal à comprendre les sentiments qui l'animaient et à les formuler clairement dans sa tête. Alors, comment mettre des mots dessus et les dire tout haut à son père ? Lui qui était réputé pour intimider les gens d'un simple regard... Theo avait reçu la meilleure instruction possible (il était même allé à Harvard), mais on ne lui avait pas appris à exprimer ses sentiments les plus profonds à l'homme qu'il voulait rendre fier.

Pour l'heure, son père l'observait, il était donc obligé de réagir.

— Elle n'est pas vraiment mon genre, finit-il par répondre.

— Là-dessus, nous sommes d'accord. Tu préfères les femmes plantureuses à la voix de braise, qui ont des courants d'air à la place du cerveau. Le genre de femmes qui te pousse à commettre les pires bêtises et à déranger les honnêtes gens.

Il faisait évidemment allusion à Annabelle Jones, l'autre protagoniste du scandale de Saratoga. C'était une célèbre actrice de théâtre. Il s'était enfui avec elle à bord d'une voiture à cheval, qu'il avait volée à l'un des hommes les plus riches de la ville. Pour des raisons qu'il ne souhaitait pas évoquer.

Accoudé à son bureau, son père se pencha vers lui.

— Entre nous soit dit, mon fils, tu ferais mieux de te détourner de ces femmes-là.

Peut-être, mais Daisy Swan n'était pas la solution.

Il adorait le tourbillon de la vie mondaine, alors qu'elle préférait rester le nez fourré dans un bouquin. Elle était d'une intelligence remarquable et tâchait de le montrer à tout le monde.

Lorsqu'elle participait à des soirées, on la voyait toujours collée à son groupe d'amies, dans le coin réservé aux célibataires, aux suffragettes, aux laiderons et aux excentriques. De temps à autre, elle les foudroyait du regard, lui, ses amis et les belles femmes élégantes qui les entouraient.

Daisy n'était pas vraiment belle. Il ne la trouvait pas désirable. Il ne l'avait jamais vue comme ça, vraiment pas. Et il devait quand même avoir *envie* d'être avec sa future femme, allons !

En réalité, ce qu'il détestait vraiment chez elle, c'était qu'à cause d'elle il se sentait superficiel et stupide sur les bords. Parfaitement inutile, même. Un peu ce qu'il ressentait quand son père le regardait.

Il ne voulait pas passer le restant de ses jours enchaîné à une femme qui lui renvoyait de lui une si piètre image.

— Tu ne peux pas passer tes journées et tes nuits à t'amuser bêtement avec de mauvaises fréquentations. Sans doute est-ce ma faute, je t'ai laissé te bercer de l'illusion que tu avais tous les droits. Je pensais que tu aurais besoin de plus de temps pour développer le goût de l'effort, mais à mon grand regret tu n'y arriveras jamais, j'en ai peur.

Theo en conclut qu'il était un cas désespéré.

— C'est ma dernière chance de te sauver.

Une phrase qu'il assortit de son célèbre regard.

— C'est ma dernière chance de faire de toi un homme dont nous pourrons être fiers, tous les deux, ajouta-t-il.

— Et si vous m'envoyiez dans l'armée, à la place ? Ou en prison pendant quelque temps ?

Il ne plaisantait qu'à moitié.

— Tu vas épouser Daisy Swan ou je te coupe les vivres !

Le revers de la médaille, c'était que Theo ne désirait qu'une chose, l'approbation de son père, même s'il se contentait souvent de son attention. Retrouver les frasques de son fils dans les journaux à scandale était l'un des rares moyens de lui faire lever le nez de son bureau, oublier un instant ses affaires et lui consacrer toute son énergie.

Mais de là à épouser Daisy Swan... Était-ce vraiment la

seule solution pour que son père le voie enfin d'un bon œil ? Une minute ! En le mariant à une femme responsable, avec la tête sur les épaules, est-ce que son père n'essayait pas de se débarrasser de lui ?

Fort de cette conviction, Theo se leva et marcha vers la porte.

— J'ai peut-être un but dans la vie. *Ne pas* épouser Daisy Swan.

Pendant ce temps, chez les Swan…

— C'est hors de question ! lâcha froidement Daisy. Rien ne me forcera à me lier à un homme que je n'aime pas. Pire : à un homme que je déteste. L'idée même me révulse.

Elle avait vu et entendu assez de choses pour être convaincue que le mariage avait tout d'une condamnation à perpétuité, s'il n'avait pas lieu au bon moment et avec la bonne personne. La preuve : tant de femmes de la haute société s'étaient mariées pour monter plus haut dans l'échelle sociale et avaient vu leur existence se transformer en enfer. Toutes les broches en diamant et tous les rangs de perles du monde n'atténueraient jamais le mépris qu'elles éprouvaient pour leurs époux.

Par ailleurs, Daisy nourrissait un certain nombre d'ambitions. Et s'unir à un homme comme Theo ne figurait pas sur la liste. Il passerait son temps à l'ignorer, à la mettre mal à l'aise, à inviter ses horribles amis chez eux. Tout ça pour qu'ils se moquent d'elle, ce qui la rendrait encore plus mal à l'aise. Ça n'arrêterait jamais.

Elle méritait mieux. Oui, parfaitement !

Elle méritait qu'on l'aime.

Et si ce n'était pas le cas elle se contenterait de son indépendance. Elle était à *ça* de devenir vieille fille, avec toute la liberté que cela impliquait.

Elle regarda par la fenêtre. De gros nuages noirs se massaient dans le ciel. Un orage se profilait. C'était l'illustration parfaite de son état d'esprit.

— Allons, ma chérie, Theo Prescott est si bel homme ! Son père est riche à millions. Le gratin new-yorkais les adore, tous les deux.

— Pas après ce qui s'est passé à Saratoga.

La dernière prouesse de Theo avait fait couler des litres et des litres d'encre. À en croire les rumeurs, il était question d'une épopée nocturne à bord d'une voiture volée. Mais aussi d'une actrice à la réputation pour le moins sulfureuse, et d'un simple drap enroulé autour d'eux.

Voilà qui laissait peu de place à l'imagination.

Pourtant, la bonne société de Manhattan n'avait que cette histoire à la bouche.

Pour Theo, ce mariage serait à la fois l'occasion de s'amender et une punition en bonne et due forme. À charge pour elle de l'aider à se racheter une conduite. Comme si elle n'avait rien de mieux à faire de ses journées ! Comme si elle n'avait pas ses propres projets, ses propres ambitions ! Pourquoi l'obligerait-on à ramener des gibiers de potence dans le droit chemin ?

— Daisy... Réfléchis, je t'en conjure.

Un accent dans la voix de sa mère la poussa à tourner le dos à la fenêtre, à ce ciel d'orage, à ses pensées.

— Pourquoi ? Pourquoi tenez-vous autant à ce mariage, mère ?

Celle-ci alla fermer la porte en chêne finement ouvragée du salon, le bruit de ses pas étouffé par l'épais tapis qui recouvrait le sol.

— Nous avons besoin de cet argent, dit-elle d'une voix grave.

— Père est riche. Sa société administre les plus grandes fortunes de Manhattan. Mes sœurs ont toutes épousé de bons partis. Nous vivons dans une demeure somptueuse et nous sommes l'une des familles les plus en vue de New York.

— Nous aurons *bientôt* besoin de cet argent.

— Dites-moi ce qui se trame, cela vaudra mieux.

— Je ne peux rien t'expliquer, lâcha sa mère tout en serrant nerveusement sa robe en soie rose.

Une robe qui venait de chez Worth, directement de Paris. Il fallait en prendre grand soin.

— Ton père s'est lancé dans un projet... oh, je n'irais pas jusqu'à dire condamnable, mais... j'ai du mal à y voir clair. J'ai eu vent de quelques détails, rien de plus. Seulement, l'heure est grave. Alors je souhaite que *toutes* mes filles soient mariées avant que le scandale éclate. Dieu sait ce que nous allons devenir, sinon.

— Tout ira bien, j'en suis certaine. Nous pouvons compter sur nos amis. Et l'une de mes sœurs nous accueillerait certainement. Rose, Camilla ou Lily se réjouirait de vous avoir près d'elle.

— Si tu ne te maries pas dans les prochaines semaines, tu ne pourras peut-être plus faire un mariage digne de ce nom. Plus jamais.

Plus jamais ? Parfait !

— Et si je n'ai aucune envie de me marier ?

— Il le faut. Tu n'aurais aucun moyen d'assurer ta subsistance, toute seule.

Aucun moyen ? C'était loin d'être vrai. Aux quatre coins de la ville, des femmes travaillaient dans des usines. D'autres étaient couturières, journalistes, domestiques. Certaines occupaient des professions encore plus modestes mais, il fallait bien le reconnaître, assez peu dignes d'une femme de sa propre condition. Enfin, si elle n'avait pas le choix... Exercer un métier honnête ne la rebutait pas, et bien des femmes mettaient à profit leur intelligence et leurs talents pour gagner leur vie. C. J. Walker, tiens. N'avait-elle pas sa propre boutique de produits capillaires pour femmes ? Pas plus tard que le mois dernier, elle avait vu la très respectable Charlotte Perkins Gilman donner une conférence sur le droit de vote des femmes. Voilà des dizaines d'années qu'elle subvenait aux besoins de sa famille en dirigeant un journal et faisant des conférences. Et, l'année précédente, leur demeure avait été redécorée avec des meubles achetés chez Mrs Ayer, la célèbre antiquaire. Et ce n'était que des exemples.

Qu'importe si sa mère regardait ces femmes d'un mauvais œil. Pour elle, elles étaient de véritables phares. Elles l'aidaient à nourrir l'espoir que ses rêves deviendraient réalité.

Le moment était néanmoins mal choisi pour aborder ce sujet, vu l'état d'angoisse où était plongée sa mère.

— Pourquoi risquons-nous de finir sur la paille ? s'enquit-elle.

Son père était à la tête d'une société de courtage. Tout le monde recherchait sa sagesse, ses conseils avisés et ses retours sur investissement extrêmement généreux. Il partageait son temps entre ses bureaux, dans la journée, et son club, le soir. Lorsqu'elle était plus jeune, elle l'avait souvent vu parler affaires en sa présence. Mais, depuis qu'elle avait fait son entrée dans le grand monde, on l'avait confiée aux bons soins de sa mère.

— Je ne peux rien te dire, ma chérie.

— Vous me devez une explication, mère. Comment pouvez-vous décider de mon sort sans m'expliquer clairement de quoi il retourne ?

— Si je ne peux rien te dire, c'est parce que j'en suis incapable. Toute cette histoire me dépasse. C'est un vrai sac de nœuds et, si ça se trouve, la justice risque de s'en mêler. J'ai entendu certaines choses et, lorsque j'en ai touché deux mots à ton père, il m'a répondu que nous étions au bord du gouffre. D'où la nécessité de vous protéger, tes sœurs et toi. Sans tarder.

— Qu'avez-vous entendu ?

D'après sa mère, qui fit de son mieux pour lui résumer la situation, il était question d'*affaires frauduleuses* et d'*investissements douteux*. Ils étaient au bord du gouffre, effectivement.

Seigneur...

Jack Swan, son père, n'était pas dévoué corps et âme à sa famille. Il préférait consacrer son temps à son travail, à ses calculs, à ses taux d'intérêt, bref, à tout ce qui lui permettait d'assurer leur somptueux train de vie. Personne ne lui avait jamais posé de questions. Tant que son épouse s'habillait à la dernière mode et que l'éducation de ses filles était financée, il n'y avait aucune raison de lui demander d'où leur famille tirait sa fortune.

Elles auraient dû le faire. Peut-être.

Non, sûrement.

Encore aurait-il fallu que sa mère ait le droit de poser des questions. Elle n'était pas aussi inconséquente que les gens le pensaient trop souvent, Daisy l'avait appris dès son plus jeune âge.

— En attendant, tâchons de sauver les apparences. Tu dois te marier, sans tarder. Et avec Theodore Prescott. Sans quoi...

Épouser un homme richissime, dont elle s'approprierait le nom et la position sociale, était une solution toute trouvée. Un bon moyen d'échapper à une situation périlleuse ou à un scandale. Elle serait d'une certaine façon protégée des retombées de cette affaire, et sa mère aurait toute latitude pour entreprendre un long, très long voyage en Europe, le temps que la tempête se calme. Pour sa part, elle serait obligée de vivre avec Theo Prescott. Pour le restant de ses jours.

Ce mariage était une solution de facilité, mais elle avait d'autres choses en tête. Elle nourrissait des ambitions, elle aussi.

Elle entrevit peut-être une échappatoire...

— Je refuse qu'on se serve de moi comme d'un pion, dit-elle. Pas question de sacrifier le reste de mon existence à cause d'un potentiel scandale. Si nous sommes vraiment au bord du gouffre, qu'à cela ne tienne, je gagnerai ma vie moi-même. Il y a d'autres solutions.

— Encore cette idée de fabriquer et de vendre des crèmes de beauté ? Je te l'ai déjà répété cent fois, Daisy. Aucune femme respectable n'osera jamais acheter de tels produits en public. Encore moins les utiliser !

Sa mère ferma les yeux, poussa un soupir agacé et s'allongea sur la méridienne.

— Et que penseraient les gens, si l'une des familles les plus réputées de Manhattan laissait l'une de ses filles devenir commerçante ?

— Vous venez de m'annoncer que nous allons être éclaboussés par un terrible scandale. Personne ne se préoccupera de moi !

— Cela ne fera qu'aggraver les choses. Par ailleurs, le peu d'argent que tu gagneras ne te permettra jamais de financer le niveau de vie qui a été le tien depuis ton plus jeune âge.

Ils menaient grand train, en effet. Leur demeure était l'une des plus belles résidences de Manhattan, et ils fréquentaient les meilleurs cercles. Elle n'aurait pourtant eu aucun mal à citer des femmes qui avaient amassé de véritables fortunes. C. J. Walker, par exemple. Ou son amie, la couturière Adeline Black, qui était bien partie pour en faire autant. Au risque de révolter ses contemporains, elle était prête à se contenter du strict nécessaire. La bonne société new-yorkaise l'ennuyait. De quoi avait-on besoin pour vivre ? D'un toit au-dessus de la tête, de quoi manger et de quelques robes, tout au plus.

— Ai-je vraiment besoin d'avoir un train de vie aussi fastueux ?

— Peu importe. Même si, je dis bien *même si,* tu réalises ton projet insensé, tu ne convaincras jamais les femmes de la haute société d'essayer ton produit miracle sans une réputation et un niveau social dignes de ce nom. Il faut que tu épouses Theo Prescott ! C'est la meilleure façon, non, c'est la seule façon d'assurer ton avenir.

Il suffisait à Daisy d'observer son regard pour avoir la certitude qu'elle parlait sérieusement. Le scandale qui menaçait leur famille l'inquiétait vraiment, et elle était prête à tout pour l'éviter ou pour empêcher sa fille d'en pâtir.

Daisy n'avait peut-être pas hérité de sa beauté, mais c'était d'elle qu'elle tenait son caractère obstiné et sa volonté de fer.

— Pas question. Je refuse catégoriquement !

Sur ces mots, elle sortit comme une tornade.

Elle se retrouva dans la rue sans manteau. Ni chapeau. Ni parapluie.

Le ciel n'était qu'une coulée grise aux reflets violets, gonflée de nuages menaçants. Un déluge se profilait. Il n'était que 16 heures, et la ville était déjà plongée dans les ténèbres. On se serait cru en pleine nuit. Daisy avait très mal choisi son moment pour sortir en trombe de chez elle, animée par une colère ô combien légitime, et oublier tous ses soucis. Mais pouvait-elle revenir sur ses pas pour prendre ses affaires, et retenter de s'éclipser un peu plus tard ?

Voilà qui risquait de ruiner son effet et de faire oublier qu'elle avait la ferme intention de vivre comme elle l'entendait. De s'assumer pleinement.

Même si le scandale pointait à l'horizon.

Même si sa famille allait voler en éclats.

Même si l'orage menaçait.

Pas question d'épouser un homme avec qui elle n'avait rien en commun, hormis leur détestation réciproque !

Elle n'avait qu'une vie et ce n'était pas ce qu'elle en attendait.

Central Park était à deux pas de la demeure familiale. Il lui suffit de franchir les portes de ce havre de verdure pour que le courroux qui couvait en elle se transforme en un brasier furieux.

Le parc était désert. Les promeneurs avaient eu la sagesse de courir aux abris pour éviter l'orage. Sans doute étaient-ils moins furieux qu'elle...

D'un air de défi, elle leva le nez vers le ciel en savourant la caresse de cet air frais sur sa peau brûlante, qui n'avait pas l'habitude d'être offerte aussi directement aux éléments.

Ah, sa peau ! C'était son seul motif de fierté, au risque de paraître prétentieuse. Tant pis si elle n'était pas d'une grande beauté, elle avait une peau sublime : soyeuse, éclatante, sans défauts et d'une douceur infinie.

Elle en prenait grand soin, très grand soin.

Comme elle avait le nez en l'air et les yeux fermés, elle ne vit pas immédiatement l'homme qui marchait dans sa direction. Si bien qu'ils se retrouvèrent face à face avant qu'elle puisse changer de chemin, faire demi-tour, ou se jeter dans la mare aux canards. Comme au bon vieux temps.

Devant elle se dressait le diable en personne.

Theodore Prescott fils.

2

Central Park

Autant le dire tout net, sans l'ombre d'une hésitation : Daisy Swan était la dernière personne que Theo souhaitait voir à cet instant précis. Il passait la pire journée de son existence. Et voilà qu'ils se retrouvaient nez à nez ! Elle traversait le parc avec la grâce et l'élégance d'une douairière complètement folle dans un très mauvais jour.

Un hasard malheureux voulut qu'il leur soit impossible de s'éviter.

Leurs regards se croisèrent.

Le tonnerre gronda bruyamment. L'orage n'était pas loin.

— Vous !

Elle lâcha ce mot comme on accuse quelqu'un de meurtre.

— Vous ! répliqua-t-il sur le même ton.

Au même moment, un nuage creva et déversa un véritable déluge sur eux.

Elle poussa un cri suraigu sous le coup de la surprise, de la stupeur et de la colère, et courut vers l'abri le plus proche. En l'occurrence, un kiosque niché au milieu de la végétation. Un endroit très prisé par les amoureux, d'ailleurs.

De toute évidence, l'instinct primaire qui le poussait à se protéger de la tourmente dépassait son impérieuse envie de fuir Daisy Swan. Car il la suivit.

— Vous êtes la dernière personne que j'avais envie de voir, lui dit-elle.

Cela n'empêcha pas Theo de gravir les marches d'un bond et de la rejoindre. Même si le toit les protégeait de la pluie, ils étaient à la merci des éléments.

Il l'observa intensément. Elle était trempée des pieds à la tête. Pouvait-il vraiment épouser cette femme à la mine renfrognée qui refusait d'avoir affaire à lui, et partager un lit avec elle ? Non, pas question, même s'il souhaitait que son père le voie d'un bon œil ! Car, plus encore que l'approbation paternelle, il rêvait de nourrir un tendre lien avec une femme. Ce qu'il n'oserait jamais avouer sans s'attirer les moqueries de ses amis. Mais il était sûr d'une chose : cette harpie ne lui inspirerait jamais ce genre de sentiments.

— J'en ai autant à votre service, croyez-le bien ! Est-ce vous qui avez eu cette idée, Daisy ?

— Pensez-vous vraiment que la perspective de mettre la main sur l'un des plus beaux partis de New York est le rêve d'une jeune célibataire éprise de culture ? répliqua-t-elle. Peut-être est-ce difficile à concevoir pour votre cerveau de noceur embrumé par l'alcool, mais je n'ai aucune envie de vous épouser.

Parfait ! Qu'elle aille au diable.

Et moi aussi, ajouta-t-il.

Il préférait être dévoré vivant par des serpents, plutôt que d'unir son destin au sien. À ses yeux, il n'était qu'un moins que rien, un homme indigne de confiance, un indésirable. Oui, c'était ce qu'il lisait dans son regard en ce moment même. Et ce qu'il y avait lu chaque fois qu'ils s'étaient croisés, depuis leur enfance.

Soudain, une autre pensée le traversa. *Et pourquoi pas ?*

Il était beau comme un astre, tout le monde le disait. Sa famille était riche. Il était d'une élégance rare. Un invité très recherché. Les gens rêvaient de l'avoir à leur table pour dîner, et les jolies femmes étaient à ses pieds.

Miss Daisy Swan, alias le Vilain Petit Canard, ne pouvait pas en dire autant.

Dans ce cas, que voulait-elle ?

Peu importe ! Il s'en moquait comme d'une guigne.

— Eh bien, je ne souhaite pas unir mon destin au vôtre, moi non plus, dit-il. Je préfère errer sur l'océan à bord d'un radeau, sans rien à boire, ni à manger.

— Et moi, je préfère traverser les Alpes en petite tenue.

— Nous voilà au moins d'accord sur un point.

Il la regarda se détourner de lui et pencher la tête hors du kiosque. Il pleuvait des trombes d'eau.

— Pourquoi faites-vous ça ?

— Je m'interroge. Vaut-il mieux que je finisse noyée sous cette pluie battante ou que je meure d'une pneumonie, pour m'éviter de rester ici avec vous ?

— Ne me forcez pas à vous retenir.

— Je vous retourne le compliment. Vous devez avoir des affaires importantes à régler. Très importantes, même.

Difficile de ne pas remarquer le sarcasme qui perçait dans sa voix. Ils savaient tous les deux qu'il n'avait aucune espèce d'engagement à honorer. Enfin, à part rendre visite aux jeunes femmes les plus en vue de New York, peut-être. Il appréciait leur compagnie et l'intérêt qu'elles lui portaient. Hélas, aucune d'elles n'était assez sérieuse pour devenir son épouse.

En un sens, songea-t-il non sans ironie, elles étaient toutes aussi belles et écervelées que lui.

Et s'il acceptait de travailler dans les usines de son père et d'apprendre les ficelles du métier ? Ce serait moins atroce que d'épouser cette mégère.

Pourtant, il *détestait* les usines.

— Allons, Daisy. Vous refuseriez de passer un quart d'heure à vous chamailler avec moi en attendant que la pluie cesse ? Ce n'est qu'un orage d'été, il finira aussi vite qu'il a commencé. Dois-je en conclure que je suis imbuvable à ce point ?

— Vous êtes suffisamment imbuvable pour que je refuse d'être surprise en votre compagnie dans une situation compromettante. Les gens risquent de se faire des idées en nous voyant de la sorte.

Ils étaient célibataires tous les deux, et sans chaperon à

l'horizon. Alors que leurs parents respectifs avaient une idée en tête.

— Bon sang, c'est vrai !

— Leur projet machiavélique consiste à nous marier. Vous êtes en mauvaise posture après l'affaire de Saratoga et...

Elle s'interrompit avant d'en laisser échapper plus.

—... Et ma mère souhaite voir toutes ses filles mariées. Votre père et elle ont dû manigancer cela dans notre dos.

— Si je tenais la personne qui les a placés l'un à côté de l'autre...

— Pour une fois, nous sommes d'accord.

— Et s'ils envoyaient quelqu'un nous chercher ?

Il passa nerveusement la main dans ses cheveux déjà dégoulinants de pluie.

— Ils ne pouvaient pas se douter que nous sortirions tous deux en trombe.

— Ils se trompent lourdement, s'ils pensent que nous allons tomber dans leur piège odieux.

— Vu le sort qu'ils nous réservent, ils auraient tort de ne pas sauter sur l'occasion, s'ils nous découvraient ici. Ma mère tient à son idée. Et elle a de bonnes raisons pour vouloir la mettre en œuvre.

Avec les mères, c'était toujours le cas. Il n'y avait pas d'adversaire plus redoutable qu'une femme désireuse de voir sa fille épouser un beau parti. Et la mère de Daisy était aussi dangereuse que son propre père.

— Et vous ?

— Vous n'entrez pas dans mes projets, répondit-elle froidement.

Ses projets ? Bien malgré lui, il était curieux de les connaître. Mais il préférait mourir écartelé que de l'interroger.

— J'ai également les miens, répondit-il d'un ton détaché.

Histoire de se donner une contenance.

Elle avait l'air sceptique. Ce qui le rendit furieux. Et si elle était de mèche avec son père ?

— J'ai l'intention de faire un tour d'Europe des salles d'opéra.

C'était la première chose qui lui était passée par la tête.

— Un tour des chanteuses d'opéra, vous voulez dire ! le corrigea-t-elle.

Puisqu'elle le prenait déjà pour un coureur impénitent, il lui adressa un clin d'œil. Elle leva les yeux au ciel.

— Eh bien, je caressais l'idée de me laisser interner dans un asile pour aliénés, répliqua-t-il en avançant d'un pas, le torse bombé. Cela me semble préférable.

— Et moi, je compte traverser le désert en grande tenue de deuil. Voilà qui me semble nettement plus agréable que de me marier. Avec vous.

Elle recula d'un pas et pointa un doigt sur son torse. Ils étaient tout près l'un de l'autre, à présent. Si près, même, qu'il sentait la chaleur et la colère qui émanaient d'elle.

— Et moi qui trouvais plus amusant de croupir en prison !

— Allons, un peu de sérieux, qu'allons-nous faire ? demanda-t-elle en s'écartant de lui.

— Éviter de devenir mari et femme, quelle question ! rétorqua-t-il.

— Très bien, mais comment ?

— Comment ? répéta-t-il d'un air étonné. Nous allons refuser. Rien de plus simple, je pense.

— Évitez de penser, cela vous réussit mal. Vous allez creuser des rides sur votre beau front bien lisse. Avez-vous déjà rencontré ma mère ? C'est une adversaire redoutable, tout comme votre père. Ils ont leurs raisons d'agir de la sorte.

Theo laissa échapper un soupir vexé. Pourquoi ? Pourquoi lui ? Pourquoi maintenant ? Pourquoi *elle* ?

Et, pour commencer, il n'avait pas de rides.

Parce que le scandale de Saratoga était passé par là. Voilà pourquoi. Parce qu'il avait bien trop souvent défrayé la chronique, avec ses conquêtes sans lendemain. Il devait désormais s'afficher aux côtés d'une femme digne de lui. Une femme sensible, les deux pieds sur terre, qui ferait de lui un homme dont son père aurait de quoi être fier. Ou, du moins, dont il n'aurait pas à rougir. C'était son plus grand rêve, à un détail près : Theo refusait d'en payer le prix.

— Récapitulons.

Daisy souhaitait garder les rênes de la conversation ? Soit.

— Nos parents respectifs souhaitent que nous devenions mari et femme.

— Oui.

— Et nous n'en avons aucune envie.

— Exact. Aussi vrai que deux et deux font quatre.

— J'ai mieux en tête.

— Moi aussi, crut-il bon de préciser, même si ce n'était pas le cas.

Il avait d'ailleurs intérêt à trouver une idée, sans perdre de temps.

— Tant que nous ne sommes pas fiancés, ils mettront tout en œuvre pour nous pousser dans les bras l'un de l'autre.

Elle commença à arpenter le kiosque, dans un sens, puis dans l'autre. La pluie ne semblait pas près de faiblir.

— On nous placera côte à côte lors de dîners, on nous installera dans la même loge à l'opéra, on nous obligera à danser lors de fêtes. Nous risquons constamment d'être piégés, surpris, pointés du doigt. Le quotidien sera infernal. Sans parler du fait que nos parents s'en mêleront inévitablement.

Elle ressemblait à un général préparant une bataille, ou à un inspecteur de police retraçant le déroulement d'un meurtre. Il avait l'impression de voir son père en train de lui exposer ce projet de mariage insensé. Il l'observa du coin de l'œil, non sans méfiance. Elle avait les cheveux en bataille et dégoulinants de pluie. Sa robe n'était pas dans un meilleur état. Elle remuait les lèvres comme si elle parlotait toute seule.

Et s'il la conduisait dans une maison de fous pour la faire interner ? Personne ne lui donnerait tort. Plus rien ne l'obligerait alors à l'épouser.

Il était tout près de passer à l'acte quand elle lâcha la pire des énormités.

— Dans ces conditions, la logique voudrait que nous devenions fiancés. Pour donner le change, rien de plus.

Quoi ?

Il tressaillit et se redressa. Il n'avait pas suivi le reste de son raisonnement.

— Attendez une minute...

— Ouvrez grand vos oreilles, Casanova.

Elle leva la main pour couper court à ses protestations et enchaîna :

— Si nos parents croient que nous nous conformons à leurs volontés, ils nous laisseront nous consacrer à nos projets et nos ambitions. Nous prétendrons que nous souhaitons nous voir, ce sera une excuse toute trouvée. Vous avez bien dit que vous aviez d'autres projets, n'est-ce pas ?

Elle était emballée par son trait de génie, il le voyait bien. Elle avait le rouge aux joues, les yeux étincelants. Étrangement, cet enthousiasme débordant la rendait presque jolie.

Mais cette femme était folle. Dérangée. Complètement toquée. Elle menaçait sa liberté.

— Vous oubliez un point important, lui fit-il remarquer. Les mères adorent planifier les mariages. Faire des emplettes en prévision de la cérémonie. Commander des robes et des trousseaux. Réserver l'église et inviter des centaines de personnes à assister aux réjouissances. Votre stratagème peut se retourner contre nous en un rien de temps. Surtout si nous sommes distraits par nos occupations respectives.

Elle ouvrit la bouche pour répliquer, puis se ravisa.

— Me ranger à votre avis me fend le cœur, mais vous avez raison, je vous le concède.

— Votre magnanimité me bouleverse, répondit-il en s'inclinant.

— Monsieur a du vocabulaire, on dirait.

— J'ai fait Harvard, vous savez.

— Bien sûr que je le sais ! Tout le monde le sait. Ceux qui sont passés par Harvard ont le chic pour glisser ce détail dans la moindre conversation. Mais étiez-vous un étudiant assidu ? J'en doute...

— Si c'est ainsi que vous comptez me rallier à votre cause,

je comprends mieux pourquoi vous êtes encore célibataire. Il n'y a aucun mal à avoir de $1a repartie, mais...

— Mais quoi, monsieur le grand séducteur ?

Il agita la main.

— Rien. Oubliez ça.

— En plus d'être cassante, je ne suis pas assez belle pour vous, c'est ça ? insista-t-elle. Vous avez peur d'unir votre destinée à la mienne jusqu'à la fin de vos jours, avouez. Comment supporteriez-vous le quotidien à mes côtés ? Et puis, bonté divine, que diraient vos amis du club ?

— Ils diraient que vous êtes la jeune femme la plus chanceuse de New York, rétorqua-t-il sans broncher. Épouser un homme aussi beau, riche et charmant que moi n'est pas donné à tout le monde !

Elle prit un air excédé.

— Oh ! je vous en prie...

— C'est la vérité, ne prétendez pas le contraire.

— Tout dépend du sens que vous donnez au mot *chanceuse.* Un mariage sans amour ne m'intéresse pas. Bien, je vous laisse vous débrouiller seul.

Sur ces mots, elle tourna les talons et affronta l'orage d'un pas décidé.

Parfait ! Que le diable l'emporte.

Mais elle était déjà loin.

3

The Metropolitan Club
À l'angle de la Cinquième Avenue
et de la 60e Rue.

Bon débarras, pensa Theo en quittant Central Park pour rejoindre son club d'un pas résolu. S'il devait revoir Daisy Swan, mieux valait que ce soit le plus tard possible. Cette façon qu'elle avait eue de tourner autour de lui en jacassant avait bien failli le rendre fou. Il n'avait pas supporté les yeux torves et furieux avec lesquels elle l'avait dévisagé. Elle regardait son beau visage et sa mise élégante comme si elle n'y voyait… qu'un joli visage, justement.

Il avait tant d'autres qualités, pourtant ! De beaux cheveux. Mais aussi un corps svelte et musclé qu'il entretenait en faisant régulièrement du sport, et qu'il mettait en valeur avec des tenues achetées chez les meilleurs tailleurs de Londres. Il jouait très bien aux cartes, on s'arrachait ses talents de navigateur et de danseur. Si l'on dressait la liste des personnes les plus élégantes de New York, il serait en bonne place.

Il parcourut (toujours sous une pluie battante) les quelques mètres qui séparaient Central Park de son club. L'endroit idéal pour oublier les exigences de son père, les excentricités de Daisy Swan et la situation intenable qui était la sienne.

Pour l'heure, son programme était simple : il comptait se

sécher, boire un verre, s'apitoyer un long moment sur son sort auprès de ses amis Daniel et Patrick, puis décider de la suite des événements.

Qui sait ? Il se trouverait peut-être un métier où il réussirait. Un beau succès, voilà ce qu'il lui fallait ! Il n'aurait plus à se soucier des impératifs dictés par son père. Encore mieux : il obtiendrait peut-être enfin cette reconnaissance qu'il espérait bien malgré lui.

Avec un peu de chance, il pourrait épouser quelqu'un d'autre. Pourquoi pas Miss Esme Pennypacker ? Le petit jeu de séduction qui les liait durait depuis un bon moment. Il y avait aussi Miss Victoria Gould. Et s'ils finissaient ce qu'ils avaient commencé l'été précédent ?

Rien n'était moins sûr.

Une bien mauvaise surprise l'attendait à son arrivée au Metropolitan Club. Il allait entrer dans le repaire favori des nantis de Manhattan et de leur progéniture, lorsqu'on l'arrêta pour l'informer, avec des mots choisis, que son inscription au club avait été suspendue pour des raisons sur lesquelles il valait mieux jeter un voile pudique.

Son père avait pour réputation d'être impitoyable, il venait d'en faire la cruelle démonstration. Il avait choisi la manière forte pour lui forcer la main.

« Épouse Daisy Swan ou je te coupe les vivres. »

S'il avait été humainement possible de mourir de honte, Theo aurait aussitôt rendu l'âme, non sans avoir laissé éclater son agacement, sa colère et son humiliation. Malheureusement pour lui, il était toujours vivant.

Il ne voyait aucun inconvénient à défrayer la chronique à cause de ses aventures avec une actrice. Ses innombrables conquêtes avaient forgé son image de séducteur au succès ravageur, après tout ! En revanche, il était furieux d'apprendre qu'il n'était plus l'un des plus célèbres célibataires de New York. Et, par conséquent, du monde.

Être privé du respect ou de l'admiration de son père ne le dérangeait guère. Il s'en était passé depuis que l'évidence s'était imposée : il ne comptait pas reprendre les rênes de l'empire familial et devenir un capitaine d'industrie impitoyable. Mais le couper de ses amis et de la bonne société ? C'était insupportable, surtout pour quelqu'un comme lui. C'était dans le tourbillon de la vie mondaine qu'il s'épanouissait. Et voilà qu'il était radié de son club ! Bientôt, il ne serait plus invité dans les dîners chics. Après quoi, il serait fini. Exclu de sa ville. Évincé de ces conversations entre amis, ces distractions enivrantes et ces fêtes somptueuses qui rendaient sa vie plus belle.

Il était condamné. Sans aucune échappatoire. Il ne savait pas comment gagner de l'argent pour ne plus vivre aux crochets de son père. Cette idée le rongeait.

Face à ce constat, un étrange sentiment se fit jour en lui. Une sorte de détermination. D'ambition, même. Devenir douloureusement conscient de sa situation produisit en lui comme un déclic. Une envie de prendre son existence en main.

Il se jura de réussir. De la plus éblouissante des manières. Il allait bâtir sa fortune comme il l'entendait. Pour que son père finisse par le respecter. Il ne vivrait plus jamais aux crochets de quelqu'un.

Mais, d'abord, il avait besoin de Daisy Swan.

Avant de retourner dans la rue, il lui écrivit quelques lignes. Sans doute aurait-il préféré mourir dans de longues et atroces souffrances plutôt que de le reconnaître, mais qu'importe : s'il comptait tenter l'aventure, faire équipe avec une jeune femme à l'esprit aussi vif était tout sauf un mauvais calcul.

Pendant ce temps, au numéro 854
de la Cinquième Avenue...

Daisy ne s'était absentée qu'une petite heure mais, de toute évidence, sa mère n'avait pas eu besoin de plus de temps pour faire de sa vie un enfer. Et pour cause : à peine entrée, elle aperçut sa femme de chambre, Sally, les bras chargés d'une boîte qui semblait contenir des objets auxquels elle tenait beaucoup.

— Où allez-vous comme ça, Sally ?

— Je suis navrée, Miss Daisy, répondit celle-ci d'un air contrit. Je ne fais qu'obéir aux ordres.

Au même moment, sa mère ouvrit en grand les portes du salon. On aurait dit qu'elle attendait son retour.

— Te voilà, ma chérie !

Daisy se planta devant elle, sa robe gorgée d'eau dégouttant sur le sol en marbre.

— Ta promenade t'a plu ? Tu as été surprise par l'orage, on dirait.

— À quoi rime tout ceci, mère ?

Elle avait eu son compte de mauvaises surprises pour la journée. Elle désigna Sally et la boîte qu'elle portait. Cette boîte qui contenait des béchers en verre, des éprouvettes, des balances, des expériences en cours. Autant dire ses espoirs, ses rêves, son destin.

— Rien de tel qu'un bon coup de balai de temps en temps, ma chérie. Ce ne sont que des bricoles sans valeur.

— Des bricoles sans valeur ? Non, ce sont des instruments scientifiques, dit-elle, veillant à ne pas élever la voix. C'est mon travail. Ma passion.

Son sésame pour la liberté, aussi. Encore quelques mois et on l'estimerait trop âgée pour se marier. Dans le même temps, elle aurait décroché son diplôme en chimie, ce qui lui permettrait d'avoir un emploi. Le choix serait limité et le salaire assez chiche. Qu'importe : elle visait plus haut.

Elle comptait créer ses propres produits de beauté et les vendre. Une crème pour la peau, surtout. Grâce à elle, chaque femme aurait le droit de se sentir un peu plus belle. Et ce succès lui assurerait une vie indépendante. Encore mieux qu'un conte de fées !

— La question n'est pas là, répondit sa mère. Tu n'en auras plus besoin quand tu seras mariée. Et tu n'auras guère le temps de t'y consacrer à partir du moment où tu seras fiancée. Nous devons annoncer la nouvelle et préparer la cérémonie. Sans oublier ta robe de mariée. Consuelo Vanderbilt avait un corsage brodé de fils d'or et des bas incrustés de diamants. Je veux que tu aies la même chose, au moins.

Ah, l'union de la riche héritière, avec son fameux duc de Marlborough… L'événement phare de l'année précédente !

— Mère, j'ai besoin de mes instruments de chimie et de mes expériences, parce que je ne compte pas me marier. En aucune façon. Jamais. Avec personne. Et surtout pas avec Theodore Prescott.

— Voyons, Daisy. Tu ne gagneras jamais ta vie avec ce bric-à-brac. Une jeune femme de ta condition n'a pas à s'occuper de science. Ça ne te mènera à rien.

Bien au contraire ! Les femmes de la bonne société ne se précipitaient-elles pas dans les salons de coiffure qu'avait ouverts Martha Harper ? Et Adeline Black ? Elle était la nouvelle coqueluche des New Yorkaises avec son atelier de couture. Sans parler de toutes ces femmes qui écrivaient dans la presse. Et ce n'étaient que celles dont elle avait entendu parler. Beaucoup de femmes tiraient leur épingle du jeu toutes seules et se taillaient de beaux succès.

— Le monde change, mère. Et je compte bien changer avec lui.

— Daisy, je souhaite te voir heureuse. Et le mariage est la meilleure façon de l'être.

Sa mère baissa brusquement la voix : Sally était toujours plantée là, l'air empotée. La boîte au bout des bras, elle attendait qu'on lui dise quoi en faire.

— Étant donné ce que nous nous sommes dit tout à l'heure, surtout, ajouta-t-elle.

Daisy se sentait bouillir. Inutile de revenir sur la question, sa mère avait été assez claire sur ce point. Quoi qu'il en soit, il était important d'agir pour préserver son avenir. Le plus tôt serait le mieux.

— Si vous souhaitez vraiment me voir heureuse, laissez-moi finir mes études et trouver un emploi. Oublions ce mariage pendant quelque temps. Dans un an, j'aurai décroché mon diplôme et…

— Non !

Le ton était catégorique. Sans équivoque. Daisy savait sa mère têtue, mais pas à ce point.

— Il faut que tu épouses Theodore Prescott. Et sans tarder. Je connais le fonctionnement de la bonne société. C'est ta seule façon d'échapper à la catastrophe qui s'annonce.

Daisy la dévisagea sévèrement. Mais il en fallait plus pour déstabiliser cette femme somptueuse qui avait traversé la vie sans la moindre difficulté, toujours avec une gaieté charmante et un sourire avenant. Elle n'allait pas flancher. On devinait même de la dureté dans ses yeux.

— Sois raisonnable, Daisy. Même si tu souhaites faire fortune grâce à cette idée scandaleuse, tu auras besoin d'un nom et d'une réputation sans faille pour y parvenir. Avec le scandale qui se profile, tu auras besoin du nom des Prescott.

Sapristi, sa mère n'avait pas tout à fait tort.

Le majordome, Groves, interrompit cette discussion qui était dans l'impasse.

— Miss Swan, une lettre pour vous.

On lui tendit un plateau en argent sur lequel était posée une enveloppe crème constellée de gouttes d'eau.

Avec un soupir agacé, Daisy l'ouvrit d'un geste sec. Seigneur, le message venait de Theo !

Daisy,

Les circonstances m'y contraignant, j'ai dû réfléchir à votre proposition stupide. Tout compte fait, elle n'est pas sans avantages.

Je suis partant. Et vous ?

4

Mr Theodore Prescott père ainsi que Mr et Mrs Jack Swan ont l'honneur de vous faire part des fiançailles de leurs enfants, Theodore Prescott et Miss Daisy Swan.

– The New York Post

Le lendemain soir
Dans la salle de bal de Mrs Cooke

Leur stratagème était simple. Ils feraient croire au reste du monde qu'ils étaient fiancés. Pour autant, les choses étaient claires : ils ne comptaient jamais, au grand jamais, se dire oui. Devaient-ils prétendre qu'ils s'appréciaient, qu'ils s'aimaient ? En aucune façon. Ils ne s'étaient guère préoccupés de savoir comment la société réagirait à l'annonce de leurs fiançailles. Et ils ne s'étaient pas demandé ce qu'ils ressentiraient, au moment de se présenter ensemble face à la fine fleur de la société new-yorkaise.

— Vous n'aviez pas réfléchi à tout cela, n'est-ce pas ? murmura Theo.

À côté de lui, Daisy avait le rouge aux joues. Il la sentait partagée entre la colère et l'humiliation. Quelqu'un parmi les invités avait osé imiter le cri du canard, lorsqu'on les avait annoncés. Le reste de l'assistance s'était contenté de rire sous cape. Quelle charmante manière de les féliciter !

« Dites-leur que nous sommes fiancés, rien de plus. Ils nous laisseront tranquilles. Vous n'aurez plus qu'à suivre votre chemin et moi, le mien. »

Voilà ce qu'elle lui avait dit.

De toute évidence, elle n'avait pas pensé à tout. Ce qui avait le mérite de le réjouir quelque peu.

— Vous non plus, rétorqua-t-elle.

C'était vrai. En fin connaisseur des us et coutumes de la haute société, il aurait dû prévoir cette réaction et élaborer une stratégie. Il était furieux d'avoir commis ce faux pas et d'en être tenu pour responsable.

— L'intelligence est votre grande qualité, pourtant.

C'était un cri du cœur.

Mais, derrière, on devinait une autre phrase, nettement plus cruelle. *La mienne, c'est la beauté.*

Sans même se concerter, ils se séparèrent à la première occasion. Elle rejoignit ses amies et lui les siens. Avec un peu de chance, ils n'auraient plus à s'adresser la parole.

— Alors, Theo, ces fiançailles ?

Daniel Thomas partit d'un grand éclat de rire. Il était issu d'une famille qui avait fait fortune dans le charbon. On ne risquait jamais de s'ennuyer en sa compagnie. Il pouvait s'amuser d'un rien sans jamais se lasser.

Ce soir, pourtant, Theo était agacé de l'entendre s'esclaffer bruyamment. Sans doute parce que c'était de lui qu'on se moquait, pour une fois.

— Pas plus tard que la semaine dernière tu te lançais dans cette folle chevauchée avec l'actrice la plus courtisée de la ville...

Patrick Cavanaugh, héritier d'un empire pétrolier, avait esquissé un sourire plein d'ironie.

— Alors que maintenant...

Encore une phrase qu'il n'était pas nécessaire de terminer pour comprendre le message.

— ... c'est avec *elle* que tu es fiancé.

Ils étaient trois des célibataires les plus en vue de Manhattan. Riches comme Crésus, beaux comme des astres et dotés d'un charme envoûtant qui ravissait bien des cœurs. Mais pas tous.

Pour la première fois peut-être, ces trois Charmants Voyous tournèrent leurs regards vers l'autre extrémité de la salle de bal, où se trouvait Daisy, entourée de ses amies – les parias, les excentriques, celles à qui personne ne s'intéressait. La distance qui les séparait n'était pas considérable ; elle lui semblait cependant aussi immense qu'insurmontable.

Daisy n'avait pas l'air d'une femme heureuse d'annoncer ses fiançailles.

— En voilà une qui a de la chance ! lança sèchement Patrick.

— C'est le malin petit canard ! renchérit Daniel d'une voix tonitruante.

Un grand éclat de rire accueillit cette réplique, signe que Daisy Swan serait désormais surnommée « le Malin Petit Canard ». Pourquoi les gens étaient-ils aussi cruels envers elle ?

— J'aurais cru qu'elle serait plus heureuse de t'avoir mis le grappin dessus.

Patrick paraissait abasourdi de voir une femme qui ne se réjouissait guère d'épouser un homme dans leur genre.

Theo était pour le moins perplexe, lui aussi. Mais cela ne dura pas. Très vite, leur petit groupe se retrouva cerné par les jeunes femmes les plus belles, les plus vives et les plus fortunées de la ville. Celles qui avaient le don de rendre toutes les autres jalouses. Elles les entourèrent d'un nuage de taffetas et de tulle. Un véritable tourbillon de parfum, de rires charmants et de jolis minois.

— Vous semblez hilares, que se passe-t-il ? demanda Miss Victoria Gould. Nous vous avons entendus rire depuis l'autre bout de la pièce.

— Vous ne connaissez pas la nouvelle ? Theo s'est fiancé avec Daisy Swan ! expliqua Patrick avec un sourire en coin. Incroyable, hein ? Je suis sans voix.

— Alors, c'est vrai ! J'ai cru à une plaisanterie quand j'ai lu l'annonce dans le journal, ce matin, dit Miss Pennypacker.

Elle éclata de rire. Theo, lui, resta de marbre.

— L'intéressée n'a pas l'air aux anges, reprit Patrick. On la croirait condamnée à l'échafaud.

— Allons, qui refuserait d'épouser notre cher Theo ? demanda Miss Gould.

Sur ces mots, elle lui attrapa le bras, leva le nez vers lui et battit des paupières d'un air séducteur. Bon sang, pourquoi n'avait-il pas jeté son dévolu sur une belle héritière comme elle ? Cela aurait été si simple ! Mais aurait-il changé de vie pour autant ? Non. Il en fallait plus pour que son père soit fier de lui. Par ailleurs, en dehors de leur goût pour les fêtes, Miss Gould et lui n'avaient pas vraiment de centres d'intérêt communs.

Et puis, pourquoi fallait-il que son existence soit une succession de soirées mondaines ?

Tandis qu'il se perdait dans ces réflexions, la discussion se poursuivait.

— Qui refuserait d'épouser notre camarade ? Daisy Swan, apparemment.

— Voilà comment ton père a décidé de te punir de ce qui s'est passé à Saratoga, n'est-ce pas ? s'enquit encore Patrick en haussant un sourcil d'un air entendu.

Comme tous les autres, il croyait savoir ce qui s'était passé au cours de cette fameuse nuit. Il était loin du compte.

— Vous avez été condamné à perpétuité, mon pauvre, déclara Miss Gould.

— Si votre père souhaitait vous voir marié, pourquoi ne vous êtes-vous pas enfui avec moi, Theo ? roucoula Miss Pennypacker.

— Ou avec moi ? ajouta Miss Gould.

— Vous auriez dû nous appeler à la rescousse, Theo !

Toutes ces jeunes femmes l'enveloppaient de parfum et de questions. Hélas, il n'avait aucune réponse à leur donner. Mais, pour la première fois de son existence, cette conviction lui apparut : il voulait *autre chose.*

De l'autre côté de la salle de bal...

Chaque salle de bal comptait un coin où se rassemblaient les personnes qui ne souhaitaient pas être importunées par les jacassements et les minauderies des uns et des autres. Après son entrée désastreuse aux côtés de Theo, Daisy profita de ce qu'un serveur passait à proximité pour attraper une coupe de champagne, puis elle marcha vers le fond de la pièce. Elle garda la tête haute et fit de son mieux pour ignorer tous les regards insistants posés sur elle. Elle était habituée à ce que la plupart des gens l'ignorent. Et cela lui manquait déjà.

Elle avala une gorgée de champagne. Fort heureusement, ses amies étaient là : Miss Harriet Burnett, comme toujours accompagnée de Miss Ava Lumley. Harriet avait jadis refusé une demande en mariage qui lui déplaisait. Résultat : elle avait été évincée de la bonne société new-yorkaise. Elle avait depuis hérité d'une immense fortune et, avec l'aide constante de l'influente Miss Ava Lumley, avait connu un véritable retour en grâce.

— À quoi rimait cette mascarade, chère amie ?

Harriet désigna la porte de la salle. Elle faisait évidemment référence à la façon dont Theo et elle s'étaient donnés en spectacle, au moment de faire leur entrée.

— Parader au côté de mon pire ennemi, une mascarade ? Un cauchemar, vous voulez dire !

— Alors c'est vrai, vous êtes fiancée ? demanda Harriet d'un ton incrédule. À Theodore Prescott ?

— J'ai presque eu du mal à en croire mes yeux, en lisant la nouvelle dans le journal, ce matin, dit Ava. Mais ce qui est écrit dans le *New York Post* est généralement vrai. Et la petite scène de ce soir n'a fait que le confirmer.

Le cœur gros, Daisy soupira :

— Même si cela me fend le cœur de l'admettre, le *New York Post* a dit vrai. Nous sommes fiancés. Enfin, façon de parler...

Harriet leva les yeux, ayant deviné qu'il y avait anguille sous roche. Elle se rapprocha.

— Auriez-vous un aveu à nous faire ?

Pour la première fois de la soirée, Daisy eut un sourire franc et sincère. Voilà pourquoi elle aimait tant ses amies : la plupart des gens présents dans la pièce avaient beau croire que Theo s'était abaissé à l'épouser, Harriet et Ava étaient convaincues qu'elle était la perle rare. Et qu'elle méritait mieux que lui.

— Nos parents veulent ce mariage. Pas nous. Nous faisons donc semblant d'être fiancés, pour qu'ils nous laissent tranquilles.

— Habile manœuvre ! Mais comment comptez-vous vous sortir de ce mauvais pas ? Oh ! vous y parviendrez, j'en suis certaine.

Harriet avait toute confiance en elle. Encore une preuve de cette amitié qu'elles se portaient, songea Daisy.

— Ce ne sera peut-être pas nécessaire, fit remarquer Ava. Et si c'était le début d'une grande histoire d'amour ?

Toutes trois s'esclaffèrent, ce que d'aucuns trouvèrent très inconvenant. Des têtes se tournèrent. On leur jeta des regards outrés. Ces trois excentriques ne manquaient pas de toupet ! Comment osaient-elles s'amuser de la sorte ?

— Je peine à imaginer un monde où je coulerais des jours heureux avec ce voyou de Theodore Prescott.

— Que comptez-vous faire pour échapper à ce sort funeste ? insista Harriet. J'ose espérer que vous n'avez pas pris un risque aussi inconsidéré sans un plan infaillible.

L'air mystérieux, Daisy leva la main.

— N'ayez crainte, j'en ai bien un. Patientez jusqu'à jeudi et vous saurez tout.

5

L'un des Charmants Voyous de Manhattan est sur le point d'épouser la dernière fille encore célibataire d'Evelina Swan.

Des paris ont déjà été pris sur l'issue de cette union.

– The New York Post

Jeudi
Central Park

Les journaux du matin rendaient compte de la première apparition désastreuse du couple du moment : le sulfureux millionnaire et le Vilain Petit Canard. La presse avait la dent toujours aussi dure. La rubrique des indiscrétions prenait un malin plaisir à décrire avec un luxe de détails la froideur que Daisy et lui se témoignaient. Les articles citaient, sous couvert d'anonymat, des hypothèses grotesques sur les raisons de cette mésentente. Des paris avaient été pris sur l'issue de ces fiançailles. À en croire les tendances qui se dessinaient, il y avait peu de chances pour que les futurs mariés se disent *oui*.

Leurs parents étaient furieux.

Blessés dans leur orgueil, aussi. Ce qui redoublait leur colère.

Ils n'étaient pas les seuls. Theo avait sa fierté, que diable ! Sans l'œil approbateur de ses semblables, il n'était rien.

Il lui fallait réagir.

Voilà pourquoi, très certainement à la demande expresse de sa mère, Daisy était assise à côté de lui, tandis qu'il conduisait sa voiture d'une main experte à travers les allées noires de monde de Central Park. Tout autour d'eux, les gens se promenaient, pique-niquaient et s'égayaient, profitant de ce magnifique havre de verdure.

Daisy portait l'un de ces horribles chapeaux à larges bords qui étaient à la mode, ces temps-ci. On peinait à apercevoir le visage qui se cachait en dessous. On était comme face à un couvre-chef posé sur une robe.

Malgré tout, il était prêt à parier qu'elle faisait une tête de six pieds de long. Et qu'elle se posait des questions. *Que faisons-nous ici ? Ma propre vie me file entre les doigts, comment vais-je me sortir de ce cauchemar ?*

Il se demandait la même chose, à vrai dire.

— Les journaux ont raconté, sans y aller par quatre chemins, que la soirée d'hier a été un désastre, commença-t-il.

— Vous avez eu besoin de la presse pour vous en apercevoir ? Ce n'était pas suffisamment clair à chaque minute de cette soirée infernale ?

— Inutile de me prendre pour un imbécile ! Je suis parfaitement conscient que notre première sortie ensemble a été un naufrage. La presse de ce matin n'a fait que le confirmer.

— C'est parce que vous êtes à croquer, Theo. On ne s'attend pas à ce que les gens beaux soient également intelligents.

Cette réponse faillit le surprendre.

— Je ne suis pas à croquer, répliqua-t-il vivement. Les hommes ne sont pas *à croquer.* Au mieux, je suis d'une beauté toute masculine.

— Ah non, c'est votre père qui est d'une beauté masculine, avec son air majestueux et distingué ! *Vous,* vous êtes à croquer. Avec ces boucles blondes. Ces yeux bleus. Cette bouche pleine. Vous serez peut-être beau comme votre père, mais à son âge.

— Laissons mon père hors de cette conversation. Surtout si c'est pour en parler de cette façon.

Il n'avait aucune envie de s'entendre dire qu'il était indigne de son géniteur, une fois de plus.

— Comment réagiriez-vous, si nous tenions le même genre de discours sur votre mère ? reprit-il.

— Ma mère a été décrite comme l'une des dix plus belles femmes de New York. Tout le monde tient ce genre de discours sur elle. J'ai *presque* fini par m'y habituer.

Il se garda de mentionner l'article qui avait décrit *sa fiancée* de manière fort peu flatteuse. Comment la chose avait-elle été formulée, déjà ? Ah oui... Elle préférait les recoins sombres des salles de bal, car l'obscurité la mettait mieux en valeur.

— Et puis, il y a moi, poursuivit-elle avec insouciance. Difficile de trouver une mère et une fille qui se ressemblent si peu. Au cas où vous vous poseriez la question, non, on ne m'a pas fait tomber par terre quand j'étais petite, et je n'ai pas été adoptée.

— Les gens ne disent pas des choses pareilles.

Il en profita pour l'observer. Elle n'était pas d'une beauté céleste, certes, mais elle n'était pas repoussante non plus.

— Oh que si ! Beaucoup de gens le pensent, et pas mal de monde s'en est même « amusé ». Sans parler de ce sobriquet de Vilain Petit Canard.

Theo sentit la honte l'envahir. Il se rappelait encore le jour où il avait inventé ce surnom. Cela l'avait réjoui de voir tout le monde s'esclaffer. À l'époque, il ne s'était pas rendu compte que c'était *d'elle* qu'ils riaient, et pas de son trait d'esprit. Il n'aurait jamais pensé que cela lui collerait à la peau. Il avait toujours raffolé des sobriquets et des surnoms. Les Charmants Voyous de la 57ᵉ Rue, le scandale de Saratoga. Et ce n'étaient que des exemples récents.

— Il n'y a pas de quoi se taper sur les cuisses, si vous voulez mon avis, mais je comprends l'idée, continua-t-elle. Avez-vous déjà vu ma mère et mes sœurs ensemble ? On dirait quatre spécimens identiques de la beauté féminine idéale. Boucles blondes. Yeux bleus. Bouche pleine. Les gens refusent de croire qu'une créature aussi parfaite a donné naissance à quelqu'un comme moi.

Elle parlait d'un ton presque détaché. Il dut regarder. Pour confirmer.

Il ne vit qu'un chapeau.

Un horrible couvre-chef qui foisonnait de plumes et de rubans.

Restait qu'ils avaient grandi ensemble. Ils avaient passé la soirée de la veille ensemble. Il savait à quoi elle ressemblait.

Certes, sa mère et ses sœurs étaient l'incarnation de la beauté féminine. Pour sa part, elle était... différente. Elle avait le nez légèrement trop grand, les yeux peut-être trop rapprochés et une mâchoire plus carrée que ronde. Elle tourna la tête, et il vit ses lèvres roses plissées en une ligne dure.

C'était bien la preuve qu'elle n'était pas aussi indifférente qu'elle le prétendait.

— Vous êtes obnubilée par votre apparence, fit-il remarquer.

— Voilà qui ne manque pas de sel, venant de vous ! Pourquoi est-ce le cas, à votre avis ? C'est vous qui m'avez donné ce surnom de Vilain Petit Canard.

Ce souvenir le fit grimacer. Ils jouaient dans le parc, sous un ciel d'un bleu aussi radieux que celui de cette journée. Correction : ses camarades et lui jouaient, mais elle avait refusé de se joindre à eux. Comme si elle valait mieux qu'eux. Comme si elle poursuivait déjà un but dans l'existence. Même en ce temps-là il était jaloux. De façon tout à fait puérile, il avait fait des pieds et des mains pour qu'elle s'intéresse à eux, pour qu'elle s'abaisse à leur niveau, quitte à la taquiner. Sans se douter qu'elle en subirait encore maintenant les conséquences. Il avait été d'une stupidité sans nom. Il n'avait aucune excuse, aucune.

— Je suis navré, dit-il, sincère. C'était odieux de ma part. À ma décharge, je n'avais que treize ans. Les garçons de treize ans ne brillent pas vraiment par leur intelligence, c'est bien connu.

— Merci de me présenter des excuses plus de dix ans après les faits, alors que cela a affecté mon existence à tout jamais, répondit-elle sèchement. J'aimerais qu'on cesse de m'affubler de ce surnom, à présent.

— Plus personne ne vous appelle ainsi, rétorqua-t-il, sur la défensive. C'était il y a des années.

— Vous plaisantez ? C'était dans le journal de ce matin. *Le Vilain Petit Canard met le grappin sur le voyou millionnaire.* Vos amis ont caqueté en me voyant entrer dans la salle de bal, pas plus tard qu'hier soir !

Il grimaça. Une nouvelle fois.

— Je suis navré. Vraiment navré.

— C'est bien trouvé. Je serais presque tentée de dire que vous avez un don pour inventer des surnoms.

Ce compliment le déstabilisa. Il chercha une réponse bien sentie, mais ne trouva pas mieux que de dire simplement :

— Merci.

— Je vous en prie.

Un profond silence s'installa, mais il n'avait rien de pesant. Il était même presque agréable. Comme une parenthèse qui invitait à observer les environs. Le beau vert tendre des pelouses, les arbres sur le point de fleurir, les promeneurs qui profitaient de ce havre de verdure.

Pendant un bref instant, ils n'étaient plus deux ennemis jurés.

Jusqu'à ce que Daisy s'exclame :

— Seigneur, ça y est ! Nous y sommes.

— Quoi, qu'y a-t-il ?

— Nous avons échangé de façon courtoise, presque polie. Nous avons eu une véritable conversation, et pas une joute verbale à couteaux tirés. Dommage que personne ne nous ait vus.

— Espérons que si.

— Autrement, nous allons devoir recommencer, soupira-t-elle.

— Ne parlez pas de malheur ! fit-il, pince-sans-rire.

Il avait beau dire, il ne le pensait pas. Ou si peu... Il appréciait la compagnie de Daisy, malgré tout. Il ne savait guère comment occuper ses après-midi sans se rendre à son club. Et s'il se faisait inviter par l'un de ses amis ? Non, il avait sa fierté ! De toute façon, ce n'était pas possible : tout le monde participait à une régate du côté de Newport. Encore une décision collégiale prise au débotté, après plusieurs verres et à des heures indues. Ils s'étaient mis en route sans même se soucier d'écrire à leur camarade en exil forcé. Oh ! il avait bien contacté Miss Pennypacker, mais elle ne voulait qu'une chose : le bombarder de questions sur Daisy et lui. Or, il ne souhaitait pas y répondre.

Beaucoup de New Yorkais n'avaient pas encore quitté la ville. Ils jetèrent un coup d'œil alentour. Central Park était rempli de promeneurs qui profitaient de cette belle journée. Pourquoi se seraient-ils souciés d'observer un homme et une femme qui passaient à bord de leur voiture ? Et tant pis si c'étaient eux dont les noms s'étalaient dans les journaux du matin. C'était la faute de ce chapeau hideux, qui empêchait les badauds de la reconnaître.

— Avons-nous vraiment besoin de passer nos journées ensemble ? lança-t-elle. À mon avis, il est tout à fait inutile de convaincre les gens que nous nous aimons ou, simplement, que nous nous apprécions. Et c'est tant mieux. Je doute que nous ayons le talent nécessaire pour faire croire une chose pareille. Surtout après la soirée d'hier.

Peut-être. Mais était-il possible de revenir en arrière ? Non. Il n'avait plus un sou vaillant, et ses amis venaient de le lâcher. Il ne lui restait plus que sa réputation d'homme charmant, recherché et attirant. Il ne pouvait pas se permettre de la perdre. Enfin, pas avant de déterminer ce qu'il comptait faire de son existence. Pas avant d'avoir un but.

— À ce propos..., avança-t-il. Il serait bon de songer à ma réputation.

— Je vous écoute, marmonna-t-elle.

Même s'il avait conscience que c'était probablement le cadet des soucis de sa « fiancée », il poursuivit :

— Il est assez dommageable de laisser les gens penser que j'ai été exclu de mon club, que mon père m'a coupé les vivres et qu'on m'a forcé à unir mon sort au vôtre. Mais passe encore. En revanche, pas question de laisser croire que mon élégance et mon charme sont incapables de vous séduire.

— Puisque je ne suis ni jolie ni adulée par mes semblables, je devrais vous remercier de l'intérêt que vous me portez, c'est ça ? Et si vous n'aviez pas suffisamment de charme pour me séduire ? Et si votre élégance ne me faisait ni chaud ni froid ?

À l'entendre, il n'y avait aucun doute possible : il manquait de charme, et son élégance n'avait aucun effet sur elle. Un beau visage ne suffisait pas. Pas plus que ses beaux costumes ou ses muscles sculptés par des années de tennis. C'était tout ce qu'il avait à offrir, et elle n'en voulait pas. Il en retombait dans ses travers : cette envie dévorante d'une vie différente, dont il serait le seul maître et que personne ne pourrait lui ravir. Mais d'abord...

— Pour le bien de ma réputation, faites semblant d'être amoureuse de moi, je vous prie. Rien qu'un peu. Pour donner le change. Cela ne sera pas inutile quand nous romprons nos fiançailles, à mon avis.

— Oh ! vraiment ?

Le sarcasme dans sa voix était presque palpable.

Il comprit qu'elle ne faisait que s'échauffer.

— Dans ce cas, très cher, je vais peut-être commencer par poser tendrement la main sur votre bras. Puis me pencher vers vous. Ma poitrine va *accidentellement* frôler votre bras. Et là, je n'aurai qu'à vous souffler quelques mots sensuels à l'oreille. Ou une remarque acerbe qui vous rendra furieux, mais personne n'en saura rien. Les gens se diront que le voyou au charme sulfureux a fait chavirer un nouveau cœur.

Il aurait été préférable que les choses s'arrêtent là. Hélas, Daisy avait mis sa menace à exécution. Elle avait la main sur son bras. La poitrine contre lui. Elle murmurait à son oreille. Elle était si près que c'en était presque indécent. Un parfum floral, discret mais entêtant, lui envahissait les narines.

À son grand effroi, ces gestes provoquèrent quelque chose en lui.

Il n'appréciait guère cette femme qui ne lui inspirait aucune passion. Elle ne lui inspirait même rien du tout, pour être honnête.

Mais il lui suffisait d'être piquante, obsédante, troublante, d'être elle-même en somme, pour qu'il soit touché. De bien des façons.

— Ou alors, je n'ai qu'à vous regarder comme une biche énamourée.

Elle battit des paupières. C'était plus comique que séduisant.

— Vous préférez tourner ce problème en dérision ? Tant pis.

— Toutes mes excuses. Quel sujet mérite plus d'attention et de considération que la fierté et la réputation d'un homme ? Je n'aurais pas dû prendre la chose à la légère.

Ah, enfin, un bon point !

— Et puis, franchement, à quoi rime cette histoire de biche énamourée ? demanda-t-il.

— L'expression était mal choisie, mais vous aurez saisi où je voulais en venir, monsieur le diplômé de Harvard. Je pourrais vous regarder comme ces jeunes et innocentes demoiselles de bonne famille, modistes ou actrices, qui croient dur comme fer que les contes de fées sont bien réels et qu'un prince charmant leur ravira le cœur.

— À mon avis, vous n'y arriveriez pas malgré tous vos efforts. Je n'y arriverais pas moi-même.

— Est-ce un défi que vous me lancez ?

— Seulement si on nous regarde. Il serait dommage de priver les autres d'un tel numéro d'actrice.

— Une représentation privée ne vous intéresse pas, Theo ?

Une représentation privée… Cette expression lui inspira… bien des images. Des images auxquelles il ne pensait pas au beau milieu de Central Park, avec une femme de haut rang à côté de lui.

Hélas, il fallait qu'elle l'aguiche avec cette voix sensuelle ! La colère l'envahit. Mais est-ce que cette brusque bouffée de chaleur était le signe d'autre chose ? Il n'en savait rien. Il ne voulait pas le savoir. Ce qu'il voulait, c'était suivre le cours tranquille de son existence, sans être dérangé par d'étranges *sentiments* pour une femme qu'il n'appréciait même pas.

— Ce n'est pas nécessaire, Daisy, vraiment.

— C'est plus fort que moi. Vous êtes tellement à croquer !

Il se sentit pâlir.

Daisy lui souriait, à présent. Elle battait des paupières. Seigneur...

— Quelqu'un nous regarde ? demanda-t-elle sans détacher les yeux de son visage. Ça marche ? À part vous, plus rien n'existe pour moi.

— Assez, gronda-t-il. C'est ridicule. Vous êtes ridicule.

— Je ne fais que vous taquiner, Theo. Lorsque nous serons en public, je ferai semblant d'être subjuguée par votre présence, pour le bien de votre précieuse réputation. Enfin, j'essayerai. Pas question de laisser les mauvaises langues dire qu'il existe à Manhattan une femme qui n'a pas envie de vous !

— Merci.

C'était une bien triste victoire. Il se sentait comme un idiot. Elle tâcherait de préserver les apparences, c'était certain, mais rien de tout cela ne serait sincère. Quel crétin ! Pourquoi lui avait-il demandé une chose pareille ? Pourquoi était-il aussi attaché à l'opinion que les autres avaient de lui ?

— Par ailleurs, je vous saurai gré de faire semblant d'être amoureux de moi.

Il haussa un sourcil étonné.

— Ah oui, et pour quelle raison ?

— Peu importe. Mais faites un effort, donnez l'impression que vous me séduisez, dit-elle. J'aimerais avoir le souffle coupé, les jambes qui flageolent... Ou ce que les jeunes filles ressentent, quand elles sont sous le charme d'un homme.

— Navré, murmura-t-il en lâchant les rênes pour se tourner vers elle.

Il était temps de lui rendre la monnaie de sa pièce.

— Remédions à cela sans délai.

— Attendez, rien ne presse..., s'empressa-t-elle de répliquer.

Il lui adressa son sourire carnassier. Puis se rapprocha pour lui susurrer quelque chose à l'oreille. Mais, l'espace d'une seconde, les mots lui manquèrent. Daisy sentait si bon... Le parfum qu'elle portait était si enivrant. Elle avait la peau douce, soyeuse, magnifique. Une peau qui appelait les caresses. Cette petite partie de son corps était pudiquement offerte aux regards, mais il laissa son esprit vagabonder. Le reste de son corps, comment était-il ?

Finalement, il se rappela ce qu'il comptait dire. Des mots romantiques et enjôleurs. Pourquoi ne seraient-ils pas deux à jouer à ce petit jeu ?

— Et si nous retournions au kiosque ? Il sera peut-être vide, nous serons seuls tous les deux.

— Pour quoi, au juste ?

Cette proposition semblait la laisser de marbre.

— Apprendre à mieux nous connaître. Intimement.

S'ils avaient été seuls, il lui aurait peut-être embrassé le lobe de l'oreille. Une vague de désir l'emporta quand cette idée lui traversa l'esprit.

Dieu soit loué, ils n'étaient pas seuls !

Daisy détourna la tête. Encore un peu et elle le giflait avec son grand chapeau.

— En voilà des gestes séducteurs, Theo ! On sent que vous avez des années de pratique derrière vous. Mais nous n'avons pas besoin de faire mine d'être amoureux, personne ne nous croira. Tâchons d'adopter une attitude poliment distante. Ou pas ouvertement hostile, du moins.

— Vous m'en voyez ravi !

— Pourquoi devrions-nous passer toutes nos journées ensemble ? Ou même passer du temps ensemble, tout court ?

— N'ayez crainte, je suis libre comme l'air.

Il n'y avait guère que chez son tailleur qu'il passait de longues heures. Mais, maintenant que son père refusait de payer les factures..., il ne savait pas comment tuer le temps, surtout en l'absence de ses amis.

— Pas moi, figurez-vous, rétorqua-t-elle.

— Ah oui, et pourquoi donc ?

Elle esquissa un sourire énigmatique et répondit :

— Auriez-vous envie de le savoir ?

6

Il se murmure que Mrs Evelina Swan a réservé Grace Church pour le mariage de sa fille, Miss Daisy Swan, avec Theodore Prescott fils.

– The New York Post

Plus tard dans l'après-midi
10ᵉ Rue Ouest, numéro 25

Daisy le pensait sans détour, cette situation infernale avec Theo lui avait déjà volé un temps précieux. Elle avait pourtant des affaires nettement plus importantes à régler. Rompre au plus vite ces fiançailles, pour commencer.

Pouvait-elle l'épouser ? Évidemment que non ! Pour autant, étant donné l'ambiance qui régnait au sein de la demeure familiale, elle avait intérêt à passer à l'action. Et à mener à bien son intention de développer et vendre sa gamme de produits de beauté. Le plus tôt serait le mieux. Plus question d'attendre d'avoir décroché son diplôme. Sa mère organisait ce mariage à un train d'enfer. Logique : elle avait hâte de la voir casée, avant que le scandale n'éclate.

Elle devait donc se dépêcher d'agir. Ce qu'elle comptait faire lors d'un rendez-vous confidentiel en compagnie de ses amies, autour d'une tasse de thé. On l'attendait dans l'élégante demeure de leur intrépide meneuse, Miss Harriet Burnett, la fondatrice du club des Dames de la liberté.

Ce cercle fermé comptait des membres de la haute société, d'anciennes camarades de classe de Miss Burnett, ainsi que d'autres femmes qu'elle avait embarquées dans l'aventure. Il y avait bien longtemps, au moment de son entrée dans le grand monde – elle avait à peine un an de moins que Daisy –, Miss Burnett avait refusé le parti que ses parents avaient choisi pour elle. Lorsqu'ils lui avaient coupé les vivres, elle avait gagné sa vie grâce à ses talents d'écrivaine, et avait noué de nouvelles amitiés. À la mort de ses parents, qui lui avaient laissé leur fortune, Harriet avait tiré profit de son patrimoine et de sa position pour aider les femmes à gagner leur indépendance. Personne ne devait avoir à choisir entre l'amour et l'argent, estimait-elle.

Ainsi était né le club des Dames de la liberté, dans lequel Harriet avait impliqué ses amies de la bonne société et celles de la presse. Leur but : permettre aux femmes de s'imposer dans le monde du travail. Elles les aidaient à décrocher un métier honnête, avec un salaire digne de ce nom. Ou alors, elles mettaient en commun leurs ressources, afin d'aider certaines à ouvrir leur propre commerce. Toutes partageaient une même vision des choses. Elles étaient prêtes à se soutenir et à s'entraider.

Daisy appartenait à ce club depuis toujours. Elle avait connu Harriet du temps où celle-ci fréquentait l'élite new-yorkaise. Elle n'avait jamais eu peur au moment de prendre la parole devant ses camarades. Cette fois, c'était différent. Après avoir vu des femmes lancer leur boutique ou entamer une belle carrière, c'était à elle de tenter sa chance.

D'une main légèrement tremblante, elle sortit plusieurs pots de son sac et les déposa sur la table basse d'habitude réservée au service à thé. Les autres se rapprochèrent, intriguées.

— Bien, la mise au point m'aura demandé plus de temps que prévu, mais je suis enfin parvenue à la perfection.

— Pour être tout à fait franche, lança une jeune brune

nommée Miss Parks, je ne saurais dire ce qui m'intrigue le plus : cette présentation tant attendue ou la raison de ces retards.

— Vous savez ce qui m'a retardée. Vous êtes toutes au courant. Inutile d'en parler.

Daisy avait nourri l'espoir qu'elle n'aurait pas à parler de Theo, surtout ici. Le club des Dames de la liberté était un endroit où les membres se retrouvaient pour parler de leur place dans le monde, les unes après les autres, pas de mariage. Dieu savait si on lui rebattait assez les oreilles avec ce sujet chez elle ! Tant qu'elle était ici, elle n'avait aucune envie de parler de garçons.

Ou *d'un* garçon en particulier.

D'un homme, même. Elle avait passé l'après-midi à côté de lui dans cette voiture. Elle avait deviné ses muscles parfaitement sculptés sous son costume impeccablement taillé. Une preuve qu'il ne passait pas uniquement ses journées à paresser.

— Theodore Prescott, votre futur mari ! s'exclama Miss Parks. Belle prise !

— Détrompez-vous. Pour moi, c'est un cauchemar qui se conjugue au passé, au présent et au futur. Un cauchemar dont je ne pourrai jamais me réveiller. Entre nous, mes chères amies, nous faisons simplement semblant d'être fiancés pour que nos parents cessent de jouer les entremetteurs. Si j'ai accepté cette mascarade, c'est uniquement pour me concentrer sur ce projet.

Il était temps de ramener l'attention sur la raison de sa présence.

La raison qui la faisait vivre.

La raison qu'elle avait exposée à ce voyou de Theodore Prescott.

Face à elle se déployait un assortiment de contenants dépareillés qu'elle avait chipés un peu partout chez elle. Elle les avait lavés puis avait gratté les vieilles étiquettes, avant de les remplir, au prix de mille précautions, avec la préparation miraculeuse qu'elle avait inventée seule. Enfin, pour l'essentiel.

En l'occurrence, une crème pour la peau.

Pour prendre soin d'elles, la plupart des femmes utilisaient de vieilles recettes de famille préparées par une domestique. Il leur arrivait aussi d'utiliser le contenu du garde-manger, comme du lard roulé en boule. D'autres se contentaient d'une peau sèche et terne. Acheter des cosmétiques était impensable : cela risquait de ruiner leur réputation. Elles préféraient donc s'en dispenser.

C'est là que Daisy entrait en jeu.

À ses yeux, les femmes méritaient mieux. Elles avaient le droit de prendre soin d'elles. Elles avaient droit à un peu de douceur, même si c'était grâce aux vertus hydratantes des ingrédients qui composaient la mixture de son invention.

Elle était partie d'une vieille recette de sa grand-mère, transmise de génération en génération, qu'elle avait perfectionnée grâce à ce que ses études de chimie lui avaient appris. Elle avait amélioré l'apparence de sa crème, ajouté du parfum et testé la recette jusqu'à ce qu'elle fonctionne vraiment. Elle voulait offrir aux femmes une peau de déesse.

Ce n'était pas une simple crème de beauté. Elle ne se contentait pas de remplir son office, elle faisait des miracles. Un miracle réalisé grâce à la science. Les gens pouvaient l'appeler le Vilain Petit Canard jusqu'à plus soif, mais qui oserait dire qu'elle n'avait pas une peau parfaite ?

C'était aussi pour cette raison que le sobriquet dont on l'affublait partout où elle allait ne l'avait jamais tellement dérangée. Elle avait un motif de fierté bien à elle, sa peau. Elle avait aussi un projet qui habitait son esprit, son cœur et ses talents. Elle avait des qualités et une passion qui l'animait. Elle avait un cercle d'amies formidables. En regard, le reste paraissait moins grave.

Miss Lumley l'observa, puis fixa la crème, puis elle, à nouveau.

— C'est donc ça, le secret de votre peau magnifique ?

— Oui. Il s'agit d'une recette de ma grand-mère, que j'ai améliorée en laboratoire. Elle a été testée, approuvée et scientifiquement perfectionnée.

Elle dévissa un couvercle et fit passer le récipient ouvert à ses amies. Elle prit ensuite une noisette de crème dans un autre bocal et montra comment il fallait l'appliquer.

— Mettez-en tous les soirs avant de vous coucher pendant

deux semaines, et les résultats viendront, je vous le garantis ! Vous aurez la peau plus éclatante. Moins de rides. Et bien meilleure mine. Je l'utilise régulièrement.

Pour l'heure, elle était la seule.

Mais cela ne suffisait pas.

Il fallait que d'autres femmes, bien d'autres femmes, l'achètent.

C'était grâce au contenu de ce petit bocal qu'elle s'en sortirait. Qu'elle échapperait à la catastrophe qui n'allait pas tarder à frapper sa famille, à ces fausses fiançailles avec un homme qui la révulsait, et à l'existence triste et certainement très difficile promise à une célibataire sans grande beauté, mais à la langue acérée.

Hélas, même ces jeunes femmes aussi ambitieuses qu'audacieuses qui faisaient cercle autour d'elle semblaient hésiter. On voyait sans peine qu'elles étaient tiraillées entre un vif intérêt et un détachement pudique.

— Ma foi, Daisy, vous avez une peau si belle que je vais l'essayer ! s'exclama Harriet en attrapant le bocal le plus proche.

Daisy poussa un ouf de soulagement. Harriet était la fondatrice de leur cercle. Si son verdict était positif, il y avait de grandes chances pour que les autres lui emboîtent le pas. Si elles acceptaient d'essayer la crème, soir après soir, elles ne pourraient plus s'en passer, Daisy en était convaincue.

— Mais à une condition, ajouta Miss Harriet. Expliquez-nous pourquoi vous voilà subitement fiancée à Theodore Prescott. Que s'est-il passé ?

— Nous sommes tombées des nues en entendant la nouvelle, ajouta Miss Parks.

— Vous méritez bien mieux ! renchérit Miss Archer.

Daisy sentit son cœur se gonfler d'émotion. Voilà pourquoi elle aimait tant les amies de son club. Et sa mère qui soutenait que Theo était le meilleur parti pour elle ! Ces femmes la connaissaient mieux, elles savaient qu'elle méritait mieux.

— Il est beau comme un astre...

— On pourrait même dire joli garçon...

— Mais nous pensions que votre cœur vous porterait plutôt vers un homme plus…

— Savant ? Accompli ? Raisonnable ? Sérieux ?

Elle avait de la peine pour Theo. Certes, à sa connaissance, il n'avait jamais brillé par son intelligence, même s'il se vantait d'être passé par Harvard. Et, effectivement, il n'avait aucun talent particulier, aucune réussite personnelle à mettre en avant. Il ne faisait rien de ses journées, et cela semblait lui convenir.

De l'avis général, il menait une vie de bâton de chaise. Une vie de plaisirs. De plaisirs et de paresse. Quel ennui !

— Nos parents tiennent à ce mariage… Parce qu'ils ont leurs raisons, expliqua-t-elle.

Pourvu qu'elle n'ait pas à donner davantage d'explications !

— Mais nous avons élaboré un stratagème. Faire mine d'être fiancés dissuadera nos parents de nous pousser dans les bras l'un de l'autre. Et, si j'ai accepté cette fausse demande en mariage, c'est uniquement parce que ma mère s'apprêtait à jeter mon matériel de chimie. À l'entendre, je n'en aurai plus besoin quand j'aurai une maison à tenir. En ce qui le concerne, mon « promis » s'est résigné lorsque son père l'a fait exclure de son club.

— Pour les hommes de cette ville, c'est la pire catastrophe qui soit.

— Sans doute est-ce à cause de ce qui est arrivé à Saratoga.

Mais oui, bien sûr. Le fameux scandale de Saratoga.

L'affaire, qui était sur toutes les lèvres depuis des jours, inspirait des murmures d'effroi au sein de la bonne société. Les journaux se faisaient quotidiennement l'écho de mille rumeurs. Oh ! ce n'était que des supputations. Personne ne connaissait le fin mot de l'histoire. Mais ce qu'on en savait était très négatif.

— J'espère qu'il vous a tout raconté.

— Pour l'essentiel, nous tâchons de nous éviter. Quand nous sommes ensemble, nous passons le plus clair de notre temps à nous renvoyer notre détestation mutuelle en plein visage. Évoquer le scandale de Saratoga ne fait pas partie de nos priorités.

Elle aurait tout de même dû l'interroger sur cet événement qui avait défrayé la chronique. Il fallait bien qu'elle retire quelque chose d'une situation qui la rendait folle.

— Le scandale de Saratoga ? De quoi s'agit-il ? s'enquit Mrs Sanders.

La question de leur amie fut accueillie par de grands cris outrés.

— Comment ? Vous n'êtes pas au courant ?

— Je séjournais à la clinique du Dr Jacob. Les journaux y étaient interdits.

Il n'était pas rare que Mrs Sanders disparaisse de longues semaines pour soigner une mystérieuse maladie. En son for intérieur, Daisy voulait croire qu'elle essayait tout simplement d'échapper à son ours de mari. Mais elle n'oserait jamais le dire tout haut.

— Personne ne sait vraiment de quoi il retourne. Une chose est sûre : il était question d'une actrice d'une certaine renommée, d'un splendide attelage payé à prix d'or par son propriétaire, ainsi que d'un drap.

Une actrice, un séducteur impénitent, un vol et une histoire croustillante pour couronner le tout… Il n'en fallait pas plus pour alimenter les discussions dans le grand monde !

— La chevalerie n'est plus ce qu'elle était.

— Theodore Prescott a enfreint un nombre incalculable de lois. Son père l'a laissé mariner deux jours en prison avant de payer sa caution pour le faire libérer.

— Et savez-vous ce qu'il a dit en sortant ? Que c'étaient les risques du métier.

— Comme s'il avait déjà appris un métier dans sa vie ! s'insurgea Daisy.

— Nous sommes d'avis que vous méritez mieux que lui, résuma Harriet.

— Je suis moi-même d'avis que je mérite mieux que lui. Si je n'étais pas contrainte et forcée…

— Vous pourriez très bien refuser de l'épouser, point.

Harriet avait parlé d'une voix douce. Et ferme.

Les autres se turent brusquement. Elles attendaient de voir comment Daisy comptait répondre sans insulter leur amie et hôtesse. Et pour cause : alors qu'elle n'avait pas un sou vaillant, la fondatrice de leur club avait choisi de tracer son propre chemin, plutôt que d'accepter l'homme avec qui ses parents tenaient à la marier, malgré son refus.

Daisy avait honte. Pourquoi ne faisait-elle pas preuve de la même audace ? Hélas, elle savait que sa mère avait raison. Si elle souhaitait convaincre des femmes respectables d'acheter son produit miracle, au mépris du scandale, elle avait besoin d'une réputation sans tache pour arrondir les angles.

— Le moment venu, je refuserai de l'épouser et les conséquences n'y changeront rien, répondit-elle. Mais j'ai un plan. Nous ne sommes que deux alliés de circonstance. Deux complices. Rien de plus. Croyez-moi.

Harriet hocha la tête. Ces explications paraissaient l'avoir convaincue.

— Bien, exposez-nous ce plan.

— Vous l'avez sous les yeux. Sur votre peau. J'ai l'intention de commercialiser cette crème de beauté. Dès que j'aurai ouvert ma boutique et que mes revenus seront assurés, je n'aurai plus besoin d'un fiancé pour la galerie. En attendant, il me faut de l'aide. Et c'est là, je l'espère, que vous entrez en jeu, mes chères amies.

— Vous faut-il de l'argent ?

Les Dames de la liberté avaient la réputation de mettre en commun leurs deniers personnels et de reverser les frais d'inscription au club pour aider les femmes désireuses d'ouvrir une boutique. Leur dernier investissement en date avait été l'atelier de couture de Miss Adeline Black, qui se taillait un joli succès. Le club n'était jamais à court d'argent.

— Non, ce n'est pas nécessaire pour le moment. J'ai économisé en prévision. Mais j'aurai grandement besoin de publicité.

Et cela n'avait rien d'anodin.

Acheter un tel produit n'allait pas de soi, loin de là. En un sens, c'était une petite révolution. On ne voyait pas ce genre de crèmes dans les salles de bains. Elle avait intérêt à trouver un bon moyen de faire atterrir son invention sur les tables de toilette des New Yorkaises ! À vrai dire, elle avait même songé à prétendre qu'il s'agissait d'une préparation pharmaceutique. Par ailleurs, on pouvait aisément croire qu'il s'agissait d'un produit cosmétique. Par principe, les dames respectables n'en portaient jamais. Il suffisait qu'une femme se mette une touche de fard sur les joues, du rouge sur les lèvres ou un trait de crayon noir sous les yeux pour être qualifiée de débauchée.

Il fallait donc s'attendre à ce que les amies de son club hésitent. Quoi de plus normal ? Daisy avait bon espoir, pourtant.

Au bout de quelques minutes de réflexion, elles finiraient bien par s'apercevoir qu'ensemble, avec leur position privilégiée et leur pouvoir indéniable, elles pouvaient changer le regard qu'on portait sur les cosmétiques. Si ce pari se révélait gagnant, cette réussite ouvrirait de nouvelles voies pour toutes celles qui souhaitaient travailler ou créer leur entreprise, pourquoi pas ?

Il suffisait qu'elles commencent par changer le monde.

Quelques voix timides s'élevèrent.

— J'aimerais, oui, mais...

— Voilà un sujet pour le moins inconvenant. La toilette d'une dame est une question intime.

Daisy crut bon d'objecter :

— Mais nous sommes bien en train de l'aborder, non ?

— Nous sommes un groupe à part. J'aurais du mal à en parler à mes amies paroissiennes.

— Cette crème n'a rien de commun avec le rouge à lèvres, le fard ou tout ce que des actrices comme Annabelle Jones peuvent porter.

Ce nom ne leur était pas inconnu. La jeune comédienne avait été l'autre protagoniste du scandale de Saratoga.

— C'est vrai. Nous employons toutes un produit qui ressemble plus ou moins à la crème que nous propose Daisy.

— Même sans l'avoir essayée, je suis certaine qu'elle vaut mieux que la pommade que me prépare ma femme de chambre.

Daisy sentit une forme de désespoir l'envahir. Certaines de

ces réactions étaient positives, d'autres un peu moins. Mais aucune de ses amies ne semblait prête à crier sur tous les toits qu'elle utilisait une crème de beauté révolutionnaire.

Elle avait pourtant cru qu'elle pourrait compter sur le soutien de membres de son club. En plus d'être amies, elles se considéraient comme des sœurs. Et puis, n'avait-elle pas créé un produit miracle qui leur donnerait le sentiment d'être belles ? Ce n'était pas rien, tout de même ! Hélas…

Miss Parks tenait un bocal dont elle examinait le contenu, les yeux plissés.

— Personnellement, je n'ai pas peur du scandale, fit-elle remarquer. Mais laissez-moi dire une chose. Tout cela n'est pas très esthétique.

Pas très esthétique.

Évidemment. Des mots qu'elle connaissait bien et qu'elle détestait de tout son cœur.

— Je ne mettrais pas ma réputation en jeu pour ça. Daisy, si vous tenez à ce que votre crème soit un succès, il faut qu'elle soit irrésistible. Il faut qu'on se damne pour elle. Donnez envie aux femmes de mettre en danger leur bien le plus précieux, c'est-à-dire leur réputation, pour qu'elles l'achètent sans se soucier du qu'en-dira-t-on. Qu'elles osent laisser votre produit sur leur table de toilette, bien en évidence, à côté de leur brosse en argent et d'un miroir de chez Tiffany ! Et qu'elles soient ravies d'en parler à leurs amies.

Daisy balaya du regard ses compagnes, et comprit une chose à leur expression. L'emballage n'était pas assez attirant. Elles étaient encore réticentes à l'idée qu'on les voie acheter ce produit dans un magasin, aux yeux de tous. Certes, elles avaient réellement envie de l'essayer. La preuve : certaines glissaient les petits bocaux dans leurs sacs et dans leurs poches. Mais elles n'oseraient jamais en parler. Elles ne s'en vanteraient pas.

En un sens, elle vivait la même chose quand elle était au côté de Theo. Elle était un vieux bocal et lui, une jolie petite création de chez Tiffany. Voilà le sort qu'elle subirait le restant de ses jours, si son grand projet échouait.

7

La date du mariage le plus inattendu de l'année a été fixée. Si tout se déroule comme prévu, Miss Daisy Swan remontera les travées de Grace Church au bras de Theodore Prescott dans tout juste deux mois. Mais, quand on les voit ensemble, il y a de quoi se poser des questions.

– The New York Post

Dans la salle du Delmonico
À l'angle de la Cinquième Avenue
et de la 26e Rue

Une grande soirée au restaurant, tous ensemble. Quelle mouche avait piqué Mrs Evelina Swan pour qu'elle ait eu cette idée saugrenue ? Certes, on ne pouvait rêver mieux pour souder les liens entre leurs deux familles. Et, pour la mère de Daisy, c'était l'occasion rêvée de montrer que sa fille encore célibataire avait mis la main sur le meilleur parti de tout Manhattan. Contre toute attente, du reste.

Malheureusement, ces satanées fiançailles seraient encore plus dures à rompre après ce dîner.

Pour l'heure, Theo était donc attablé en compagnie de son père, de Daisy et d'Evelina au Delmonico, un luxueux restaurant considéré par bien des gens comme le meilleur de la ville. C'était surtout là que la haute société new-yorkaise aimait être vue. Le maître d'hôtel, Pierre, les avait installés au centre de la salle. Ils ne risquaient pas de passer inaperçus !

— Je suis vraiment navrée, commença Evelina, mais Mr Swan ne pourra pas être des nôtres, ce soir. Un imprévu l'a retenu au travail. Monsieur Prescott, vous comprendrez certainement que les affaires passent avant tout le reste.

— Aucun doute là-dessus, marmonna Theo dans sa barbe.

— Quel dommage ! répondit son père. J'avais hâte qu'il me fasse partager ses secrets. Cela étant, je suis prêt à me faire une raison. Les investissements de votre mari nous ont rapporté d'immenses bénéfices, à mes amis et moi-même.

— Oh ! il n'aborderait jamais ces questions pendant un dîner. Pour nous les femmes, c'est si assommant ! répondit-elle avec un rire cristallin.

— Pour ma part, ça ne m'ennuierait pas, rétorqua Daisy. La finance est un sujet passionnant.

— Daisy..., gronda sa mère.

— Vous avez de la chance, votre enfant s'y intéresse, elle.

— Père..., gronda Theo.

Oh ! ce dîner promettait d'être formidable !

Dieu merci, il y aurait du vin pour arroser l'interminable farandole de plats qu'on allait leur servir. Voilà qui aiderait à faire passer la soupe aux palourdes et le steak à la Delmonico, la grande spécialité de la maison.

Un serveur fit le tour de la table pour remplir leurs verres. Theo en avala immédiatement une gorgée.

— Oh ! regardez la robe de cette femme ! lança tout à coup Mrs Swan. Quelle est donc cette horrible couleur ? On dirait une sorte de violet ou de lavande, mais ce n'est guère réussi, vous ne trouvez pas ?

— C'est la couleur que prend un bleu au bout de trois jours, répondit Theo, après y avoir jeté un coup d'œil distrait. On a du mal à croire que Worth puisse proposer des robes pareilles.

— Sapristi, c'est exactement ça. Bravo, Theo, quelle description d'une précision redoutable ! s'exclama la mère de Daisy avec enthousiasme.

De son côté, Daisy observait Prescott père par-dessus son menu. Il avait la mâchoire crispée, et ses lèvres formaient une ligne dure. Ce que venait de faire son fils ne lui plaisait guère. Et le mot était faible.

De toute évidence, ce n'était pas cette comparaison qui contrariait cet homme plein de prestance, mais la facilité et la précision avec lesquelles son fils avait su décrire la robe. Oui, Theo avait l'œil pour les couleurs et un vrai sens de la formule.

Il avait aussi beaucoup de goût pour choisir ses tenues, songea-t-elle en son for intérieur.

Elle glissa un regard vers lui. Furtivement, bien sûr. Pas question d'être surprise en train de l'observer. Manifestement, il ne se faisait aucune illusion sur ce que pensait son père. La tension qui les opposait était palpable. Elle en eut presque un élan de compassion pour lui. En dépit de leurs divergences, sa mère ne l'avait jamais jugée durement.

La nuance était mince, mais cela faisait une énorme différence.

Il était grand temps de changer de sujet. Sa mère, en maîtresse de maison accomplie, n'avait pas manqué de le remarquer. Elle afficha donc un sourire rayonnant et se tourna pour dire :

— Monsieur Prescott, et si vous me parliez de ce nouveau yacht que vous souhaitez vous offrir ?

La question sembla le réjouir, et il se lança aussitôt dans de grandes explications.

Theo et Daisy en profitèrent pour avoir une petite discussion de leur côté. En toute discrétion, malgré l'urgence.

— Maintenant que nous sommes fiancés et que tout le monde est au courant, il serait temps que nous songions à nous sortir de cette situation inextricable, qu'en dites-vous ?

L'ennui qu'elle lisait dans les yeux bleus de Theo s'effaça aussitôt, et une vive lueur les anima.

— Il semblerait que nous ayons un intérêt commun,

finalement, répondit-il, comme s'ils évoquaient leurs passe-temps respectifs. J'imagine que vous avez élaboré six façons de me faire passer pour un horrible personnage ?

— C'est faux, répondit-elle en souriant. J'en ai trouvé sept. Ne me sous-estimez pas, je vous prie.

— Loin de moi cette idée !

— Souhaitez-vous que je vous expose mon plan, oui ou non ?

— J'en tremble d'impatience.

— Le moment venu, nous dirons simplement à nos parents que nous avons décidé de ne pas nous marier. Et que rien ni personne ne pourrait nous y forcer.

Il resta muet une demi-seconde, l'air interdit. Puis il leva ses magnifiques yeux bleus au plafond.

— Bon sang, pourquoi n'y ai-je pas pensé plus tôt ? marmonna-t-il. Vous êtes d'une intelligence sans pareille, Daisy. Cette idée ne m'avait même pas effleuré l'esprit ! Pourtant, j'ai étudié auprès des meilleurs enseignants de Harvard. Alors, expliquez-moi quand viendra ce fameux moment, car je suis déjà prêt.

— Attendons encore une semaine, répondit-elle en haussant les épaules.

— Une semaine ? J'espérais une indication plus précise. Êtes-vous bien sûre que vous avez mûrement réfléchi à la question ?

— Évidemment. Aussi imprécise soit-elle, cette perspective m'aide à m'endormir le soir. C'est si réconfortant !

— Vous avez parlé de sept solutions pour contrecarrer les plans de nos parents. En voilà une. Quelle est la suivante ?

— Pourquoi ne pas publier une annonce dans les journaux, tout simplement ?

Il lui adressa un petit sourire pour marquer son approbation. Une étincelle brillait dans son regard. Daisy ne l'admettrait jamais, non, jamais, mais quand il réfléchissait elle le trouvait pour le moins... attirant.

— *Theodore Prescott et Miss Daisy Swan, ainsi que leurs familles, font savoir que leur mariage n'aura finalement pas lieu*, proposa-t-il.

— Excellent. Je n'ai rien à redire. Vous avez vraiment le sens de la tournure et de la formule.

Il ouvrit grand la bouche d'un air théâtral, ce qui lui valut aussitôt un regard réprobateur de son père. De toute évidence, Mr Prescott était aussi dur et inflexible que l'acier dont il tirait sa fortune. La moindre manifestation d'une émotion, réelle ou feinte, semblait l'exaspérer profondément.

— Sapristi, Daisy... Viendriez-vous de me faire un compliment ?

— Possible. Mon sens de $1a repartie a dû s'émousser. Que voulez-vous, c'est l'âge !

Leur conversation fut interrompue par l'arrivée de Mrs Gould, qui fonça droit vers leur table dans un nuage de soie, de plumes et de rangs de perles interminables. Le tout rehaussé d'une broche de diamants et émeraudes d'un éclat presque aveuglant.

— Les Swan et les Prescott qui dînent ensemble, quel charmant spectacle ! s'exclama-t-elle. Tout le monde ne parle que du mariage de ces deux...

Elle n'alla pas au bout de sa phrase. « Le mariage de ces deux tourtereaux », comptait-elle certainement dire, mais elle s'était ravisée in extremis. Car Theo et elle n'étaient pas deux tourtereaux, loin de là.

« Le mariage arrangé de deux ennemis obligés de s'allier » aurait été nettement plus juste, songea Daisy.

Comme si elle avait lu dans ses pensées, sa mère la foudroya du regard, de l'autre côté de la table.

Entre-temps, Mrs Gould avait repris ses esprits.

— Evelina, très chère, puis-je vous demander où aura lieu la cérémonie ?

— À Grace Church, bien entendu.

Daisy et Theo échangèrent un coup d'œil déterminé. *Il n'y aura pas de cérémonie.*

— Ce sera un mariage très intime. Nous n'inviterons que sept cents personnes, entre nos amis les plus proches et notre famille, poursuivit sa mère.

— *Que* sept cents personnes ? fit remarquer Daisy.

— Le bal qui aura lieu le soir même se tiendra dans mon manoir, j'y tiens, ajouta le père de Theo. Pourquoi aurais-je fait construire cette pièce, sinon ?

Daisy était plutôt d'avis que Mr Prescott avait construit cette salle de bal pour montrer aux gens toute l'étendue de sa richesse et de sa puissance. Mais elle garda cette idée pour elle.

— Et après le mariage ? Partirez-vous en lune de miel, mes chers enfants ? J'imagine que vous ferez un grand tour d'Europe ou un long séjour à Newport, au moins.

Tous deux échangèrent un autre regard déterminé. *Il n'y aura rien après le mariage.* Daisy avala une gorgée de vin. C'était étrange, elle avait eu une sensation presque irréelle au moment d'échanger ce regard appuyé avec Theo. L'effet du vin, sûrement. Rien d'autre.

— Nous n'avons pas eu le temps d'y songer, répondit Theo.

— Theo viendra travailler dans mes aciéries, cela va sans dire, ajouta son père.

— Cela va sans dire, répéta l'intéressé.

— Cette perspective ne semble pas vous réjouir, lui glissa Daisy d'un ton faussement compatissant.

— Ce serait mon pire cauchemar, murmura-t-il.

— Je vous imagine à l'usine, en train d'observer toutes ces poutrelles en acier trempé à longueur de journée, poursuivit-elle.

Elle vit son regard s'illuminer, tandis qu'il percevait le ton suggestif qu'elle avait pris.

— Tous ces ouvriers costauds qui forgent cette matière brute à mains nues. Le corps ruisselant de sueur. Je vous imagine avec eux.

— Je serai dans mon bureau. En train de m'ennuyer à mourir, lâcha-t-il. Enfin, si mon père obtient gain de cause.

Pas de doute, Prescott père souhaitait que Prescott fils rejoigne l'entreprise familiale. Tant pis s'il n'était absolument pas fait pour ce travail. Et, surtout, tant pis s'il préférait boire du poison ou épouser son ennemie jurée plutôt que de travailler là-bas.

— Personne ne souhaite me demander ce que, moi, je compte faire, une fois mariée ? lança-t-elle alors.

— En voilà une question saugrenue ! s'esclaffa Mrs Gould.

— De grâce, ma chérie...

Les joues de sa mère s'empourprèrent. Daisy avala une autre

gorgée de vin et tâcha de calmer cet accès de frustration et de colère qu'elle connaissait si bien. Quelle injustice, franchement ! Le monde entier s'attendait à ce qu'elle obéisse au doigt et à l'œil. Comme si elle était encore une enfant ou une écervelée, et pas un être humain avec des idées et des aspirations propres.

À côté d'elle, Theo s'en aperçut et lui demanda dans un souffle, afin qu'elle seule puisse l'entendre :

— Tout le monde vous sous-estime, n'est-ce pas ?

— Vous, mes parents, le monde entier. Bienvenue dans la vie d'une femme.

— Au risque de vous paraître honteusement indiscret, je suis relativement curieux de connaître vos projets, dont le mariage ou la maternité ne font pas partie, visiblement.

— Qu'entends-je, Theo ? Vous vous intéressez à moi ?

Elle arbora un air faussement surpris. Mais savoir qu'elle suscitait son intérêt avait quelque chose d'étonnant. Et de pas désagréable.

— Attention, je ne suis que vaguement curieux !

— Enfin, Theo, que diraient vos amis, s'ils apprenaient que vous vous intéressez à moi ?

— Rien de bon. Autant garder cela pour nous.

Entre-temps, Mrs Gould avait eu son content d'indiscrétions : elle avait en effet glané des détails sur le futur mariage, le nouveau yacht de Mr Prescott et les investissements fructueux de son propre père, Jack. Il ne lui restait plus qu'à aller saluer ses connaissances de la table d'à côté et tout leur raconter.

— Passez une bonne soirée. La soupe de palourdes est excellente, ce soir. Et puis, mes chers enfants, n'oubliez pas de passer à mon bal, demain soir ! Tout le monde rêve de voir le couple du moment.

Theo attendit qu'elle s'éloigne pour dire :

— Trouvons un meilleur plan pour nous sortir de ce guêpier. Au pire, vous me quitterez au moment d'entrer dans l'église.

— Il vaudrait mieux que ce soit vous. Il est beaucoup plus facile pour un homme d'acheter un billet de train et de partir sans se retourner. Ma fierté en prendra un coup, mais elle en a vu d'autres. Si ma mère apprend que je caresse ce genre d'idées, elle n'hésitera pas à m'enfermer dans ma chambre, comme la pauvre Consuelo Vanderbilt.

— Elle n'était pas si pauvre que ça…

— La plus grande fortune du monde ne consolera jamais d'un mariage avec quelqu'un qu'on n'aime pas.

En vingt-cinq ans, elle n'avait encore jamais rencontré quelqu'un capable de lui faire chavirer le cœur. Elle n'avait jamais eu les jambes qui flageolaient ou ce genre de choses, qu'on lisait dans les romans. Elle n'avait jamais croisé la route d'un homme qu'elle aurait voulu embrasser et avec qui elle aurait aimé risquer son avenir. Cela signifiait-il que personne n'était fait pour elle ? Non. Mais elle ne comptait pas se caser avec le premier venu. Elle se débrouillait très bien toute seule. Et elle espérait être libre de tomber amoureuse, sans devoir épouser quelqu'un qu'elle détestait.

Il n'empêche : c'était si étrange d'être assise à cette table avec Theodore Prescott et de parler d'amour. Ils ne s'appréciaient même pas. Elle avait les yeux plongés au fond des siens et cela n'avait rien de déplaisant. Elle était même curieuse d'en savoir plus sur lui.

— Je serais ravi de vous quitter aux portes de l'église, Daisy.

— C'est la déclaration la plus romantique que vous m'ayez jamais faite, Theo ! Lorsque vous me ferez vos adieux sur le quai de la gare, au moment de sortir de mon existence pour toujours, j'aurai peut-être des larmes de joie.

— Savez-vous que, si je vous aimais vraiment, vos mots me feraient beaucoup de mal ?

— Je pourrais dire la même chose. Mais il se trouve que nous ne nous apprécions guère. Tant mieux, j'imagine.

— Cela compliquerait les choses.

— Ce qui serait fâcheux, vu notre situation.

Il leva son verre pour prononcer un toast.

— À l'amour que nous ne nous porterons jamais.

— À ce mariage qui n'aura jamais lieu, ajouta-t-elle.

— Au bonheur que nous connaîtrons… avec d'autres.

— Puisse ce vœu se réaliser !

Ils firent tinter leurs verres avant d'avaler une gorgée de vin. Mais il ne l'avait toujours pas lâchée des yeux. Oh ! ce n'était pas la première fois qu'ils échangeaient un regard aussi appuyé, aussi brûlant. Sauf que celui-ci s'attardait. Il refusait de prendre fin.

Plus tard, au vestiaire

Theo avait bien cru qu'il allait mourir avant la fin de ce dîner infernal. Des heures qu'ils étaient coincés à cette table ! Mais l'instant de la libération était proche, désormais, et il comptait bien retrouver ses amis au théâtre, puis s'amuser jusqu'à pas d'heure. Il avait hâte d'échapper à tous ces regards curieux qui l'espionnaient en douce.

Il venait de sortir du vestiaire quand il tomba sur Daisy. Ils avaient profité du dîner pour conclure une sorte de trêve, chacun d'eux trouvant la situation intenable. Une chance, ils étaient alliés dans cette mascarade !

— Allez-vous me dire de quoi il retourne ? demanda-t-elle.

Comme s'ils étaient bons amis, en somme.

— Soyez plus claire, je vous prie.

— On devine une certaine tension entre votre père et vous. Pourquoi êtes-vous si nerveux à l'idée de travailler pour les aciéries Prescott ?

Oh ! elle l'avait remarqué ? Formidable ! Passer pour un raté aux yeux de son père était une chose. Mais il y avait pire : que cela n'échappe à personne. Quelle honte !

— Vous avez parfaitement deviné, Daisy. Il souhaite que je travaille avec lui. Mais c'est non.

— Ça, j'avais compris. Qu'allez-vous faire de votre vie, à la place ?

— Qui vous dit que j'ai l'intention de faire autre chose ? Étant héritier, je n'ai qu'à *attendre,* non ?

— C'est une façon bien cynique de voir les choses, répliqua-t-elle en remettant d'aplomb son étole. Vous êtes aussi un homme riche, avec un certain entregent, diplômé de Harvard. Aucune porte ne vous est fermée, me semble-t-il. Rien ne saurait vous arrêter, mis à part... vous-même.

Parfait. Voilà que Daisy Swan lui prodiguait des conseils. Il ne manquait plus que ça ! Si elle était à ce point intelligente et sûre d'elle-même, peut-être trouverait-elle une solution pour lui. Il n'avait que son joli visage pour seul point fort, après tout.

— N'oublions pas ceci : mon choix doit absolument recevoir l'approbation de mon père.

— Pourquoi ?

Elle tenait visiblement à le savoir. Mais c'était une question à laquelle il était incapable de répondre.

8

Mrs Evelina Swan ne reculera devant rien pour organiser le mariage de l'année. On sait de source sûre qu'elle a commandé un million de roses, qui seront livrées à Manhattan le jour du mariage.

– The New York Post

Dans la salle de bal de Mrs Gould
Cinquième Avenue

Ravissant. Tout était ravissant autour d'elle ! La salle de bal de Mrs Gould était un havre de beauté. Ces objets précieux, ces lustres en cristal, cet or partout, ces somptueux portraits accrochés aux murs d'un rouge soutenu, ce parquet brillant, quelle splendeur ! Ces gens somptueusement habillés... Des jeunes femmes charmantes dans des robes en soie et en satin aux tons pastel riaient, l'air rayonnant, en tourbillonnant au bras des rejetons des plus grandes familles new-yorkaises.

Et, au beau milieu de tout cela, Daisy ne se sentait pas à sa place. Comme toujours.

Hélas, aucune migraine fulgurante, aucun accès de fièvre, aucune maladie n'aurait pu l'empêcher de se rendre au bal de Mrs Gould, ce soir-là. Theo et elle avaient été *personnellement* invités par la maîtresse des lieux. Et qui aurait refusé les invitations de Mrs Gould ?

Elle avait donc revêtu sa plus belle robe.

Theo était d'une élégance parfaite avec ce pantalon en laine noire impeccablement coupé, cette redingote noire aux revers en soie qui soulignaient ses épaules finement dessinées, et cette chemise écrue qui tranchait avec le reste. De ses yeux bleus, il observait la scène. Puis il concentra son attention sur elle.

Une chance, elle portait sa robe en soie et tulle jaune pastel qui s'accordait très bien avec sa peau. Autre avantage non négligeable, cette couleur lui donnait de l'énergie à revendre. Assez pour passer une soirée entière avec lui, du moins.

— Vingt-cinq, murmura-t-elle suffisamment bas pour qu'il soit le seul à l'entendre.

Ils se tenaient dans un coin de la salle de bal, à l'écart. Il lui lança un regard intrigué.

— Vingt-cinq jours nous séparent du troisième dimanche d'octobre, précisa-t-elle. La date choisie pour notre mariage.

— Bon sang...

— Je ne vous le fais pas dire, maugréa-t-elle.

— Cela me paraît tellement loin ! Pourtant, j'aimerais en terminer avec cette mascarade, là, maintenant.

— Cela m'ennuie de le reconnaître, mais je suis d'accord avec vous.

— Quelqu'un doit dire à votre mère que nous jouons la comédie, rien de plus. Que nous n'avons aucunement l'intention de devenir mari et femme. Sans quoi, j'ai bien peur qu'elle nous force à participer à mille autres événements mondains jusqu'à ce que nous soyons... mariés pour de bon.

— Je vous encourage de tout mon cœur à aller au bout de votre projet, Theo. Si j'avais le droit de vote, vous auriez ma voix.

— Il n'y a rien de plus angoissant pour un homme que d'annoncer une mauvaise nouvelle à une femme.

Daisy secoua la tête.

— Seigneur, quelle lâcheté...

— Appelez ça de l'instinct de survie.

— Dans ce cas, je n'aurai pas d'autre choix que de vous abandonner aux portes de l'église, lança-t-elle d'un ton moqueur. Ce sera nettement moins rude, même si nos réputations respectives risquent d'en pâtir.

C'était même certain. Un séducteur de sa trempe, finir plaqué par une femme aussi quelconque ? On hausserait des sourcils étonnés dans toute la ville. Les hypothèses iraient bon train. Les amateurs de cancans en discuteraient des heures et des heures. Or, s'ils avaient eu l'idée de ce stratagème, c'était bien pour sauver leurs réputations respectives, non ?

— Devons-nous vraiment en arriver là ? s'enquit-il en attrapant une coupe de champagne sur le plateau d'un serveur qui passait près d'eux.

Il la lui tendit avant d'en prendre une pour lui. Avait-il besoin d'un remontant pour évoquer ce sujet ?

— Auriez-vous une autre solution à nous soumettre ? s'enquit-elle, même si elle avait déjà une idée de la réponse.

— Pas pour le moment. Mais n'ayez crainte, ma chère, je trouverai bien un moyen de nous sauver du sombre destin qui nous est promis, fit-il avec une légère pointe de sarcasme.

Il en fallait plus pour la rassurer.

Il leva son verre pour trinquer avec elle.

Leurs yeux se croisèrent par-dessus le bord des flûtes à champagne. Les yeux bleus de Theo étaient entourés de cils incroyablement longs. Dire que les siens étaient un drôle de mélange de marron et de vert. Un jour, le peintre chargé de réaliser leurs portraits de famille s'était même plaint que ces deux couleurs s'alliaient très mal. Et que le résultat n'était pas du meilleur effet.

Brusquement, comme par magie, elle vit alors resurgir cette sensation qu'elle éprouvait toujours lors des bals, surtout lorsqu'elle devait se tenir près de sa mère ou de l'une de ses sœurs. Cette sensation d'être dénuée de grâce, même si elle était habillée avec goût et coiffée à la perfection. Elle n'avait aucun mal à imaginer les regards qu'on leur lançait, à elle puis aux gens qui l'accompagnaient. On devait la trouver si *différente* ! Tout le monde était si beau par rapport à elle.

Et c'était sûrement pire avec Theo à ses côtés ! Celles et ceux qui les observaient n'avaient-ils pas l'impression d'une anomalie ? Comme si on leur disait que deux et deux faisaient cinq ?

Cette sensation atroce lui donnait toujours envie de se réfugier là où elle serait à l'abri et libre comme l'air, là où elle se sentirait vraiment à sa place. À son club, dans sa salle de cours, dans son laboratoire ou sa chambre. N'importe où sauf ici, près de cet homme, face à tous ces regards inquisiteurs et ces langues persifleuses.

— Et si nous tentions de nous conter fleurette ?

La question de Theo manqua de lui faire avaler de travers sa gorgée de champagne.

— Pardon ?

— Puisque tout le monde nous regarde, autant assurer le spectacle, non ?

Et elle qui préférait passer inaperçue !

— Si vous saviez comme j'en meurs d'envie…

— Je sais. Jouer à nous séduire ne sera pas une partie de plaisir, mais avons-nous le choix ?

— Il est vrai que je parle à un expert en la matière.

Pendant un bref instant, une forme d'effarement s'afficha sur le visage de Theo. Mais, une seconde plus tard, il avait retrouvé cet air arrogant qui ne le quittait jamais.

— Vous me blessez, chère amie. Et moi qui vous faisais cette proposition pour vous éviter de finir vieille fille.

— De grâce, arrêtez ou je risque bien de défaillir.

— Ne vous en privez pas, marmonna-t-il. Ma réputation n'en sera que plus éclatante.

Daisy retint un soupir agacé.

— Pourquoi tenez-vous tant à entretenir cette réputation d'homme à femmes ? Vous êtes déjà riche, joli garçon et populaire. Je suis sûre que de belles oies blanches se battront pour vous avoir, une fois que je vous aurai quitté. Pourquoi vous souciez-vous de l'opinion des autres ?

— Et vous, pourquoi vous souciez-vous si peu de leur opinion ?

Hum, il avait préféré éluder la question. Elle haussa les épaules et répondit :

— Qui vous dit que je ne m'en soucie pas ?

— Ce que les gens disent de vous semble vous laisser indifférente. Pour ne rien vous cacher, c'est impressionnant. À vous voir, on pourrait croire que le reste du monde vous ennuie profondément. Et que vous êtes au-dessus du lot.

— N'oubliez pas que, depuis mon plus jeune âge, à peu près tout le monde m'a surnommée le Vilain Petit Canard. Ceci explique peut-être cela.

— Encore cette histoire ? Ce n'était qu'une simple plaisanterie.

Elle hocha la tête avec gravité.

— Eh oui, encore cette histoire. Cette *simple* plaisanterie m'a appris que les gens se fichaient éperdument de me connaître avant de me juger. J'ai donc décidé il y a fort longtemps de ne pas laisser l'opinion des autres m'atteindre. J'ai des amies qui tiennent vraiment à moi. Et c'est bien l'essentiel.

— Ma foi, vous êtes la jeune femme la plus chanceuse de New York.

Theo et Daisy se lancèrent donc dans un grand tour de la salle de bal. En se tenant par le bras, certes, mais en gardant une distance respectueuse.

Devant l'espèce de mur invisible qui le séparait de Daisy, pareille à la force magnétique qui empêche deux aimants de se rapprocher, Theo eut une espèce d'illumination. Les femmes avaient toujours eu tendance à se lover contre lui, comme si elles s'offraient en sacrifice à un dieu païen. Il avait toujours savouré cette façon délicate, séduisante et passionnée qu'elles avaient de le toucher. Et il risquait fort d'en être privé à tout jamais s'il disait oui à cette union qui serait le contraire d'un mariage d'amour.

Il avait l'intention d'être fidèle à sa future épouse, attention. Il avait beau être un séducteur impénitent, il n'avait rien d'un coureur. Il osait même nourrir un rêve fou : aimer celle à qui il unirait sa destinée, et en être aimé en retour. Il n'était pas homme à forcer les sentiments. Seul un lien profond et sincère comptait à ses yeux. Voilà pourquoi l'idée de se marier avec Daisy le révulsait à ce point. Parce qu'ils se détestaient. Et parce qu'elle ne lui pardonnerait jamais ce qui s'était passé quand ils avaient treize ans.

D'un commun accord, ils arpentèrent la salle de bal d'un pas tranquille, mais suffisamment soutenu pour éviter d'entamer la conversation avec les uns ou les autres. La curiosité des invités ne pouvait qu'être piquée par le couple improbable qu'ils formaient. Tout le monde rêvait de leur poser mille questions, or ils étaient tous deux d'humeur massacrante.

Marcher sans se presser leur permettait également de saisir des bribes de discussions au passage.

— Qu'est-ce qu'il lui trouve ?

Il jeta un coup d'œil en direction de Daisy. Elle levait le menton bien haut, signe qu'elle avait entendu, mais qu'elle ne s'abaisserait pas à répondre à une question pareille. Hélas, trois fois hélas, que pouvait-il dire pour lui apporter un tant soit peu de réconfort ? Il la connaissait à peine ! Et, surtout, il peinait à trouver les mots. On les avait contraints à se fiancer, pourquoi prétendre le contraire ?

Il éprouvait le besoin de la réconforter, pourtant.

Tant pis si elle préférait afficher cette morgue, comme pour lui signifier qu'il n'avait qu'à garder ses paroles consolatrices pour lui, merci beaucoup.

Ils continuèrent à marcher. Lentement.

Les invités continuaient de parler. Tout haut.

— Elle n'est pas très belle.

Seigneur, pourquoi fallait-il que les gens s'expriment aussi fort pour dire les pires horreurs ?

Daisy faisait la sourde oreille avec un sacré talent. À un détail près : elle avait les joues en feu. Rouges de colère. Rouges de honte, aussi. Et, s'il déclarait qu'elle était belle, elle l'accuserait de mentir. Que faire ? Il se sentait impuissant. Oui, parfaitement.

Son fameux sens de $1a repartie ne lui était d'aucun secours. Il devait parler sincèrement, mais en était-il seulement capable ?

— Et ce n'est plus une jeunette.

Ils étaient du même âge. Exactement du même âge !

Au même moment, ils se retrouvèrent involontairement au milieu de la foule des invités qui quittaient la salle de bal pour aller se restaurer, ce qui les obligea à s'arrêter. Et, par conséquent, à écouter d'autres bribes de ces conversations à bâtons rompus, sans pouvoir s'écarter.

— Elle a une très belle peau.

Theo lui jeta un regard oblique. Effectivement. Il n'y avait qu'un mot pour décrire sa peau. Et ce mot était *parfaite.* Ou peut-être *éclatante.* En tout cas, elle était magnifique.

— Je donnerais tout pour avoir la même.

Malheureusement, ce genre de choses ne s'achète pas, songea-t-il. La vanité des femmes (et de certains hommes) était sans limites. On devinait cependant une forme de sincérité derrière cette remarque. Et cela le dépassait.

— Oui, mais c'est bien sa seule qualité. En plus d'être vieille et laide, j'ai entendu que c'est une vraie harpie. Il s'agit évidemment d'un mariage arrangé. Pauvre Theo, je l'aurais épousé sans hésiter s'il me l'avait demandé !

Toutes ces dames soupirèrent.

Lui poussa un grognement.

Il ne s'était jamais senti aussi mal. Aussi nerveux. Aussi révolté par ses semblables et par toutes les méchancetés qu'ils avaient proférées sans se soucier qu'on puisse les entendre. Toutes ces vipères faisaient partie des femmes avec qui il avait l'habitude de badiner et de danser. Celles à qui il rendait des visites de courtoisie. Le genre de femmes avec lequel il se serait bien vu vivre.

Ce n'était pas tout. Il n'avait jamais été aussi inquiet de ce que pouvait ressentir Miss Daisy Swan. Le contraire eût été impossible, vu la situation. Il était révolté, affecté. Il ne savait toujours pas quoi faire mais, qu'importe, il voulait réagir.

Daisy n'était pas vieille. Et elle n'était pas laide non plus, même si elle n'était pas la plus belle femme du monde. Il l'avait trouvée plutôt élégante et à son avantage, la plupart des fois où il l'avait croisée. Enfin, hormis ce jour d'orage, lorsqu'ils étaient tombés nez à nez à Central Park, bien sûr.

Était-elle acariâtre ? Pour être honnête, non. Elle était intelligente, pleine d'aplomb et pas timide pour un sou dès qu'elle s'exprimait. Peut-être la voyait-on d'un si mauvais œil parce qu'elle ne se laissait pas marcher sur les pieds.

Tout cela était une véritable découverte pour lui. Il n'avait jamais pris la peine d'y réfléchir posément, mais passer du temps auprès d'elle l'avait obligé à écouter et voir le monde de son point de vue *à elle*. Et ce qu'il avait appris le remplissait d'une forme de honte. Pourquoi l'avait-il tant critiquée ?

Bon sang, il devait lui présenter des excuses, sans tarder ! Mais il y avait une forte probabilité que cela ne fasse qu'aggraver les choses. Elle était tout sauf idiote. Et elle le tenait déjà en piètre estime. Des excuses n'y changeraient rien, quoi qu'il dise.

C'était d'ailleurs ce qui était formidable avec elle : il n'avait pas à faire semblant. Ce qui n'était pas le cas avec les autres femmes et ses amis. Ou avec son père.

Il était sidéré de constater que ces femmes parlaient sans songer une seule seconde qu'ils entendaient tous deux chacune de leurs critiques acerbes. L'espace d'un instant, il eut envie de se manifester et de mettre dans l'embarras ces deux jeunes femmes. Mauvaise idée. Ce serait à la fois gênant et humiliant pour tout le monde.

— En revanche, on comprend tout à fait ce qu'elle lui trouve. Il est si hypnotisant.

— Elles ne vous connaissent pas, manifestement.

Ah, enfin, Daisy avait réagi !

— Autrement, elles se méfieraient. Mais, dans leur bouche, j'imagine qu'hypnotisant veut dire ennuyeux à mourir. Les jeunes filles s'endorment en vous écoutant parler.

Il était tellement soulagé qu'il aurait pu l'embrasser. Sans cette pique salvatrice, ce moment aurait été encore plus désagréable !

En avait-il autant à son service ? Non. Car il était peiné pour elle. Et épaté, aussi. Elle avait supporté toutes ces horreurs sans sourciller. Comme si elle ne s'encombrait pas de sentiments. Mais il n'était pas dupe. Il avait parfois dû faire bonne figure, alors qu'un tourbillon d'émotions l'animait.

— Daisy...

— Non, Theo, le coupa-t-elle en posant la main sur son bras. J'ai déjà entendu ce genre de choses des centaines de fois. Ne me dites rien, ce serait par pure politesse. Je suis trop lucide pour ça, nous le savons tous les deux.

Avait-elle besoin qu'il lui remonte le moral ? Non, inutile. Après tout, ces moqueries étaient monnaie courante pour elle, elle avait dû se forger une carapace, non ? Rien n'était moins sûr. Pour la première fois, il la voyait comme une femme, une toute jeune femme au cœur sensible, animée par des sentiments susceptibles d'être froissés. Et qu'importe si elle faisait mine de ne pas être affectée. Comme à l'époque de leur adolescence. Comme ce soir.

— Elle a vraiment beaucoup de chance de lui avoir mis le grappin dessus. Personne d'autre ne voudrait l'épouser, franchement !

Cette fois, la coupe était pleine.

— Bonsoir, mesdames, lança-t-il avec un grand sourire. Je n'ai pas pu m'empêcher d'écouter votre conversation.

Les deux coupables devinrent rouges comme des pivoines. N'avait-il pas tort de tirer un certain plaisir de leur embarras ? Non, elles le méritaient !

Daisy resserra sa prise sur son bras.

— Theo... Ça n'en vaut pas la peine.

— Souhaitiez-vous me féliciter de mon excellent choix ?

Les deux jeunes femmes s'empressèrent de répondre. Bien sûr, c'était *exactement* ce qu'elles avaient en tête ! Comment avait-il deviné ? Seigneur, il était si intelligent, si beau ! Décidément, Miss Daisy Swan était bien la femme la plus chanceuse de New York. Tout le monde était de cet avis.

Tout le monde sauf la principale intéressée.

— Je ne vous demande pas d'être mon chevalier servant, murmura-t-elle sèchement.

Sur ces mots, elle tourna les talons et s'éloigna à toute allure. Il la suivit de près. Et pas seulement pour sauver les apparences. Non, parce qu'il tenait à elle.

— Il fallait bien le faire, dit-il.

Pour une fois, il se sentait utile. Il avait l'occasion de se racheter en prenant sa défense. Ce qui améliorerait leur image, à tous les deux.

— Je suis à votre service.

— Trouvez-vous une autre occupation, je n'ai pas besoin d'un chevalier servant, répéta-t-elle. Contrairement à ce que pensent toutes les personnes présentes dans cette pièce, je ne suis pas une damoiselle en détresse.

9

Le mariage de Theodore Prescott fils et Daisy Swan ayant été manifestement décidé par leurs parents respectifs, on se demande bien ce qu'il adviendra quand il sera temps d'embrasser la mariée.

– The New York Post

Après des années de pratique incessante, Daisy était devenue experte dans l'art de feindre l'indifférence face à l'opinion des gens. Elle pouvait également encaisser un certain nombre de remarques acerbes sur son compte avant d'avoir à battre en retraite – ou d'oser montrer à tout un chacun qu'elle était aussi persifleuse qu'acariâtre. Ça aussi, elle l'avait appris.

Mais, avec Theo, elle attirait l'attention sur elle. Énormément d'attention.

On l'observait.

On parlait d'elle.

En cet instant précis, elle ne supportait plus les remarques entendues depuis le début de la soirée. Enfin, depuis toujours, à vrai dire. Surtout, elle n'avait pas la force de regarder Theo jouer les héros. Comme ça, subitement, avec douze ans de retard.

Quitter au plus vite la salle de bal s'imposait.

Ce qu'elle fit.

— Daisy, attendez !

Avec la plus grande courtoisie dont elle était capable (autant dire pas beaucoup), elle répondit :

— Veuillez m'excuser, Theo. J'ai simplement envie de m'amuser autrement. En m'enfonçant un pic à glace dans l'œil, par exemple.

— Ça m'a l'air très divertissant. Puis-je me joindre à vous ?

— Rien ne vous y oblige. Cette démonstration de galanterie et de sollicitude n'était vraiment pas nécessaire.

— Oh ! ce n'est pas comme si j'avais mieux à faire !

En un sens, cette vérité l'apaisa.

Il aurait pu la prendre dans ses bras et l'embrasser passionnément, là, au milieu de cette pièce pleine à craquer. Les gens se seraient demandé quelle mouche l'avait piqué.

En ce qui la concernait, une telle perspective n'était pas aussi désagréable qu'elle l'aurait cru.

Quoi qu'il en soit, elle fila vers la porte et remonta le couloir jusqu'à ce que le bruit de la fête s'atténue.

En ouvrant une lourde porte en bois, elle tomba sur le bureau de la maîtresse de maison, vide heureusement. Elle entra. Theo la suivit.

Il laissa le battant entrouvert, preuve tacite qu'il n'avait pas d'intentions malhonnêtes. Elle était donc libre de partir dès qu'elle le voudrait.

Ils se retrouvèrent ainsi tous deux dans cette pièce dont le peu de lumière provenait du couloir. L'agitation de la fête n'était plus qu'un souvenir.

Ils étaient seuls. Loin des regards indiscrets et de ces critiques acerbes dont elle était régulièrement la cible. (Elle en avait eu son compte pour la soirée, merci bien !) Et ils pouvaient enfin cesser de donner le change.

— Daisy, je ne sais pas quoi dire, hormis que je suis désolé.

— Vous n'y êtes pour rien. Ce n'est pas vous qui avez proféré ces horreurs.

Il resta muet, ce qui était une sorte d'aveu, elle le comprit.

— Ce soir, ce n'est pas vous qui avez dit ces horreurs assez fort pour que d'autres entendent, corrigea-t-elle.

— Je suis vraiment désolé. De tels propos sont absolument odieux, peu importe le moment. Et dans votre cas c'était tout à fait injuste. D'abord, si vous êtes vieille, je le suis aussi.

Elle se moquait bien qu'on pointe du doigt son âge. D'autant plus qu'elle attendait avec impatience d'être officiellement écartée de la liste des filles à marier. Mais elle n'était pas suffisamment blessée pour prendre de haut cette main tendue.

C'était même amusant, venant de lui.

En revanche, elle était encore assez sensible pour apprécier le geste. Et tant pis s'il la laissait perplexe. À vrai dire, cela la prenait de court.

Ils restèrent là, enveloppés par la lumière tamisée, sans prononcer un mot. Comme s'ils n'avaient plus aucune envie de se battre, ni lui ni elle. Il ne leur restait donc plus qu'à faire la paix. Sans vraiment l'admettre, mais pour de vrai. Tant mieux, d'ailleurs, car elle avait besoin de rester seule quelques minutes supplémentaires avant de retourner affronter les autres.

— Vous avez vraiment une peau magnifique, dit-il tout bas.

— Rien ne vous oblige à me faire tous ces compliments. Ne vous mettez pas en peine de consoler la tristesse que vous me prêtez. Être bien vue par la bonne société ne m'aide pas à avancer. Dieu merci.

Elle avait de vraies amies, un don pour la chimie et une ambition qui la portait. Elle s'en remettrait. À un détail près : elle n'avait pas une confiance inébranlable, et son cœur n'était protégé par aucune carapace.

Pointer du doigt son âge, son style vestimentaire ou son caractère n'était qu'un prétexte. Le vrai problème tenait au fait qu'une fille si quelconque se trouve fiancée à un homme si beau. Le Vilain Petit Canard de la bonne société new-yorkaise avait osé sortir de sa cachette, prendre le taureau par les cornes et décrocher la lune. Voilà pourquoi les autres avaient sorti leurs griffes.

Jouer cette comédie ne serait peut-être pas aussi facile que prévu. Et rien ne prouvait que cette histoire n'allait pas se retourner contre elle, contrairement à ce qu'elle espérait.

Profiter de l'aura qui entourait Theo l'aiderait-il à faire de son produit de beauté un succès ? Difficile de l'affirmer. Alors à quoi cela allait-il la mener ?

Elle eut soudain envie de quitter cet endroit et de faire paraître une annonce dans les journaux pour déclarer que leurs fiançailles étaient rompues. Mais Theo prit la parole :

— Je ne vous fais pas ce compliment parce que c'est nécessaire. Mais parce que c'est la vérité. Vous avez une peau parfaite, c'est une évidence. Et j'avais envie de vous dire quelque chose de gentil.

— Ah. Bon. Merci, dans ce cas.

— De rien, Daisy.

Elle tourna le regard vers la porte. Il ne comptait évidemment pas rester ici. La hache de guerre était enterrée, en un sens. Ils avaient passé près d'une heure sans s'écharper au milieu de la salle de bal. Voilà qui suffirait certainement à museler les oiseaux de mauvais augure.

Pourtant, il était toujours là. Avec elle. Dans cette pièce plongée dans la pénombre.

— Et maintenant avouez, poursuivit-il en approchant d'un pas. Pourquoi refuser un compliment ?

— Un compliment venant d'un homme qui m'a appelée le Vilain Petit Canard, excusez du peu ! s'esclaffa-t-elle.

— Je m'en veux vraiment d'avoir inventé ce surnom.

— Moins d'un mois nous sépare de notre mariage supposé, et c'est maintenant que vous êtes désolé ?

— Mieux vaut tard que jamais, non ?

Daisy secoua la tête.

— J'aurais davantage apprécié vos excuses si vous me les aviez présentées en 1889, le jour de la Saint-Valentin, lorsque j'ai reçu un message détestable adressé à « ma vilaine petite Valentine ». Savez-vous qu'à force d'être affublée de ce surnom il m'est arrivé de me retourner quand les gens caquetaient ? Difficile de faire plus humiliant.

Il eut le bon goût de pâlir.

Cela lui allait à ravir, d'ailleurs.

— Je suis vraiment navré, Daisy, dit-il avec difficulté. Comprenez qu'à l'époque je n'étais qu'un crétin de treize ans qui essayait d'épater ses amis. Ce n'est pas une excuse, je sais.

Dire que toute son existence avait été bouleversée par un gamin qui voulait fanfaronner auprès d'autres gamins aussi bêtes que lui !

Elle haussa les épaules.

— C'est un nom qu'on retient. Vous ne manquez pas d'imagination. Mais vos amis sont des imbéciles.

— Cela n'excuse rien, insista-t-il. Daisy, je n'imaginais pas tout ça... Si j'avais su...

— Vous l'auriez fait quand même. Parce que vous n'étiez qu'un gamin de treize ans qui n'avait pas grand-chose dans le crâne, à part l'envie d'épater ses amis, coûte que coûte. Vous aviez déjà une réputation à tenir. Alors, pourquoi tant de sollicitude ?

Il n'avait pas de réponse à lui apporter.

Pas avec des mots, du moins.

Car il tendit le bras et referma la main sur sa peau nue, juste entre les passe-coudes en satin et les courtes épaules de sa robe de soirée. Il la touchait doucement, mais on sentait qu'il y avait une intention derrière.

C'était sans doute la première fois qu'un homme la touchait de la sorte. Elle était comme immobilisée par une force aussi étrange que puissante. Et elle n'avait aucune envie de s'écarter.

Le merveilleux Theodore Prescott la touchait. Ils étaient seuls. Dans la pénombre. Elle devinait ce qu'il avait en tête. Mais elle ? Elle n'aurait jamais cru que cela arriverait. Elle n'était donc pas préparée. Et si elle s'enfuyait, puisque la porte était ouverte ? Non, elle allait rester. Par curiosité, tiens. Ou peut-être pour donner à toutes ces jeunes filles une vraie raison de la jalouser.

— Vous me rendez fou, déclara-t-il d'une voix douce mais profonde. Et d'une façon fort peu romantique.

— Y a-t-il d'autres choses fort peu romantiques que vous souhaitez m'avouer ?

Elle se poussa à prendre une voix chaude et douce, comme le whisky hors de prix de son père.

— Dites-moi pourquoi votre cœur bat la chamade à cause de moi. Pourquoi votre sang bout. Pourquoi votre corps s'embrase…

— Oh ! Daisy…

À cet instant, il l'embrassa.

Non, ce n'était pas un rêve.

Theodore Prescott ferma ses yeux bleus magnifiques et posa sur la sienne cette bouche devant laquelle tout le monde se pâmait. Tout à coup, le monde qu'elle avait connu était sens dessus dessous.

Il n'y avait plus que Theo. Et elle.

Ils se détestaient cordialement. Pourtant…

Il l'embrassait. Et c'était… correct.

Elle ne connaissait absolument rien à ces choses-là. Mais ce n'était pas *exactement* comme elle l'avait imaginé. Elle ne s'était pas hissée sur la pointe des pieds. Son cœur et ses poumons fonctionnaient toujours aussi normalement. Et son pouls était tout à fait régulier.

Elle aurait dû perdre l'équilibre, avoir le souffle coupé, sentir son cœur battre à toute vitesse. Plus rien n'aurait dû être comme avant. Pourquoi n'était-elle pas emportée par ce torrent d'émotions assez puissant, intense et bouleversant pour la changer à tout jamais ?

Elle lisait des romans, elle épiait les conversations des autres femmes. Elle n'ignorait donc pas ce qu'elle était censée ressentir durant un premier baiser avec un Charmant Voyou. Or, il ne se passait rien.

Elle dit son nom, *Theo.* Ou du moins elle essaya. Elle l'avait murmuré contre ses lèvres pressées sur les siennes pour qu'elle les entrouvre. Lorsqu'il l'entendit, il l'embrassa plus intensément.

Mais ce n'était qu'un simple baiser.

Deux bouches unies, deux langues mêlées, rien de plus.

Pour être honnête, c'était presque désagréable.

Alors elle le repoussa.

— Theo, arrêtez.

Il recula immédiatement. L'audace de cet homme avait des limites, c'était déjà ça.

— Vous avez raison, murmura-t-il en lui caressant la joue. J'ai laissé la porte ouverte. Si quelqu'un entrait et nous surprenait, nous serions *vraiment* obligés de devenir mari et femme. Sans quoi, notre précieuse réputation serait réduite à néant.

Pour sa part, elle ne tenait pas à ce que le reste de son existence soit un cortège de baisers sans intérêt. Tout ça à cause d'une décision prise sur un coup de tête et d'une porte ouverte.

— Je devrais partir, murmura-t-elle.

— Effectivement. Regagnons la salle de bal et continuons notre numéro de charme.

Elle aurait préféré se jeter du haut du pont de Brooklyn. Fort heureusement, elle avait une autre solution.

— J'aimerais rentrer chez moi, pour tout vous dire.

— Je vous raccompagne.

Il ne pensait sans doute qu'à sauver les apparences. Mais il avait l'air sincèrement inquiet. Pour la première fois, elle songea qu'il n'était pas uniquement beau garçon. Reste qu'un baiser moyen et un peu de compassion n'effaceraient pas ces longues années de mépris qu'elle avait subies par sa faute.

— Je préférerais être seule.

Le regard de Theo passa de ses yeux à ses lèvres.

— Est-ce à cause de ce qu'ont dit tous ces gens ? Ne faites pas attention...

— Non, ce n'est pas ça. J'ai déjà entendu les gens asséner ce genre de critiques. Ou faire passer le message assez clairement.

Elle le vit se mordre la lèvre, comme s'il tentait de se retenir. Mais c'était plus fort que lui et il posa la question qui le taraudait.

— Est-ce parce que je vous ai embrassée ?

Elle aurait pu mentir. Prétexter une migraine ou l'épuisement. Mais, après ce qu'ils avaient traversé, pourquoi auraient-ils dû faire preuve de diplomatie ? Elle avait une réputation de harpie acariâtre, alors pourquoi s'arrêter maintenant ?

— Oui. Exactement.

Elle marqua une pause.

— Vous m'avez embrassée et c'était... correct.

Il fronça les sourcils sans se soucier des rides qui se creusaient sur son front. Que c'était pénible d'être face à un homme si beau !

— Correct ? Vous vouliez sans doute dire *décevant.*

— Cela sous-entendrait que j'étais impatiente de vous embrasser, souligna-t-elle avec douceur.

Avant cette soirée, cette idée ne l'avait même pas effleurée. Logique, puisqu'ils étaient ennemis ! Elle sentit néanmoins une certaine tension l'envahir parce qu'elle l'avait rejeté et insulté alors qu'ils étaient seuls. Comment allait-il le prendre ?

— Vous me blessez, chère amie, répondit-il sans hausser le ton.

Elle poussa un soupir.

— C'est une façon polie de dire que je n'ai pas été bouleversée par votre baiser et que j'aimerais mettre un terme à cette soirée.

Sa propre franchise lui arracha une grimace, mais elle était vraiment fatiguée et une migraine atroce pointait le bout de son nez. Elle prit une grande inspiration et attendit la réponse de Theo. Une vieille harpie dans son genre était incapable de reconnaître un vrai baiser, voilà ce qu'il pensait certainement ! Il n'y avait rien de pire, ni même de plus dangereux, qu'un homme blessé dans son orgueil.

Elle ne s'attendait pourtant pas à ce que Theo s'écarte pour la laisser passer et réponde :

— Vous me dévastez, chère amie.

Il aurait pu retourner dans la salle de bal et jouer les séducteurs auprès d'Esme, Margaret, Viola ou l'une de ces jeunes femmes dont il appréciait tant la compagnie, lors des soirées mondaines. Ces demoiselles et lui avaient grandi ensemble, ils avaient fréquenté les mêmes lieux. À présent, ils étaient les idoles de la vie sociale new-yorkaise. Il aurait pu tendre à l'une d'entre elles une flûte de champagne et confirmer que, oui, sa fiancée avait donné une bien piètre image d'elle-même. Le tout en prenant sa plus belle voix de séducteur. Il aurait pu s'attirer leur compassion et, loin des regards, se plaindre de l'emprise que son père exerçait sur lui.

Après tout, il n'était qu'un homme riche, influent et fort instruit, comme l'avait avec sagacité fait remarquer Daisy, la veille au soir. Les possibilités qui s'offraient à lui étaient à la fois nombreuses… et limitées, puisqu'il ne tenait pas à s'attirer les foudres de son père.

C'était ce qui lui importait le plus.

Il se souvint du haussement d'épaules de Daisy à ce propos, et de sa question : « Pourquoi ? »

Il ne savait que répondre.

Bon sang, cette fille avait un certain talent pour parler sans détour et le pousser à remettre en question pas mal de choses ! *Tout*, même. Et il n'était pas d'humeur à faire des ronds de jambe. Pas avec ce tourbillon de pensées qui lui agitait l'esprit.

Il quitta donc la fête sans prendre le temps de réfléchir, sans se retourner.

Il se retrouva bientôt à battre le pavé de la Cinquième Avenue, détrempé par une averse, et marcha droit devant lui. Il lui prit l'envie de descendre jusqu'à ce quartier mal famé où les messieurs étaient assurés de trouver de quoi s'amuser un peu. Passer une heure agréable en compagnie de Violet, de Gwendoline ou de l'une des autres filles qu'il aimait chez Madame Rosa, en voilà une bonne idée ! Il n'y avait pas mieux pour faire taire toutes ces pensées et ces interrogations. Il apaiserait l'agitation qui le tenaillait avec du vin et des femmes qui trouvaient ses baisers mieux que corrects.

Hum, était-ce bien sûr ?

Aurait-il vraiment la réponse qu'il cherchait auprès de ces femmes ?

Voilà qui le troublait encore plus.

Il s'apercevait qu'il n'était peut-être pas l'homme qu'il pensait être. Pire : qu'il ne savait pas quel homme il souhaitait vraiment être. Et c'était sacrément déstabilisant.

Une chose l'effrayait encore plus, cependant : il avait eu besoin d'une femme comme Daisy pour découvrir qui il était.

Il poursuivit sa marche.

Il y avait plus désagréable qu'une promenade sur la Cinquième Avenue pour réfléchir au sens de son existence. Même si l'ensemble de ces nouveaux gratte-ciel, tous plus grands les uns que les autres, sortait des aciéries Prescott. Comme pour lui rappeler que l'ombre de son père planait sur la ville entière. Et sur lui, surtout.

L'acier avait métamorphosé le visage de New York. Difficile de ne pas être admiratif devant cette prouesse architecturale. Au fond de son cœur, pourtant, il savait que ce domaine ne l'intéressait pas. Tant pis pour la bénédiction de son père. Il n'avait pas l'intention de céder, hors de question.

Si seulement tout cela le laissait indifférent.

Si seulement il y avait une autre solution…

Il posa les yeux sur les enseignes et les slogans de différentes marques, peints sur le flanc des immeubles ou accrochés au-dessus des auvents qui jalonnaient les rues. Des écriteaux et des banderoles faisaient de la réclame pour des médicaments, des chapeaux, des tapis, des tissus, des antiquités, des robes, des bottes et tant d'autres choses. Les clients achetaient pour avoir l'impression que leur vie était plus remplie. Tout ce dont ils pouvaient rêver était à vendre. Y compris des choses dont ils n'auraient jamais pensé avoir besoin. Si l'acier était le squelette de cette ville, le commerce en était le moteur.

Il continua sa promenade, laissant le flot de la circulation guider ses pas. Il avait une idée assez précise de sa destination, mais ne voyait aucun inconvénient à ce que la ville le conduise dans cette direction. Au bout du compte, il atterrit devant l'entrée de l'établissement de Madame Rosa, l'une des innombrables maisons qui remplissaient cette partie de la 23e Rue. Les lumières brillaient de mille feux. Le son d'un piano et d'une chanson à boire s'échappait jusque dans la rue. Ce n'était que l'un des lieux de perdition que les Charmants Voyous de Manhattan avaient la réputation de fréquenter.

Chez Madame Rosa, on ne lui fermerait pas la porte au nez.

Était-ce à cause de sa réputation ou de l'argent de son père ? Mystère.

Pour la première fois, il voulait des certitudes.

Et Daisy Swan était la seule personne au monde qui osait être honnête avec lui. C'était à ce prix-là qu'il réussirait à aller de l'avant. À découvrir ce qui lui permettrait d'être maître de sa vie.

Pour ce faire, ils avaient besoin de laisser du temps au temps. Il avait embrassé Daisy pour de mauvaises raisons. Il la reverrait plus tard, et ce serait l'occasion de lui parler sans faux-semblants. Qui sait ce qu'il adviendrait après ça ?

10

Mrs Evelina Swan a été aperçue en train de visiter le Fifth Avenue Hotel où se tiendra peut-être la réception qui suivra la cérémonie. Il faut donc en conclure que l'organisation du mariage bat son plein.

– The New York Post

Barnard College

Deux jours s'étaient écoulés depuis l'épisode navrant chez Mrs Gould, et il ne restait plus que trois semaines avant ce possible mariage. Mais, pour l'heure, Theo s'aventurait dans un endroit où aucun homme n'avait posé le pied. Selon toute vraisemblance.

Barnard College venait tout récemment d'ouvrir ses portes et accueillait les femmes désireuses de mener de grandes études. Il avait appelé Daisy chez elle et n'avait guère été surpris d'apprendre qu'elle était en cours. Dans un laboratoire, plus précisément. Il était donc passé la voir sur place. Une petite discussion s'imposait.

Il la trouva en plein travail, le nez plongé dans des récipients en verre, à proximité d'une flamme. À quoi servait tout cet attirail ? Cela risquait-il d'exploser ? Aucune importance. Il s'adossa au chambranle et profita de ce spectacle étonnamment réjouissant. Daisy Swan était dans son élément, simplement vêtue d'une jupe grise et d'une blouse.

C'était ici qu'elle se sentait chez elle. Bien à sa place, même. Elle versait, mesurait, transvasait et mélangeait avec délicatesse et doigté. Elle maîtrisait chaque geste, tout absorbée par sa tâche. La mine concentrée, les lèvres entrouvertes, elle était à son avantage.

Elle ne l'avait pas encore vu ; il pouvait encore rebrousser chemin. S'ils ne se reparlaient jamais, sauf pour annoncer la rupture de leurs fiançailles par courrier, il n'y aurait rien d'étrange à cela. Mais voilà qu'il avait envie d'aller plus loin. D'accord, mais vers quoi ? Il ne l'avait pas encore décidé. Il était cependant certain d'une chose : bouleverser Daisy par ses baisers – des baisers mieux que corrects, s'entend – en faisait partie. Ils devaient mettre ce sujet sur le tapis. Vider leur sac. Repartir de l'avant.

Il se décida à frapper à la porte.

Elle leva les yeux, perplexe.

— J'espère que vous ne concoctez pas du poison afin de vous débarrasser de moi, dit-il en indiquant ses instruments d'un mouvement de tête.

— Formidable ! Pourquoi n'y ai-je pas pensé plus tôt ? s'exclama-t-elle. Que faites-vous ici, Theo ? Comment m'avez-vous trouvée ? Je me demande même si vous avez le droit d'entrer ici. Cette université est réservée aux femmes, vous savez.

— Bonjour quand même. C'est votre mère qui m'a indiqué où vous étiez. Pour ne rien vous cacher, elle espérait que je vous distrairais de vos travaux.

— Ah oui ? Quelle surprise ! répondit-elle sèchement.

Theo poussa le battant et s'avança vers la paillasse devant laquelle elle travaillait. À quoi servaient ces expériences ? Avec un peu de chance, cette mixture était bel et bien empoisonnée.

— Un homme n'aurait pas le droit de rendre visite à sa fiancée ?

— Si le couple en question est celui que nous sommes

censés former, la réponse est non. En aucun cas. Pas le moins du monde. Hors de question.

— Oh que si, répondit-il en se penchant.

— Hum.

Elle versa une cuillerée de cette espèce de bouillie – il n'avait malheureusement pas de terme plus scientifique sous la main – dans un vieux bocal dont ce n'était évidemment pas la vocation première.

— Notre baiser, dit-il. Nous devons parler de notre baiser.

— Oh ! ça.

— Oui, ça. Je vous ai embrassée.

— Oui, je crois vaguement m'en souvenir.

— Vous avez affirmé que c'était une déception.

Voilà, il avait osé se jeter à l'eau. L'impossible était devenu réalité. Il avait engagé une conversation qui avait de grandes chances de réduire en poussière son orgueil et son amour-propre. Il avait même traversé la moitié de la ville pour le faire. Il avait des questions, alors qu'elle lui réponde ! Et tant pis s'il avait peur de ce qui allait suivre, car elle ne manquait jamais une occasion de l'étriller sans ménagement. Serait-elle sincère ? Sans l'ombre d'un doute. Dès lors, il saurait comment lui donner ce deuxième baiser. Elle en aurait le souffle coupé et en réclamerait d'autres.

— C'est vrai, je l'ai trouvé décevant.

— Auriez-vous l'obligeance de m'expliquer pourquoi ?

— J'espérais éviter cette conversation.

— Je ne tiens pas tellement à l'avoir, moi non plus. Je n'ai guère l'habitude des conversations à cœur ouvert, où chacun parle en toute franchise. Je m'y suis rarement adonné. Normal, puisque j'étais trop occupé à perdre mon temps bêtement. Mais j'aimerais y arriver, pour une fois. Pour le bien de ma réputation…

— Votre précieuse réputation.

— Et pour mieux connaître le plaisir féminin. Ne méritez-vous pas qu'on vous embrasse dans les règles de l'art ? Écoutez, Daisy. Je veux simplement tourner la page et savoir de quoi il retourne exactement. Après quoi, chacun reprendra son chemin, et nous ne nous adresserons plus jamais la parole.

— Passez-moi un bocal, voulez-vous ?

Theo s'exécuta tout en l'examinant d'un œil inquisiteur.

— Alors dites-moi, pourquoi ce baiser était-il décevant ? répéta-t-il.

— Souhaitez-vous vraiment le savoir ?

— J'ai traversé presque toute la ville pour ça ! Vous savez que c'est un vrai parcours du combattant ? Je me suis même glissé à l'intérieur d'une université réservée aux femmes.

— Avec les transports en commun, il n'y a rien de plus simple. Le trajet est facile, sans danger et assez sûr pour qu'une femme puisse l'effectuer seule dans la journée, sans voir sa réputation ternie à tout jamais. Tant qu'elle dispose d'épingles à chapeau assez pointues pour poignarder quelqu'un, il ne lui arrivera pas malheur. Et c'est évidemment mon cas.

Il embrassa la pièce du regard.

— Il est bien dommage que cet endroit ne soit pas juste à côté de mon club. Ce serait plus pratique.

— Oui. Et il est bien dommage que vous en ayez été exclu.

— À titre temporaire, précisa-t-il.

En un sens, son père lui avait coupé les vivres. Une manière de lui montrer à quoi ressemblerait son existence, s'il rompait ses fiançailles.

— Évitons d'en parler.

— Soit. Vous avez fait tout ce trajet pour venir ici. Et parler de ce baiser.

Theo ne put résister à l'envie de lui adresser un sourire séducteur.

— Préférez-vous que nous nous embrassions ?

Elle poussa un soupir hautain.

— Nous sommes dans un laboratoire. J'y suis des cours, j'y mène des expériences et j'y travaille sur des projets de la première importance. Embrasser des hommes à qui je fais mine d'être fiancée n'entre pas dans mes priorités.

— Sur quoi travaillez-vous, à ce propos ?

Elle leva la tête vers lui, l'air méfiant. On lisait de l'hésitation dans ses yeux noisette. Croyait-elle qu'il en profiterait pour se moquer d'elle ? Pourquoi avait-il été aussi bête dans son adolescence ?

— Une crème de beauté, répondit-elle.

Il ne s'attendait pas à ça. Cela le dépassait un peu. Mais il avait envie de comprendre, pas de se moquer.

— Vous avez dû batailler pour convaincre votre mère de vous laisser faire des études à l'université. Des études scientifiques, qui plus est.

— Effectivement. Pourquoi une épouse distinguée serait-elle censée connaître la chimie ? ironisa-t-elle.

L'argument était certainement celui que sa mère lui servait à longueur de temps.

— Pourtant, vous voilà, insista-t-il d'un ton plus animé. Vous vous êtes battue, vous avez gagné et, à présent, vous consacrez votre temps et votre intelligence à la fabrication d'une… crème de beauté. Vous vous adonnez à l'étude d'un sujet potentiellement inutile et pour le moins léger.

— Voilà bien une réaction masculine.

Elle plongea un doigt manucuré dans la crème.

— Soyeuse, aérienne, fraîche sur la peau, dit-elle à voix haute. Le tout restant légèrement résistant. Consistance parfaite !

Elle se tourna vers lui et enchaîna :

— Les hommes ne se soucient jamais autant de leur apparence que les femmes. Vous n'y êtes jamais obligés, alors que nous devons nous battre contre le regard des autres et le passage du temps sans l'aide d'instruments ou d'armes secrètes. Je compte bien changer les choses.

— Parlez pour vous ! Certains hommes tiennent à leur apparence.

— À ce titre, vous faites figure d'exception, admit-elle en lui tendant un échantillon. Puisque vous vous sentez concerné, voudriez-vous l'essayer ? Après tout, vous avez traversé la moitié de la ville. Toute la ville, même.

— Pourquoi pas ?

Daisy lui appliqua alors une noisette de crème sur la joue. Elle était étonnamment froide au premier contact, mais se réchauffa sous les doigts de Daisy, qui l'étala en effectuant des petits mouvements circulaires.

— Il faut y aller en douceur, expliqua-t-elle. J'ai mis du temps avant de trouver la bonne consistance. Pour qu'elle s'étale facilement et pénètre en profondeur, sans être trop liquide.

— Et ça sent…

— La primevère et la bergamote. Mes précédentes tentatives n'avaient pas une odeur très agréable, à en croire mes cobayes.

— Vos cobayes ?

— Oh ! des amies proches, s'empressa-t-elle d'ajouter. J'ai donc incorporé un mélange d'huiles essentielles parfumées de mon invention. Je le porte comme parfum. Vous vous en êtes peut-être aperçu.

— Oui, acquiesça-t-il. Et maintenant je sens les fleurs. Comme une femme. Comme vous.

— Vous sentez légèrement la crème de beauté de Daisy Swan.

— Et que comptez-vous faire de votre invention ?

— La vendre. Pour qu'elle me rapporte une véritable fortune.

Il eut d'abord envie de rire. Puis il se dit que c'était une excellente idée, mais que cela ne marcherait jamais. Pour plus d'une raison. Les femmes n'avaient pas l'habitude d'utiliser ce genre de produits, elles n'en achèteraient donc pas et les grands magasins ne souhaiteraient jamais en avoir dans leurs rayons. Le reste du chemin était tout autant semé d'embûches. Cependant, lorsqu'il observa Daisy, l'air fière et prête à subir ses critiques, il ravala ses objections, parce qu'il voulait faire autre chose. Être autre chose.

Alors, il s'interrogea. Pourquoi était-il impossible de vendre cette crème ? N'y avait-il pas un moyen d'y remédier ?

— Avec ce nom, vous ne la vendrez jamais.

— Où est le problème ? J'indique simplement de quoi il s'agit.

— Exactement. Ce nom-là n'a rien d'exceptionnel. Rien de mystérieux. Rien de plaisant. Rien de séduisant.

Il se pencha vers elle et prit sa plus belle voix grave de séducteur romantique. Pour lui montrer.

— Et donc ?

— Et donc ce nom est tout juste correct, Daisy.

Elle eut le bon goût de rougir.

— En d'autres termes, il est décevant, ajouta-t-il.

— Il faut seulement que cette crème marche. C'est le cas. Et même plutôt bien, figurez-vous. Mes amies ont vu la recette s'améliorer au fil du temps.

— Oui, je m'en doute.

Il étala une nouvelle noisette de crème sur son autre joue, tout en examinant le produit. La texture et le parfum étaient très agréables. Si Daisy arrivait à convaincre une femme de l'essayer, elle gagnerait peut-être son pari. Surtout si cette crème fonctionnait aussi bien qu'elle le prétendait. Mais, vu sa peau éclatante, il était difficile d'en douter.

— Malheureusement, personne ne le saura, car vous ne la vendrez jamais avec un nom pareil.

— Soit, soupira-t-elle. Je tâcherai d'en trouver un autre.

— Quel est votre plan de vente ?

— Mes amies les plus proches comptent acheter ma crème. Après quoi, elles en parleront à leurs amies, et ainsi de suite. Je vais m'appuyer sur le bouche-à-oreille, en somme.

— Pas avec ce nom-là. Pas avec ce bocal-là.

— Il faut que cette crème soit un succès. Un succès éblouissant ! s'exclama-t-elle sans détour.

— Pourquoi ?

— Pour que nous n'ayons pas à devenir mari et femme.

Oh ! il comprenait mieux, maintenant… C'était donc ça, ce projet qu'elle avait en tête. Si elle parvenait à devenir riche – ou, du moins, juste assez pour vivre décemment –, elle pourrait annoncer à tout le monde, c'est-à-dire à lui, à sa mère et à toute la bonne société que le mariage était annulé. Elle n'aurait plus qu'à mettre les voiles, seule, libre, et à la tête d'une fortune qu'elle aurait amassée elle-même.

Il sentit une brusque bouffée de jalousie l'envahir, c'en était presque douloureux. Car il ne désirait qu'une chose : échapper à ce mariage, lui aussi, et faire quelque chose de sa vie.

Il examina à nouveau le bocal. Quelconque, terne, abîmé. Et imagina par quoi le remplacer.

Et si le projet de Daisy devenait le sien ? Il voyait exactement comment créer un contenant plus attrayant. Par ailleurs, échouer dans un secteur qui n'existait pas encore était presque impossible. Son père verrait ce choix d'un mauvais œil mais, s'ils raflaient la mise, il reviendrait peut-être à de meilleurs sentiments.

Entre ce qu'il risquait de gagner, autant dire tout, et ce qu'il risquait de perdre, autant dire rien, cela valait le coup d'essayer.

Pour elle. Pour lui. Pour eux et pour leur liberté.

— Nous avons de quoi faire un beau succès !

Sur ces mots, il se redressa de toute sa hauteur, le torse bombé.

— Pour y arriver, il nous faudra néanmoins un nouveau nom, Daisy. Un nouvel emballage. Ainsi qu'une étiquette qui accrochera le regard. Nous devons rendre cette crème sensuelle, attirante et irrésistible.

— Comment ça, *nous* ? s'écria-t-elle. Aux dernières nouvelles, c'était *mon* projet.

— Certes, mais s'il nous permet d'échapper à ce mariage ?

— Si je vous suis, il suffit que je lui donne une nouvelle apparence ?

Il esquissa un sourire. Et, pour la première fois de sa vie, il eut le sentiment de savoir exactement ce qu'il faisait.

— Oui. Et je peux être l'homme qu'il vous faut, finalement.

La Terre entière ne tournait plus rond. Elle déraillait même complètement ! Elle ne voyait pas d'autre raison pour expliquer pourquoi son existence parfaitement ordonnée était sens dessus dessous, subitement.

Ce voyou de Theodore Prescott portait ses manuels et franchissait les portes de son université à côté d'elle, en conversant comme s'ils étaient de vieux amis. Un couple. Ou deux associés.

Sans crier gare, il s'était immiscé dans sa vie. Il avait une idée bien précise sur ce grand projet qui la passionnait. Et il en parlait déjà comme s'ils allaient se lancer dans cette aventure main dans la main.

Que faire ? L'accueillir ? Daisy frissonna à cette idée. C'était *son* projet. Et elle était censée lui donner un rôle, parce qu'il avait besoin d'occuper ses journées ?

Voilà qui était particulièrement agaçant. On marchait sur la tête, vraiment.

Cet homme était tellement imbu de lui-même. Prétentieux. Et convaincu d'avoir la science infuse !

Elle devait pourtant admettre qu'il avait raison. Tant pis si cela l'affectait profondément de le reconnaître. Pire qu'une opération chirurgicale sans éther ! En l'état, le produit était efficace, mais il n'avait rien d'engageant, d'attirant, de séduisant. Les Dames de la liberté avaient essayé de le lui dire. Hélas, elle avait préféré nourrir l'espoir qu'elles ne le pensaient pas vraiment. Puisque cette crème était si efficace, à quoi bon se soucier de son apparence ? L'ennui, c'est qu'elle était à court d'idées. Résoudre des équations scientifiques la passionnait. En revanche, ces questions d'esthétique, de beauté et de commerce lui passaient au-dessus de la tête.

Dans ce domaine, Theo, lui, était un véritable expert. Il suffisait de l'observer dans son milieu naturel, c'est-à-dire une salle de bal, pour s'apercevoir qu'il n'avait pas son pareil pour captiver, séduire et conquérir son auditoire. L'élégance de ses tenues, l'attirance qu'il exerçait sur les femmes, son allure... Oui, il savait comment amener les gens à entrer dans son jeu.

Et si elle acceptait son aide ?

Surtout si elle cherchait un moyen de ne jamais le revoir.

Il ne s'était pas moqué d'elle. Et c'était la seule raison pour laquelle elle ne lui avait pas déjà dit *non*. De tous les habitants de Manhattan, il était le seul à ne pas avoir éclaté de rire. Étonnant. Tous les autres pensaient qu'elle courait après des chimères et n'hésitaient pas à le lui dire. Mais lui avait immédiatement imaginé comment améliorer ce produit et en faire un succès. Sans compter qu'ils avaient une raison commune de tout tenter pour que ça marche.

Alors oui, d'accord, peut-être lui laisserait-elle une chance.

Ou pas.

— Bien, et ce baiser ?

Ils étaient confortablement installés dans le fiacre de Theo. Il avait proposé de la raccompagner chez elle en passant par Central Park. Elle avait accepté parce qu'ils avaient à parler. Mais pas de *ça*.

— Pardonnez-moi, mais nous parlions de vous, de moi… et de ma crème de beauté, dit-elle avec une grimace.

Elle avait presque honte d'évoquer une chose pareille tout haut.

— Revenons-en à ce baiser, insista-t-il.

Elle poussa un grognement, les yeux levés au ciel.

— J'aimerais tourner la page.

— Soit.

— Je vous ai embrassée, Daisy.

— En effet. Votre bouche s'est collée à la mienne. Voilà plus d'une décennie que nous nous haïssons de tout notre cœur. Et puis vous m'avez embrassée, brusquement. Sans raison particulière.

— Et cela ne vous a pas plu.

Elle lui jeta un coup d'œil. Dieu merci, il ne lâchait pas la route des yeux. Une telle conversation, tout en roulant au milieu de la cohue de Broadway, avait de quoi déclencher un accident ! Oh ! elle pouvait toujours sauter à bas de la voiture pour y échapper. Mais cette perspective ne la tentait pas vraiment. Elle la gardait dans un coin de la tête, cependant.

— J'essaye de déterminer si cela tenait à vous, à moi, ou à nous deux, poursuivit-il.

— Et quand bien même ? répondit-elle avec un haussement d'épaules. Vous m'avez embrassée sur un coup de tête, et je me demande bien pourquoi. Parce que vous aviez de la peine pour moi, après l'épisode navrant dans la salle de bal ? Rassurez-vous, nous n'aurons plus vraiment à paraître en société l'un à côté de l'autre. Enfin, j'espère. Il n'empêche : vous n'aurez plus à me prendre en pitié et vous ne vous sentirez plus obligé de m'embrasser. Bref, je veux croire que cela ne se reproduira pas.

— Très bien.

Theo toussota comme pour ravaler les paroles qu'il avait en travers de la gorge. Elle en profita pour mieux l'examiner. Il avait les yeux fixés sur la route, les doigts crispés autour des rênes. Il était au supplice, elle s'en rendait compte. Mais il tâchait de faire bonne figure.

Ah non, elle n'allait pas commencer à le ménager ! Et pourtant si.

— Oh ! vous auriez voulu que cela se reproduise ?

Juste après cette prise de conscience, elle sentit une vague de chaleur l'envahir. Theodore Prescott ne s'était pas contenté de l'embrasser, il ne voyait pas d'inconvénient à recommencer. Elle avait le sentiment d'être... désirée. Oui, désirée. Pour la première fois, peut-être. Elle n'avait jamais pris la peine d'y songer.

Avant qu'elle ne se fasse des idées, il crut bon d'ajouter :

— N'oublions pas ma réputation. Vous savez à quel point j'y tiens. Pas question de laisser les gens penser que j'embrasse de manière tout juste correcte. Alors, dites-moi pourquoi vous avez été déçue, je rectifierai le tir pour la prochaine femme que j'embrasserai.

Daisy haussa un sourcil. Était-il sérieux ou se laissait-il encore obnubiler par son orgueil ? Hum, cela cachait peut-être quelque chose. Il était si difficile de sonder le cœur et l'esprit de cet homme !

— J'aurais du mal à parler pour toutes les femmes. En ce qui me concerne, j'ai trouvé que votre baiser était trop...

— Trop quoi ?

— Trop rapide. Trop appuyé. Trop tout.

— C'était un élan de passion. Une impulsion subite.

— Les élans de passion sont parfois plus enivrants. J'ai beau être novice en la matière, je sais ce qui déclenche le désir ou pas. Par ailleurs, Theo, nous ne nous aimons pas. Ce baiser ressemblait fort à... une manière de me consoler. C'est tout à votre honneur, mais je n'en avais pas besoin.

Il resta muet. Elle s'en voulait presque d'avoir été aussi sincère. Enfin, il avait souhaité poser sa question, oui ou non ? Il devait savoir qu'elle n'était pas du genre à tenir sa langue. Pour l'heure, il était toujours assis calmement à côté d'elle, à l'écouter. Il n'avait pas l'air à deux doigts de sauter de la voiture en marche.

Il fallait qu'elle en profite pour lui parler à cœur ouvert.

— Lorsqu'un homme m'embrasse, je veux que cela ait un sens. Que ce soit la preuve de son désir pour moi. Pour tout mon être. Et je veux ressentir la même chose. C'est tout.

C'était d'une importance capitale.

La voiture s'arrêta devant chez elle, mais elle resta immobile, Theo aussi.

— Merci d'avoir enduré cette conversation pénible, Daisy.

— Ce n'était pas très agréable, mais... je vous en prie.

— Incroyable, nous avons encore réussi à échanger courtoisement !

— Dommage que personne ne nous ait vus.

Elle l'observa ; il l'observa en retour. Il était si beau ! Pour la première fois, elle se sentit *attirée* par lui, à cause de cette façon qu'il avait de la regarder. Il la voyait comme une personne à part entière, digne de son admiration ; elle n'était pas simplement un visage et un surnom idiot. Il y avait comme de la gentillesse dans ses yeux bleus. Et de la reconnaissance.

Ce qui la poussa à changer d'avis sur lui. Et sur elle.

Un sentiment aussi effrayant que troublant.

— C'était la dernière fois que nous parlions de ce baiser, déclara-t-il.

Quel soulagement !

— Et, maintenant que nous allons peut-être devenir associés, nous ne risquons guère de partager ce genre de moments intimes.

Associés, elle et lui ? Il faudrait qu'elle le voie pour le croire.

— Nous manquons de temps pour réaliser l'impossible, conclut-elle. Vous êtes partant, c'est bien certain ?

À quoi Theo se contenta de répondre :

— Je passe vous voir demain.

11

Un orchestre a été engagé pour la cérémonie et la fête qui suivra le mariage de Miss Daisy Swan et Theodore Prescott fils.

– The New York Post

Le lendemain.
Cinquième Avenue, numéro 854

En ce jeudi matin, Theo se réveilla enfin avec un but. Sa journée ne serait pas uniquement consacrée à paresser, jouer au tennis ou rendre des visites de courtoisie. Il allait aider une jeune femme à réaliser son rêve. Ce n'était pas rien. Voilà qui l'aiderait peut-être à se faire pardonner tout le mal qu'il lui avait fait, bien malgré lui, pendant des années. N'avait-il pas trouvé un métier, par la même occasion ? Mais prudence... C'était beaucoup demander à cette... crème de beauté, ou peu importe son nom. Et c'était beaucoup *lui* demander.

Toujours est-il qu'il était là, en train de frapper à la porte de la demeure des Swan, tiré à quatre épingles.

Mrs Evelina Swan l'attendait de pied ferme. Elle le fit entrer dans le salon, envoya un domestique chercher des rafraîchissements, puis se confondit en excuses. Occupée comme elle l'était, elle se trouvait dans l'incapacité de jouer les chaperons. Une vraie ruse de mère entremetteuse. Voilà qui arrangeait leurs affaires. Daisy avait eu raison d'affirmer qu'être seuls ensemble leur permettrait d'évoquer leurs affaires en toute liberté.

Daisy fit très vite son entrée, vêtue d'une élégante robe en serge bleue et impeccablement coiffée. Elle avait une silhouette aussi distinguée qu'élégante, même si ce n'était que pour un rendez-vous de travail dissimulé en visite de courtoisie. Peut-être était-elle toujours aussi élégante au quotidien, ce qu'il n'avait jamais remarqué ? C'était fort possible.

— Tiens, vous voilà ! lança-t-elle en guise de salut.

— Bonjour à vous aussi. J'avais annoncé ma visite, non ?

La mère de Daisy s'était déjà empressée de sortir du salon et d'en refermer les portes.

— Sans doute ai-je encore du mal à croire que nous ayons organisé ce... rendez-vous, avoua-t-elle.

— S'il y a une chose que j'ai apprise de mon père, c'est l'importance de la parole donnée. Alors me voici. Suivons à la lettre ce dont nous sommes convenus hier.

Même si je ne suis pas sûr d'y arriver.

Il avait veillé tard, à siroter du whisky. Il avait réfléchi à des noms attrayants et aux façons de faire la publicité du produit. Se posait aussi le problème du plan de vente. Il avait songé à demander de l'aide à son père. Sauf qu'il aurait dû répondre à ses questions et supporter ses moqueries. Or, il n'était pas prêt à cela.

Il voulait que ça marche. Voilà ce qui l'amenait ici.

Daisy plongea la main dans la poche de sa robe. C'était la mode chez un certain nombre de dames que de porter des robes avec des poches, la grande spécialité d'Adeline, la célèbre maison de couture. Elle lui tendit un petit bocal.

La crème de beauté.

Une pâte blanche dans un récipient en verre quelconque, sans la moindre étiquette. Une femme désireuse de prendre soin de sa peau ne porterait jamais son choix là-dessus. Elle n'en vanterait pas les mérites à ses amies. Non, vraiment, il fallait un emballage plus attirant. Un nom. Une promesse. Un *style.*

Et c'était peut-être lui qui apporterait la solution !

— Parlez-moi de votre invention.

Avec un peu de chance, les mots de Daisy feraient jaillir une étincelle dans un coin de sa tête.

— Elle s'inspire d'une recette de ma grand-mère, expliqua-t-elle. Elle a grandi dans une contrée lointaine, dans l'est de l'Europe. Les hivers étaient rudes. J'imagine que cette crème lui servait à protéger sa peau des frimas. C'est l'une des rares choses qu'elle a emportées, lors de son émigration.

— Les immigrants ont toujours apporté de vrais trésors en Amérique.

— En effet ! acquiesça-t-elle. La formule est efficace, car nous l'avons toutes utilisée, que ce soit ma mère, mes sœurs ou moi, mais elle n'est pas sans défauts. Les ingrédients de base s'abîment vite. Et qui a du temps pour préparer cette crème au quotidien, à l'époque où nous vivons ? Certainement pas les femmes qui travaillent, ni celles de la classe moyenne. Et les dames de la haute société refuseraient tout net.

— Une femme qui aurait le temps de préparer cette crème aimerait peut-être l'acheter prête à l'emploi, fit-il remarquer. Comme si elle avait été préparée pour elle seule.

— Autre problème : la recette originale ne sent pas très bon.

Theo ouvrit le bocal et huma profondément la pommade.

— Vous y avez remédié.

— Il s'agit de mon parfum.

— Cela ne m'avait pas échappé.

Oh que non ! Elle était la seule à porter ce parfum, discret, mais dont il sentait encore la fragrance légère sur la veste qu'il portait lors du bal, l'autre soir. Il n'avait rien d'étourdissant ni d'entêtant, certes, mais il était puissant et subtil. Et il vous collait à la peau.

Comme elle.

Il leva les yeux vers elle. Elle ne se détourna pas.

C'était le plus étrange. Tout à coup, il n'aurait pas souhaité être ailleurs qu'ici, avec elle. Un peu plus près, peut-être. Brusquement, il eut envie de l'embrasser. Par pur plaisir.

La fois précédente, il avait voulu lui prouver quelque chose. Ou montrer qu'il était navré pour elle. Peu importe la raison, il avait eu tort. À présent, il voulait perdre la tête entre ses bras. Elle avait vu juste sur ce point-là aussi : il ne l'avait pas embrassée pour les bonnes raisons, et elle l'avait senti. Alors la prochaine fois...

Il n'y aurait pas de prochaine fois.

Et leur entrevue du jour était un rendez-vous de travail.

La voix de Daisy le ramena à la réalité.

— J'ai résolu tous ces problèmes grâce à ma formation de chimiste. J'ai passé des heures à tâtonner et à perfectionner la préparation pour que l'odeur et la consistance de cette crème soient... séduisantes.

Il repérait toujours une opportunité quand il en avait une à portée de main. Et, contre toute attente, cette crème de beauté lui donnait une occasion en or de concrétiser un véritable projet. Et prouver sa valeur au passage.

Daisy ne le lâchait pas des yeux.

Il se sentit subitement douter de son talent. En un sens, il s'était immiscé dans son plan. Il avait affirmé qu'il était l'homme de la situation. Fait des promesses qu'il était temps de tenir. Que de pression sur les épaules !

Pouvait-il prendre cet horrible petit bocal rempli de bouillie parfumée et la rendre si irrésistible, si enivrante, que les femmes se battraient pour l'avoir ? Les habitantes de Manhattan raffoleraient-elles de ce produit et en feraient-elles un succès retentissant ? Et eux, deviendraient-ils riches et libres, en s'entraidant ?

Il se mit à faire les cent pas. Cela réussissait toujours à son père, manifestement. Arpenter la pièce l'aiderait à avoir l'illumination, qui sait ? Au minimum, Daisy aurait l'impression qu'il essayait.

Bon sang, voilà qu'il attachait de l'importance au regard de cette femme.

— Une recette de famille secrète..., répéta-t-il.

Concentre-toi, vieux !

— Je n'ai jamais dit qu'elle était secrète.

— Maintenant, elle l'est ! C'est beaucoup plus mystérieux. Une recette secrète alliée aux dernières avancées scientifiques. Pour une peau plus éclatante.

— Éclatante ?

Il se tourna vers elle. Et plongea les yeux dans les siens.

— C'est le secret de votre peau, non ?

— En effet.

— Elle est éclatante, répéta-t-il fermement. On croirait voir un tableau préraphaélite, ou un portrait de la Renaissance. Votre peau fait des envieuses. C'est une splendeur. La huitième merveille du monde.

— Merci.

Il se rapprocha d'un pas et baissa la voix.

— Dites-moi, Daisy, votre peau est-elle aussi douce qu'elle y paraît ?

— À vous de me le dire, Theo.

C'était une invitation. Oui, elle l'invitait à la toucher. Il n'y avait pas de quoi perdre la tête. Et pourtant... Il sentit son cœur battre la chamade à cette idée. Il l'avait toujours vue comme la dernière femme avec laquelle il aurait voulu vivre une aventure, mais à quoi bon le nier ? Elle était désormais la seule femme qu'il souhaitait caresser. Et embrasser.

Il ne lui restait qu'à avancer d'un nouveau pas pour effacer la distance qui les séparait. Il tendit la main, qu'il fit glisser sur sa peau si douce.

Il se rapprocha encore et eut envie d'attraper la joue de Daisy dans le creux de la main. Il n'aurait eu qu'à se pencher pour l'embrasser. Il en avait envie, terriblement envie. C'était plus fort que lui.

Il avait déjà le cœur battant lorsqu'elle approcha à son tour, la tête levée vers lui. Comme si elle devinait son intention.

Comme si elle avait la même idée. C'était une invitation, et il sentit tout son corps s'éveiller.

Tous ses sens frémissaient d'impatience, ce qui le surprit.

— Si attirante, murmura-t-il.

Mais, alors qu'il baissait la tête vers elle, incapable de supporter cette distance plus longtemps, elle recula et se détourna.

— Ce n'est qu'une crème de beauté. J'en mets avant de dormir et...

— Vous laissez la magie opérer pendant la nuit, termina-t-il. Le lendemain, vous vous réveillez avec cette peau parfaite.

Lui aussi recula d'un pas. Un peu d'air et d'espace l'aiderait à réfléchir sans penser à elle. Sans avoir envie de la toucher. Sans avoir envie d'elle tout court.

Allons, du calme, il s'agissait de Daisy ! La femme la plus déroutante et la plus étonnante qu'il ait jamais rencontrée. N'oublions pas qu'il était là *pour affaires*.

— Si je résume, vous avez une histoire. Et un produit miracle...

Ah, ils tenaient quelque chose. Il le sentait. Il le devinait. Tout ce qu'il avait à faire, c'était attraper cette idée au vol. La retenir. L'emballer joliment. Et la vendre. Il espérait tellement réussir pour elle, pour ce projet, pour lui-même.

Son père serait furieux d'apprendre qu'il s'intéressait enfin au monde des affaires, mais pour vendre des « articles pour dames ». Commercialiser ce produit ne le rendrait pas plus digne de l'approbation paternelle. S'il en faisait un succès aussi spectaculaire qu'éblouissant, en revanche, il gagnerait peut-être son respect.

— Ce n'est pas de la magie, c'est de la science, tint-elle à préciser.

— Parfait. Nous le préciserons sur l'étiquette.

— J'aurais dû y songer.

— Mais d'abord... le nom.

Il s'éloigna de Daisy. De sa peau sidérante, de son parfum envoûtant, de cette promesse de baisers. Il devait réfléchir. Et quoi de mieux que de faire les cent pas dans le salon ? La vaste pièce était remplie de meubles précieux, de tables aux plateaux en marbre sur lesquels était exposée l'argenterie, de murs recouverts de portraits et de paysages. De larges fenêtres surplombaient Central Park et le reste de la ville.

La vue était splendide.

Il ne faisait que rendre service à Daisy, cependant, c'était comme si toute sa vie en dépendait. Il voulait inventer un nom marquant, séduisant, un nom qui ferait vendre. Pour elle. Pour lui. Il voulait être bon à quelque chose. Avoir un but dans la vie. Le soir même ou dans plusieurs années, il repenserait à cette journée et se dirait qu'il avait donné un petit coup de pouce au destin.

Il continua donc de tourner dans la pièce, tout en se creusant les méninges. En plus d'être beau garçon, il sortait de Harvard, oui ou non ?

Magique. Fulgurant. Irrésistible. Scientifiquement conçu.

Un produit dont le nom serait sur toutes les lèvres, aux quatre coins de la ville. On le verrait sur les tables de toilette des femmes de la Cinquième Avenue ou des quartiers plus modestes. Leurs clientes se demanderaient comment elles avaient pu vivre sans. Une petite révolution. Avec des promesses, oui, mais des promesses tenues.

Une crème douce, soyeuse, aérienne. Qui procure un bref instant de plaisir avant de disparaître à jamais. Comme un rêve.

Il marchait toujours. Il tambourina du bout des doigts sur une table. Remit en place des bibelots sur le manteau de la cheminée. Daisy le regardait avec attention. Pas une seconde elle ne le lâcha des yeux. S'attendait-elle à ce qu'il échoue, même si elle espérait le contraire ? Au fait, depuis combien de temps était-il ici ? Des heures, non ?

Il leva le nez vers la pendule. Et, soudain, il eut le déclic.

— Je le tiens ! « *Miracle de minuit. Comme un rêve éveillé.* »

— Oh.

Elle avait répondu dans un souffle. Trouvait-elle ce nom efficace, banal, exécrable ? S'il devait l'expliquer, l'effet serait ruiné. Un nom marchait ou ne marchait pas. L'alchimie était la même qu'entre deux êtres qui se rencontraient.

Elle poussa alors un petit cri suraigu.

À sa grande honte, Theo sentit son cœur bondir dans sa poitrine, ce qui ne lui était jamais arrivé, jamais. Il était envahi par une vague de… fierté, peut-être ?

Le coin des lèvres de Daisy se releva avant de laisser place à un grand sourire.

— Vous avez trouvé, Theo !

Daisy lui bondit pratiquement dans les bras, tout en sachant qu'il avait une idée en tête. Mais elle était emballée par les perspectives qu'ouvrait ce nom génial. Et que dire de l'excitation d'être témoin d'un vrai coup de génie ? Avant même de s'en rendre compte, elle avait sauté du canapé et enroulé les bras autour de son cou.

C'était une sensation si agréable…

Puis elle se souvint soudain qu'ils se détestaient.

Vous parlez d'une situation gênante !

Autant se rendre à l'évidence : Theodore Prescott ne se réduisait pas à son joli visage, à son diplôme de Harvard et aux informations croustillantes qui couraient régulièrement sur son compte, dans la rubrique des indiscrétions. Toute son habileté de séducteur impénitent pour charmer, envoûter, hypnotiser la gent féminine venait d'être mise à son service. Son humour ravageur et son don pour créer des surnoms avaient enfin été utilisés à bon escient. Il avait pris le produit tout simple qu'elle avait créé et trouvé la beauté, le style, l'étincelle. La science avait cédé la place à la magie.

Elle était charmée. Envoûtée. Hypnotisée. Par lui.

Il n'était pas minuit, mais c'était quand même un miracle.

Elle devait l'admettre, voir cet homme était comme un rêve éveillé. Tout de laine vêtu, svelte, musclé. Bouillant d'ardeur, aussi. Elle sentait le feu qui l'habitait, alors qu'elle était dans ses bras, attendant l'inévitable.

C'est-à-dire que la bouche de Theo fonde sur la sienne.

Le souvenir de leur premier baiser s'était estompé. Elle ne l'avait pas particulièrement aimé parce qu'il le lui avait donné en guise de consolation, par compassion. Mais il était temps de retenter l'expérience. Pour la première fois, elle avait une sensation presque magique, un vrai lien les unissait. Elle voulait embrasser ce sentiment et le faire durer, encore et encore.

Et elle était dans ses bras, Seigneur !

Elle attendait toujours qu'il pose les lèvres sur les siennes.

Mais il ne l'embrassa pas.

Il se contenta de la regarder. Intensément.

Elle avait l'habitude des regards méprisants ou des efforts de certains hommes pour ne pas croiser ses yeux, alors qu'elle les pensait intéressés. Parfois, elle se demandait ce qui était le pire : qu'on l'observe d'un air hautain ou qu'on l'ignore. Elle n'était absolument pas préparée à ce qu'on la fixe de cette façon.

L'inquiétude l'envahit. Theo allait voir son nez légèrement trop grand, ses yeux légèrement trop rapprochés, cette bouche qui n'avait rien d'un joli bouton de rose. Elle se rendit alors compte qu'il l'observait de très près. Et qu'il ne s'écartait pas, surtout !

Il la voyait telle qu'en elle-même et ne la lâchait toujours pas.

La distance qui les séparait était infime.

Elle profita de l'occasion pour le dévisager elle aussi au lieu de s'attarder sur les doutes qui la tenaillaient. La façon dont ces yeux bleus la transperçaient – il n'y avait pas d'autre mot pour les décrire. La façon dont ces sourcils noirs se baissaient tandis qu'il posait les yeux sur sa bouche, comme s'il se demandait si ses lèvres étaient aussi douces qu'elles en avaient l'air. Ce n'étaient pas ces traits qui le rendaient attirant, mais la façon dont il la regardait. Avec respect. Avec des interrogations et un désir qui commençait à bouillir au fond d'elle.

— Oui…, murmura-t-elle.

Il entrouvrit les lèvres. Elle aussi.

Theodore Prescott fils, son ennemi juré, celui qui hantait son existence depuis plus d'une décennie, était sur le point de l'embrasser. Et elle voulait qu'il saute le pas.

Finalement, elle sentit la plus douce des caresses frôler brièvement ses lèvres.

Un vrai rêve éveillé !

Ce baiser était si impalpable qu'il en semblait irréel. Elle avait envie de s'accrocher à ce moment précieux et hors du temps. Mais comment retenir ce qui file sans cesse ? Exactement comme un rêve, ce baiser était immatériel, insaisissable. Il prit fin avant même d'avoir commencé, ce qui la troubla.

Leur premier baiser était trop, celui-ci trop peu. L'un était trop rapide, l'autre trop lent. L'un trop appuyé, l'autre bien trop délicat.

Elle voulut plonger les doigts dans les cheveux blonds de Theo. Étaient-ils aussi soyeux qu'ils en avaient l'air ? Elle voulut empoigner sa veste impeccablement taillée et la froisser. Elle avait perdu la tête, ou quoi ? D'où lui venait cet élan de passion ?

Elle ne se reconnaissait plus. Et elle ne reconnaissait pas cette urgence et ce désir qui bouillait en elle. Pourquoi le nier ? Elle voulait connaître Theo, le découvrir, l'explorer intimement.

Et lui, ne ressentait-il pas la même chose ? N'avait-il pas envie de profiter de cet instant unique ? Deux ennemis de longue date lâchaient leurs armes, fermaient les yeux et se rendaient l'un à l'autre.

Ce baiser-là suscitait en elle plus de questions que de réponses. Hélas, elle dut se résigner à le voir prendre fin. Une fin lente, au goût amer. Elle faillit presque s'écrouler sur lui lorsqu'il s'écarta.

Quelle honte !

— Je suis navré, Daisy. Deux associés ne devraient pas... faire ça.

La vague brûlante de désir qui l'habitait s'éteignit aussitôt. Theo avait raison, elle était bien obligée de l'admettre. Elle lissa sa robe et hocha la tête. Pour le bien de leur aventure commerciale, de leur future liberté et de ces rêves qui l'animaient depuis toujours.

— Oui, vous avez raison, finit-elle par dire. Surtout si nous faisons tout pour ne pas devenir mari et femme. Échanger un baiser dans ce salon serait prendre un risque inutile.

— Cela ne se reproduira plus, vous avez ma parole.
— Tant mieux, dans ce cas, répondit-elle.
Mais était-ce la vérité ? Elle se retrouvait tout à coup avec un sentiment dont elle ne savait que faire.

12

Si de nombreuses personnes sont curieuses de savoir comment se profile le mariage qui unira prochainement Daisy Swan et Theodore Prescott, tout le monde ne s'intéresse qu'à une chose : la robe de la mariée.

– The New York Post

Dans l'atelier de couture d'Adeline Black

Daisy avait beau sentir encore le goût des lèvres de Theo sur les siennes, elle n'avait aucunement l'intention de devenir son épouse. Pourtant, ne faisait-elle pas des essayages pour sa robe de mariée ? Et encore, pas n'importe laquelle. Une robe qui indiquerait à tout le monde un message clair et sans ambiguïté : même une fille quelconque méritait quelqu'un de la trempe de Theodore Prescott, cet homme aimé de tous.

— Il faut qu'elle ait le nec plus ultra.

Sa mère s'était adressée à Adeline Black, la couturière attitrée du gratin new-yorkais, et future duchesse de Kingston. Une femme qui n'avait jamais eu de leçons à recevoir en matière de mode.

Pourquoi aurais-je besoin d'une robe de mariée ? songea Daisy. *Je ne devrais même pas être ici.*

Certes, elle avait échangé un baiser ou deux avec Theo et,

apparemment, ils étaient associés. Mais fallait-il en conclure qu'elle souhaitait devenir sa femme ? Ils se détestaient depuis des années et ils étaient parvenus à conclure une sorte de trêve. Le lien qui les unissait était tout récent, et si fragile ! Passer leur vie ensemble serait autrement plus compliqué.

Cela dit, ils n'auraient peut-être même pas à se dire oui ! En l'espace d'un après-midi, Theo avait pris sa crème de beauté et l'avait rebaptisée *Miracle de minuit.* Ils avaient une chance de marquer les esprits, elle en était convaincue. En toute honnêteté, c'était en partie grâce à lui.

Elle n'avait donc pas besoin de cette robe. Sa mère, elle, continuait de donner ses instructions :

— J'imagine cette tenue comme celle de Consuelo Vanderbilt, mais en plus original. Et en beaucoup plus cher.

Non. Hors de question.

Adeline pencha la tête, l'air songeur.

— J'imagine du satin et de la dentelle, ajouta sa mère.

Et moi j'imagine une tenue de voyage. Pour le moment où je fuirai le pays. Seule. Plutôt partir que de porter une robe monstrueuse et épouser un homme que je n'aime pas !

— On m'a récemment apporté de la dentelle réalisée à la main par trois sœurs, des triplées qui habitent un couvent en Belgique, expliqua la couturière. Elles ont utilisé du fil d'argent resté enfermé dans un château pendant cent ans sans être endommagé, un vrai miracle. Le fruit de leur travail a été remis en mains propres à la reine par l'une de ses dames de compagnie.

— Bien, cela fera l'affaire.

En entendant sa mère répondre, Daisy eut envie de plonger le visage dans un coussin et de hurler.

La situation lui échappait. Cela allait vraiment trop loin.

Une chance, elle n'était pas seule pour affronter cette épreuve.

Adeline et elle échangèrent un regard. Ce n'était pas la première fois qu'Adeline lui fabriquait une robe. Toutes ses plus belles tenues sortaient de son atelier. Mais, surtout, l'une et l'autre étaient membres du club des Dames de la liberté, ce dont sa mère était loin de se douter. Daisy savait qu'Adeline serait de son côté. Elle était comme une lueur d'espoir au milieu de cette séance d'essayage cauchemardesque.

— Et vous, qu'en pensez-vous, Miss Swan ? s'enquit Adeline.

— Pourquoi ne pas opter pour une tenue plus simple ? s'empressa de répondre Daisy. Une tenue plus modeste, aussi. Avec une voilette, obligatoirement. Au lieu du satin, prenons de la bombazine. Et, au lieu du blanc, mettons du noir.

— Daisy, enfin ! Tu ne vas pas porter du noir le jour de ton mariage, ce n'est pas un enterrement !

— Si, cette cérémonie sera l'enterrement de ma liberté. Je vais dire adieu pour toujours à mes espoirs, à mes rêves de célibat, ou du moins à mon rêve d'un mariage d'amour. Ce sera la mort de l'innocence, de l'espoir et…

— Comment peux-tu ne pas tomber amoureuse de Theo ? Il est riche, connu de tous et tellement… joli garçon.

Elle se retourna vers Adeline et dit :

— Le fiancé de ma fille est beau comme un dieu. Elle aura besoin d'une robe qui se remarque, lorsqu'elle se tiendra à ses côtés.

— Je vois, répondit la couturière.

Daisy détourna le regard, mais aperçut son reflet dans le miroir. Ce nez un tantinet trop gros, ces yeux un peu trop rapprochés, cette bouche qui ne risquait pas d'inspirer un poète. Ces cheveux, qui n'étaient ni tout à fait blonds ni tout à fait bruns. Elle n'était pas belle. Une robe extravagante n'y changerait rien et ne ferait pas diversion. Elle aurait l'air d'une femme qui tente d'être ce qu'elle n'est pas. Et, ça, c'était hors de question.

— Mrs Swan, si vous jetiez un coup d'œil à nos échantillons de tissus tout en prenant un rafraîchissement ? proposa Adeline en l'accompagnant jusqu'à la porte de la salle d'essayage. Essayez de trouver une teinte qui vous conviendra. Je vais m'occuper de prendre les mensurations de Miss Swan. Que ce soit une robe de mariée ou une tenue de deuil, il faut qu'elle lui aille comme un gant !

Pour tout le monde, ce fut un grand soulagement.

Lorsque sa mère ne fut plus en mesure de l'entendre, Daisy se tourna vers son amie et déclara :

— Ce mariage n'aura pas lieu, soyez-en sûre. Et si la robe n'était pas prête à temps ce ne serait pas une tragédie.

L'idée venait de lui traverser l'esprit. Elle se sentit revivre, tout à coup.

— On ne saurait porter une vieille robe un jour de mariage, acquiesça son amie.

En réalité, c'était possible, à condition de ne pas épouser le plus beau parti de Manhattan lors d'un mariage princier, concocté par Mrs Evelina Swan.

— Il faudra trouver un moyen de la rendre inutilisable à la dernière minute.

Daisy avait le cerveau en ébullition.

— Comment, par exemple ? demanda la couturière avec un sourire machiavélique.

— On pourrait la brûler. L'oublier sous l'orage. Verser de l'encre dessus. On pourrait aussi la voler, la perdre, ou ne pas la fabriquer. Je n'ai pas de préférence.

Cette fois, Adeline eut du mal à se retenir et partit dans un grand éclat de rire mélodieux. Daisy ne put que l'imiter.

— Et votre fiancé, comment va-t-il réagir ?

— Il est du même avis que moi. Ou, du moins, il le sera quand je lui aurai exposé mon plan.

— Un fiancé qui approuve ce genre de plans, voilà qui n'est pas banal. Vous avez de la chance d'avoir un complice.

— Oui, j'imagine.

Étonnamment, Daisy était d'accord. Jusqu'à présent, Theo avait accepté ce stratagème sans la moindre hésitation, ce qui avait rendu les choses nettement plus supportables.

— Ce n'est pas tous les jours qu'on tombe sur un homme qui poursuit les mêmes rêves que vous, ajouta Adeline. Et qui vous aide à réaliser les vôtres.

En effet. Et encore, celle-ci ne connaissait pas toute l'histoire. Theo était le seul à l'avoir soutenue de tout son cœur dans son projet de créer et de vendre ses propres produits de beauté.

Voilà qui dépassait leur rêve commun de ne pas devenir mari et femme. C'était quelque chose de spécial, il fallait bien l'avouer.

— Pour ne rien vous cacher, cela ne m'était pas arrivé une seule fois en vingt-cinq ans, avoua-t-elle. Mais maintenant...

— Il y a beaucoup d'autres choses importantes à prendre en considération, bien sûr, poursuivit Adeline. Comme la passion qu'il nous inspire. Les baisers qu'il nous donne. L'amour qu'il nous porte. Ce n'est pas rien.

Daisy ne sut guère quoi répondre à ça. Pourquoi tout le monde tenait-il à évoquer des sujets aussi intimes, ces derniers temps ?

— Si j'en crois le rouge que vous avez aux joues et ce regard rêveur, vous avez manifestement... réfléchi à ces questions.

— Peut-être.

À son grand dam, elle sentit ses joues s'empourprer plus encore. Depuis ce baiser dans le salon – celui qui lui avait laissé un goût de trop peu –, elle n'avait cessé d'avoir envie de l'embrasser. Avec encore plus d'ardeur. Hélas, sur la brèche, il n'était pas venu lui rendre visite. Elle n'avait donc pas eu l'occasion de savoir s'ils allaient s'embrasser à nouveau.

— Êtes-vous vraiment sûre de vouloir annuler ce mariage ?

— Oui, oui, trois fois oui.

— Que dois-je faire de la robe, dans ce cas ?

Tout le problème était là. La robe que souhaitait sa mère, tout en satin, rehaussée de cette dentelle unique au monde, et sans doute de perles pour couronner le tout, allait coûter une somme folle. Une somme que sa famille n'était peut-être pas capable de débourser. Cette robe serait un chef-d'œuvre, elle demanderait des heures et des heures de travail aux petites mains expertes de l'atelier. Ces employées consacreraient des journées entières de leur vie à une tenue somptueuse... qui ne serait jamais portée.

Quel gâchis !

Un élément venait en outre tout compliquer : la façon dont Theo l'avait embrassée, une fois, deux fois, et elle qui en voulait davantage. Plus grave encore : leur affaire n'en était qu'à ses balbutiements. S'ils gagnaient ce pari, elle aurait la vie dont elle avait toujours rêvé. Une vie dont elle déciderait seule, avec les moyens d'assumer pleinement son indépendance. Pas question de tout gâcher pour quelques baisers.

Par ailleurs, ils s'étaient juré de ne jamais devenir mari et femme.

Elle n'était donc pas prête à porter une robe hors normes et exécutée avec art. Elle ne marcherait pas jusqu'à l'autel devant la meilleure société new-yorkaise. D'autant plus qu'une question la taraudait : souhaitait-elle que Theo l'attende au bout de la nef ?

Voilà pourquoi elle répondit avec aplomb :

— Inutile de la confectionner.

13

Le couple du moment ne s'est pas souvent montré dans les soirées mondaines, ces derniers temps. On se demande bien pourquoi.

– The New York Post

Urban Square, numéro 27

Les journaux rapportaient que les Charmants Voyous de Manhattan avaient repris leurs frasques habituelles. Ils étaient à Newport – plus exactement, sur un yacht –, entourés d'une cohorte d'entrepreneurs, d'une farandole d'actrices et de stocks manifestement illimités de champagne. Theo n'était pas avec eux.

Il avait passé la semaine en ville.

À travailler.

Oui, à *travailler.*

Il n'avait pourtant pas ressenti la même chose qu'au cours de ses précédentes expériences : lorsqu'on lui avait demandé de suivre le responsable d'une usine, il avait abîmé sa plus belle paire de bottes. Ou lorsqu'on lui avait donné un bureau au siège des aciéries familiales, on lui avait demandé de se rendre utile, ce qui s'était soldé par un échec cuisant.

Mais, puisqu'il s'agissait de réfléchir à des modèles de bocaux pour *Miracle de minuit* ou de concevoir une étiquette, les heures étaient passées comme dans un rêve.

À la fin de la journée, il constata que son travail avait porté ses fruits. Une satisfaction inédite pour lui.

Ce n'était pourtant pas la seule mission qui l'avait occupé de l'aube jusqu'au coucher du soleil.

Il avait autre chose à montrer à Daisy. À vrai dire, il n'avait jamais, non, jamais, été aussi impatient d'être à ce moment. Il y avait consacré absolument tout son temps. Il avait dû mettre à l'épreuve ses relations, son éducation et son implication dans cette folle aventure. Il était profondément fier de son travail et tout à fait convaincu que Daisy serait emballée.

Il fallait qu'elle le soit, c'était presque une question de vie ou de mort pour lui.

— Fermez les yeux, lui dit-il.

La voiture les avait déposés sur l'une des grandes places animées de la ville, à un jet de pierre de ces grands magasins si prisés par les New Yorkaises. Il voulait simplement qu'elle ferme les yeux le temps de faire les derniers pas qui les séparaient de leur destination.

— Vous sollicitez une marque de confiance que je ne suis pas forcément prête à vous accorder, répondit-elle.

— Moi qui pensais que nous étions devenus amis, répliqua-t-il.

— Ce serait pour le moins surprenant !

— Voulez-vous que je commence par la bonne ou la mauvaise nouvelle ?

— La mauvaise, évidemment. Allez-y.

— Je ne suis pas parvenu à convaincre les grands magasins d'acheter *Miracle de minuit*.

Cette partie de la mission s'était soldée par un échec et avait bien failli anéantir tous ses espoirs. Les responsables de ces établissements avaient accepté de le recevoir – le nom de Theodore Prescott ouvrait de nombreuses portes dans la ville –, mais ne s'étaient pas laissé convaincre par ses arguments. Ils imaginaient mal des femmes honnêtes et respectables achetant aux yeux de tous un produit aussi intime. Une crème de beauté ? Ne réservait-on pas ce genre d'articles aux actrices et aux courtisanes ?

— Ils doutent que leur clientèle portera spontanément son choix sur ce que nous comptons vendre.

Daisy plissa les lèvres. La déception se lisait sur son visage. Quoi de plus normal ? Elle avait tort, pourtant. Car il avait trouvé une solution. Une solution qu'il était justement impatient de lui montrer.

— Bien, et la bonne nouvelle ?

— Fermez les yeux.

Le bras de Daisy agrippé au sien, il la guida jusqu'au centre du pâté de maisons. Devant des magasins et des immeubles d'habitations. À côté des chevaux, des voitures et des piétons qui marchaient sur le trottoir d'un pas pressé.

Ils s'arrêtèrent devant une devanture bien particulière.

— Et maintenant regardez !

Il observa son visage tandis qu'elle levait ses longs cils. Elle posa les yeux sur le grand écriteau couleur lavande accroché au-dessus de la vitrine.

Theo avait le cœur battant. Et, s'il était aussi nerveux, c'était parce qu'il tenait à ce projet. Pas seulement comme un bon moyen d'échapper à ce mariage. Les efforts qu'il avait faits devaient porter leurs fruits et contenter son associée.

— Et si nous ouvrions notre propre magasin ? Qu'en pensez-vous ?

— Dr Swan ?

L'écriteau portait en effet l'inscription suivante : Dr Swan's Apothecary.

L'officine du Dr Swan, en somme.

— Le titre de docteur s'impose, surtout si vous créez d'autres produits. Il ajoute une touche de sérieux et de dignité. Madame Swan ressemblait trop à un nom de maison close.

Le visage de Daisy ne laissa rien paraître de ses sentiments.

— Mon idée vous plaît-elle ? s'enquit-il d'un ton nerveux.

— Je la trouve… coûteuse, Theo. Cela fait des années que j'économise mon argent pour lancer la production de ma crème de beauté. J'ai assez pour le faire. De là à m'offrir une enseigne de cette taille… et la boutique qui va avec !

— N'ayez crainte. Je me suis arrangé avec le père d'un ami. Et j'ai contracté un prêt.

— Oh…

Ce n'était pas la réaction qu'il espérait.

— Laissez-moi vous montrer l'intérieur.

Le sol était recouvert d'un parquet brillant comme un miroir et des lustres en cristal et en cuivre poli pendaient au plafond. Des miroirs et des présentoirs en verre couraient le long des murs. Au centre de la pièce trônait un grand comptoir en bois sculpté. Il était surmonté d'un plateau de marbre sur lequel étaient empilés des pots en verre taillé qui imitait à la perfection le cristal. Le tout nouvel emballage de la crème de beauté du Dr Swan, *Miracle de minuit* ! Les étiquettes étaient imprimées sur un papier couleur lavande qui lui rappelait Daisy. Sobre mais tendre. Féminin, mais sans minauderie.

Il avait passé le plus clair de sa semaine à monter ce magasin et à l'approvisionner. À faire en sorte qu'il attire l'attention, sans créer le scandale. Qu'il soit beau mais accessible.

Une chose l'avait cependant retenu d'être véritablement fier du fruit de ce travail. Ce n'était pas le métier que son père envisageait pour lui. Ce dernier risquait même de le renier, s'il découvrait que son unique fils avait consacré un temps fou à cette mission… et que cela l'avait rendu heureux. Ils étaient les aciéries Prescott, que diable ! Un matériau lourd, solide, capable de résister à l'épreuve du temps. On s'en servait pour fabriquer d'immenses gratte-ciel fièrement pointés vers le ciel ou des armes dévastatrices. Des incarnations de la virilité, en somme.

Le verre était délicat, un rien suffisait à le briser. C'était joli. Bon pour les femmes.

Qu'importe. Pour l'heure, il n'avait d'yeux que pour Daisy. Elle tourna lentement sur elle-même et embrassa la pièce du regard. Puis elle attrapa un pot, qu'elle examina sous toutes les coutures. Elle ouvrit le bocal et huma la crème. C'était bien le même produit. Seul l'emballage avait changé.

— Oh…

Ah, il sentait déjà plus d'enthousiasme !

— Nous devrons embaucher quelques vendeuses, dit-il. Leur rôle sera de présenter le produit et de le vendre à nos clientes.

— Je peux m'en charger. J'ai certaines relations, intervint-elle sans la moindre hésitation. Cet endroit est… magnifique, Theo. Presque trop luxueux pour un produit aussi simple.

— Puisque les gens voient ce genre de produits d'un assez mauvais œil, je me suis dit que ce magasin devait respirer la beauté et la qualité.

— Très bonne idée. Vous avez fait du très bon travail.

— Attendez, ce n'est pas fini !

Le moment qu'il attendait le plus était arrivé. Peut-être était-ce l'occasion pour lui de se faire pardonner de tout le mal qu'il lui avait fait, si longtemps auparavant. Une manière de reconnaître son talent. De l'encourager, aussi, et pas seulement par des mots. Il s'agissait d'un compliment sincère et concret. Et, à ses yeux, cela lui permettrait de se libérer de lui.

Il l'attrapa par la main et la conduisit jusqu'à une porte qui ouvrait sur une pièce baignée de lumière, grâce à de larges fenêtres et à la fée électricité. Au centre se dressait une grande paillasse de chimiste.

Daisy poussa un grand cri admiratif.

— Pour le matériel, je ne voulais pas commettre de bévues. C'est votre domaine, après tout, et mon fournisseur est prêt à prendre votre commande. Cette pièce vous servira à préparer *Miracle de minuit*, à mener vos expériences et à créer d'autres produits. Puisque vous décrocherez bientôt votre diplôme, il vous faudra un laboratoire attitré.

— Oh ! Theo…

Elle se tourna vers lui, les yeux brillants. Elle semblait au bord des larmes ! Sapristi, ce n'était pas la réaction qu'il voulait provoquer. Il n'avait aucune envie de la faire pleurer.

— Theo, cet endroit est formidable ! Et si bien pensé ! C'est le plus gentil cadeau qu'on m'ait jamais offert, je crois.

Alors, je ne suis pas qu'un beau visage, finalement ?

Daisy était aux anges. Il poussa un soupir de soulagement, s'adossa au mur et la regarda faire le tour des lieux, laisser courir ses doigts sur la surface lisse de la paillasse, examiner les rayonnages qui attendaient d'être remplis d'instruments et jeter un coup d'œil par la fenêtre. La vue n'était pourtant pas extraordinaire, ils n'étaient qu'au rez-de-chaussée d'un immeuble de Manhattan.

— J'espère que cela ne vous dérange pas, dit-il. Vous n'êtes pas la seule à vouloir rompre avec sa famille pour mener une vie indépendante.

— Vous souhaitez ne plus avoir à obéir à votre père, n'est-ce pas ?

— Disons qu'il a trop d'ambitions pour moi. Me voir travailler loin des aciéries Prescott le décevra. Mais j'espère que, si nous nous taillons un beau succès, il sera quelque peu impressionné. Avec un peu de chance, il me donnera sa bénédiction.

— Pourquoi tenez-vous autant à ce qu'il vous la donne ?

— Cela me semble assez normal. N'avez-vous pas envie d'avoir celle de votre mère ?

— Ce serait un grand plaisir, oui. Mais je sais qu'elle m'aimera quoi qu'il arrive, alors...

Sans doute avait-il laissé paraître son émotion, car elle se retint gentiment de terminer sa phrase ou de poursuivre sur le sujet. Le problème était là, à vrai dire. Il ignorait tout des sentiments de son père à son égard. Pourquoi en parler, de toute façon ? Il voulait que ce projet aboutisse, c'est tout.

Au lieu de quoi, Daisy tourna les talons et arpenta lentement le magasin. Fort heureusement, elle était passée à autre chose. Tout semblait lui plaire, mais elle manifestait moins sa joie qu'il ne l'avait espéré.

— Qu'y a-t-il, Daisy ? Vous avez l'air... perplexe.

— Non, rassurez-vous. Mais... c'est trop, ça arrive si vite. Pendant si longtemps, j'ai gardé ça pour moi. Et à présent... ce n'est plus le cas. Je n'aurais jamais cru partager ce rêve avec quelqu'un. Il est déjà le vôtre autant que le mien.

— Je ne pensais pas que...

— Ce que vous avez fait est incroyable, Theo ! Je n'aurais jamais eu l'idée d'un aussi bel emballage, ni le courage d'ouvrir une boutique aussi vite. Vous avez un goût exquis. Si ça marche, ce sera grâce à votre aide. Mais tout va si vite, malgré tout !

— Le temps presse, répondit-il doucement. Votre mère a déjà envoyé les faire-part pour le mariage.

— La cérémonie aura lieu. Sauf si...

Il leva la main pour l'interrompre.

— Attendez, Daisy. Passons un marché, vous et moi. Dès que le prêt sera remboursé, près des trois quarts de cette entreprise seront à vous. Les bénéfices, les locaux, tout. Des avocats s'occuperont de la paperasse. Pour l'heure, je vous donne ma parole de gentleman.

Voilà bien une offre que son père n'aurait jamais osé faire. À la même place, il aurait proposé cent dollars à Daisy afin d'obtenir la recette de sa crème, puis il l'aurait jetée dehors. Il entendait d'ici ses récriminations. Pourquoi avait-il fait une offre pareille, si tôt dans la partie, et à une femme par-dessus le marché ?

Si ça se trouvait, il se fichait bien d'avoir l'approbation de son père. Pas à ce prix-là, du moins. Accepter de voler le travail et les revenus d'une femme, tout ça parce qu'il en avait la possibilité ? Quel odieux personnage serait-il ?

Il s'aperçut alors qu'il ne voulait pas uniquement de l'argent. Il voulait un but dans l'existence. Et peut-être même le bonheur de Daisy.

Voir naître cette étincelle dans son beau regard en valait amplement la peine. Elle se planta devant lui.

— Marché conclu ! Mais votre parole de gentleman ne m'intéresse pas.

— Ah bon ? Que vous faut-il, dans ce cas ?

— Un baiser.

Sceller un accord par un baiser ? Drôle de manière de faire des affaires. Enfin, vu la façon dont elle le dévisageait, cela n'avait pas grande importance. On aurait dit qu'elle désirait tout son être, pas seulement sa jolie bouche, le nom qu'il portait ou la fortune de sa famille.

— Fermez les yeux, Daisy.

Cette fois, elle s'exécuta. Leurs lèvres s'unirent. Doucement, pour commencer. Il avait l'intention de garder ses distances, de ne pas y mettre trop d'ardeur, de faire en sorte que ce baiser reste assez chaste pour faire office d'accord.

Seulement, ce n'était pas un baiser chaste. Oh non, loin de là. Lorsqu'il posa les lèvres sur les siennes, qu'elles s'entrouvrirent et qu'il la goûta, il sut qu'il voulait l'embrasser des heures et des heures. Pour le plaisir de le faire et rien d'autre.

Il laissa glisser les mains sur les épaules de Daisy, puis plus bas, jusqu'à sa taille. Il appuya doucement dans le creux de son dos pour qu'elle se rapproche. S'ils souhaitaient respecter le contrat et s'embrasser, ils devaient s'embrasser convenablement, pas vrai ?

En savourant cet instant.

En se laissant emporter.

Il caressa ces joues, cette peau d'une douceur irréelle sous ses doigts, referma les doigts autour de sa tête et fondit sur elle. Il se laissa guider. À elle de lui montrer le chemin : voulait-elle que ce baiser soit rapide, lent, profond ? Voulait-elle qu'il attrape sa lèvre inférieure ? En l'entendant pousser un grognement de plaisir, il sut que cela en valait la peine. Oui. Il avait eu raison de se mettre à nu, de prendre le risque d'essuyer des moqueries, d'avoir des conversations gênantes, ou pire.

Elle attrapa les revers de sa veste pour l'attirer contre elle et l'empêcher de bouger. Il serait chiffonné, mais tant pis. Il aimait ce baiser langoureux qu'il partageait en plein milieu de l'après-midi avec elle. Jamais il n'aurait songé vivre ce moment. Mais il ne désirait pas être ailleurs.

Cet instant merveilleux lui sembla durer quelques secondes ou une éternité. Il perdit le fil du temps.

Soudain, Daisy se détacha.

— Quelle heure est-il ?

Quelque peu déboussolé, il sortit la montre de son gousset.

— 2 heures.

— On m’attend, je vais être en retard !

— Vraiment, où ça ? Je vous dépose.

Il la regarda attraper deux pots de leur *Miracle de minuit*, qu’elle glissa dans son sac.

— J’aurais aimé vous le dire, mais j’ai juré de garder le secret.

14

C'est aujourd'hui l'ouverture de Dr Swan's Apothecary. Sa spécialité ? Des produits de toilette pour dames, dont on nous a vanté les effets révolutionnaires.

– The New York Post

Une semaine plus tard
Cinquième Avenue, numéro 854

Comment Daisy était-elle censée survivre à un petit déjeuner avec sa mère, un jour comme celui-ci ? Elle n'en savait rien. On fêtait aujourd'hui l'inauguration de Dr Swan's Apothecary. Une publicité pour l'événement allait également paraître dans les pages féminines du *New York World*. Bref, cette journée allait décider de son destin.

Depuis des années, elle avait mis de l'argent de côté pour financer le début de la production de *Miracle de minuit,* les pots coûteux sur lesquels Theo avait porté son choix, ainsi que les salaires convenables des femmes qu'elle avait embauchées pour préparer son produit et le vendre. Il avait contracté un prêt assez considérable afin de financer le magasin. Elle avait failli s'évanouir quand il le lui avait dit !

Au terme de cette journée, leur sort serait scellé. Ils sauraient de façon relativement certaine s'ils pouvaient éviter ce mariage. Dans le cas contraire, ils devraient s'y résigner, parce qu'ils avaient désormais des créanciers dans toute la ville.

Cette idée la faisait frémir. Et si elle épousait un homme qu'elle n'aimait pas, mais dont les baisers étaient puissants, enivrants, électrisants, ardents ? Et si elle épousait un homme qui la comprenait vraiment ? Grâce à lui, elle avait son propre laboratoire, le plus beau cadeau qu'on pouvait lui offrir.

Il n'empêche : il s'agissait de Theo, qui avait les moyens de la blesser. La preuve, il l'avait déjà fait dans le passé.

Ce n'était donc pas une journée comme les autres, même si elle commençait par un petit déjeuner avec sa mère. Elles étaient seules. Sans surprise, son père était déjà à Wall Street depuis plusieurs heures.

Dire qu'elle était nerveuse était un doux euphémisme.

Et voilà que sa mère souhaitait avoir une conversation avec elle.

— J'ai à te parler, ma chérie.

— Hum.

Daisy avala une gorgée de thé et fit de son mieux pour ne pas déchirer le journal en cherchant la publicité pour leur boutique. *Et si tout cela n'était qu'un rêve ?* se demanda-t-elle. Peut-être avait-elle tout inventé : Theo, ce magasin, ce mariage. Au moins, en voyant cette réclame, elle saurait que tout cela était bien réel.

— Daisy, insista sa mère. Nous devons parler de ton avenir.

— Nous avons déjà eu cette conversation, me semble-t-il, mère.

— Bien sûr, ma chérie, mais...

Daisy reposa sa tasse et leva la tête.

— Mère, à vous entendre, vous paraissez avoir une idée derrière la tête.

Elle vit enfin la réclame. Elle était juste là, dans le journal. Elle n'avait pas besoin de la lire attentivement. Theo lui avait soumis le texte.

Miracle de minuit, **la crème de beauté du Dr Swan**

Inspirée d'une recette utilisée depuis des années par les plus belles femmes du grand monde, perfectionnée par la science. Un produit unique au monde. Pour celles qui rêvent d'une peau éclatante. 1,50 $.

Ouverture du magasin ce jour, Union Square, numéro 27.

— Je trouve curieux de tomber sur cette réclame pour la crème de beauté de ce Dr Swan.

— Formidable, murmura Daisy en sentant son rythme cardiaque s'accélérer.

— En voilà une coïncidence ! Quelqu'un qui porte le même nom que toi lance le produit dont tu ne cesses de parler. Tu ne trouves pas ça étrange ? Moi, si.

Non. Pas du tout. Pas le moins du monde.

Daisy se contenta de hausser les épaules. Le peu de confiance qui l'animait avait disparu. Elle avait beau avoir vingt-cinq ans bien sonnés, quand sa mère la regardait de cette façon, elle redevenait une adolescente timorée.

— Cette réclame indique que la boutique ouvre ses portes aujourd'hui, insista sa mère en désignant la page.

— Ah oui ?

Daisy fit de son mieux pour donner le change. En réalité, l'arrivée de ce moment tant attendu l'avait empêchée de fermer l'œil de la nuit.

— J'imagine que tu ne t'y rendras pas. Sauf pour te renseigner sur la concurrence. Quelqu'un a quand même ouvert un magasin en te chipant ton idée et ton nom.

— J'ai rendez-vous avec les membres de mon club.

Ce qui n'était pas faux, techniquement.

— Ravie de l'entendre ! Il serait terrible que tu sois impliquée dans ce projet. Imagine un peu. La fille de Jack Swan, dans le commerce ? Les gens se poseraient des questions sur nos finances et sur la santé de l'entreprise de ton père. Des investisseurs frileux, voilà bien la dernière chose dont nous avons besoin. La situation est déjà assez périlleuse comme ça. Inutile de te rappeler l'importance d'une bonne réputation. Le succès n'est qu'une illusion.

Sa mère avala une gorgée de thé et reprit sa lecture.

Elle n'avait pas besoin d'en dire plus.

Plus tard dans la matinée
Union Square, numéro 27

Chaque mercredi, les Dames de la liberté partaient à l'aventure. Il y avait toujours des combats à soutenir, des manifestations à rejoindre ou des actions bénévoles à mener.

Une femme ne reste jamais les bras croisés.

Ce mercredi-là, elles s'étaient rassemblées pour l'inauguration de la boutique du Dr Swan. Elles comptaient bien féliciter l'une de leurs membres, l'entourer de leur présence respectable et féminine, et soutenir son projet si audacieux.

Elles n'allaient quand même pas laisser l'une de leurs amies épouser un homme qu'elle n'aimait pas, parce qu'elle n'avait pas le choix ! Et si la solution était aussi simple que de faire des emplettes il n'y avait pas à hésiter !

Les Dames de la liberté ne se contentèrent pourtant pas de venir en masse. Elles avaient un plan limpide, qu'elles exécutèrent avec maestria. À 11 heures tapantes, un petit groupe de femmes élégamment habillées entra dans la boutique. Rien que de très normal pour une enseigne située à quelques encablures des grands magasins de New York, surtout après la parution de cette publicité dans le journal du matin.

Reste que ce n'était pas une boutique comme les autres.

On ne pouvait pas laisser les clientes observer les rayonnages. De fait, un certain nombre de femmes erraient dans la boutique, même si elles n'avaient manifestement pas le courage, les moyens ou l'envie de faire des achats. Voilà pourquoi il fallait des clientes bien particulières. En l'occurrence des dames élégantes, habituées à dicter les modes, et au-dessus de tout soupçon. Grâce à elles, cet endroit aurait l'air tout à fait sérieux.

Heureusement, un autre groupe arriva exactement à onze heures un quart. Harriet avait organisé ce mouvement stratégique pour montrer sans la moindre ambiguïté que ce produit était très demandé par des dames de la meilleure réputation. Elles arrivèrent à l'heure convenue, s'adressèrent aux vendeuses et effectuèrent leurs emplettes. Après quoi, elles osèrent sortir du magasin avec leurs paquets emballés dans ce beau papier couleur lavande, l'emblème du magasin. Tout en s'extasiant sur cette fameuse crème, *Miracle de minuit*.

— Je m'en sers depuis maintenant un mois et j'ai rajeuni de dix ans, vous pouvez me croire ! déclara Miss Parks.

Non loin de là, une femme qui semblait tentée de l'acheter sauta aussitôt le pas.

— Franchement, comment avons-nous pu vivre si longtemps sans cette petite merveille ? s'exclama Miss Lumley.

Daisy, elle, s'entretenait avec un petit groupe.

— Ce n'est pas de la magie, c'est de la science. Nous avons toutes vécu sans prendre soin de notre peau. Mais ce n'est pas une fatalité, grâce à *Miracle de minuit*.

Certaines observèrent la peau de Daisy, ce qui les décida à acheter un pot.

D'autres membres du club des Dames envahirent le magasin. Parmi elles, quelques femmes journalistes qui tenaient toutes des rubriques dans les différents journaux de la ville. Des femmes dont la curiosité avait été piquée par la réclame avaient fait le déplacement jusqu'ici. Voir tant de monde à l'intérieur les rassura et les incita à entrer à leur tour.

Au milieu de l'après-midi, le magasin ne désemplissait pas. Daisy avait les joues en feu, le succès était à portée de main. Quel dommage que Theo ne soit pas là pour sentir cette énergie qui flottait dans l'air ! Ils étaient convenus qu'il avait intérêt à rester dans le laboratoire plutôt que de se mêler à la foule. Les femmes se hasardaient à acheter des produits de beauté aux yeux de tous, mais avaient-elles envie de le faire en présence d'un homme ? Un séducteur patenté, par-dessus le marché !

Brusquement, une voix suraiguë domina le brouhaha.

— Arrêtez, arrêtez !

On n'entendit plus un bruit.

— Mesdames, ne laissez pas votre vanité et votre amour-propre vous aveugler ! Cet endroit est l'antre du diable.

La voix était celle d'une femme entre deux âges, entièrement vêtue de noir. Daisy essaya de se porter à sa hauteur, mais elle eut du mal à fendre la foule de clientes. Certaines commençaient à hésiter et à se diriger vers la sortie.

La femme en noir poursuivit sa diatribe :

— Lorsque j'ai vu la nouvelle dans le journal, ce matin, j'ai su qu'il était de mon devoir de me rendre ici et de mettre en garde les jeunes femmes prêtes à tomber entre les griffes de cet ignoble Dr Swan. Sans doute un homme dont le but est d'attenter à votre vertu. Pour l'heure, il ne vous vend qu'une crème de beauté. Bientôt, ce seront des cosmétiques, du fard et du rouge à lèvres. Et il n'aura plus qu'à vous pousser jusqu'à la maison de tolérance !

— C'est faux !

Daisy s'en voulut aussitôt d'avoir réagi si vertement. Pourquoi attirer inutilement l'attention sur elle ? On risquait de faire le lien entre Daisy Swan et ce fameux Dr Swan. Intervenir était dangereux pour elle.

Pour Theo aussi. Mais il venait de faire son apparition et traversait la pièce, l'air maître de lui. Oh non, il ne comptait pas jouer les héros, une fois de plus ? Cela risquait fort de se retourner contre eux.

— Bonjour, madame. Si vous voulez bien vous donner la peine de...

Il attrapa la dame en noir par le bras et tenta de l'entraîner vers la sortie.

— Je ne veux rien du tout, jeune homme, alors lâchez-moi !

— À votre aise.

Theo s'exécuta immédiatement. Mais il en profita pour glisser d'un ton navré :

— Chère madame, je conçois que vous n'ayez pas besoin de cette crème avec une peau aussi sublime. Ce n'est toutefois pas une raison pour empêcher d'autres femmes de...

— Épargnez-moi votre flagornerie de beau parleur !

Les traits tendus, elle se retourna et lança à l'assistance :

— La présence de ce voyou me donne raison ! Une femme convenable n'a rien à faire dans ce magasin de cosmétiques.

Daisy ferma les yeux et poussa un grognement. Alors qu'ils avaient tout fait pour éviter cet écueil, voilà que cette mégère comparait sa crème à un produit cosmétique. Les femmes convenables allaient fuir. Le simple fait d'entendre ce mot honteux poussait déjà certaines clientes potentielles à quitter la boutique.

— Il s'agit d'une préparation médicinale. D'une simple pommade.

Pourquoi avait-elle protesté de cette toute petite voix.

— Que penseront vos pères et vos maris lorsqu'ils apprendront que vous avez toutes acheté des produits aussi intimes en présence d'un homme ?

Tandis que la voix de cette harpie continuait de résonner dans la boutique, Daisy sentit le monde s'effondrer sur ses épaules.

— Quel désastre..., murmura-t-elle tout bas.

— Vous vous seriez bien passée de cette scène, il est vrai.

Miss Harriet était près d'elle, l'air compatissant.

— Je m'occupe du magasin. Profitez-en pour vous éclipser, Theo et vous.

Daisy n'eut pas besoin de se le faire dire deux fois.

15

Alors que Mrs Swan se rend aux quatre coins de Manhattan pour organiser à elle seule le mariage de l'année, on se demande comment se déroule l'histoire d'amour entre les deux fiancés.

– The New York Post

Plus tard dans l'après-midi

Quelques heures plus tard, alors que le magasin venait de fermer ses portes, Theo grimpa à bord de sa voiture en compagnie de Daisy. Le véhicule les attendait au bord du trottoir et gênait la circulation déjà ralentie par la bruine qui tombait sans relâche. Le cocher prit la direction du nord de la ville.

— Sans cette vieille mégère..., commença-t-il, incapable de détacher son esprit des événements de la journée.

— Ne parlons pas d'elle, s'il vous plaît, soupira Daisy en se calant contre la banquette en velours.

Elle ferma les yeux. Sur les conseils avisés de Harriet, ils avaient regagné l'arrière-boutique, chacun de son côté. Mieux valait rester discret. Pendant ce temps, Harriet avait raccompagné avec tact la femme en noir à la sortie du magasin, puis elle avait tâché de rassurer les autres. Grâce à sa brillante stratégie, de nouvelles clientes étaient entrées dans le magasin toutes les quinze minutes. Un vrai mécanisme d'horlogerie.

— Fêtons plutôt notre succès, proposa-t-il.

Le regard de Daisy s'illumina.

Il y avait vraiment de quoi faire la fête. En dépit de ce moment désagréable, la plupart des femmes avaient été séduites et s'étaient dites impatientes d'essayer *Miracle de minuit*. Les ventes avaient été exceptionnelles. Les employées – pour l'essentiel des camarades d'université de Daisy et d'autres jeunes femmes formidables qui avaient du mal à trouver un emploi respectable – viendraient tôt le lendemain matin, afin de préparer d'autres pots de crème.

Si les comptes rendus dans les journaux et le bouche-à-oreille étaient favorables, ils avaient une bonne chance de réussir.

La voiture se mit en branle. Mais à peine prenait-elle de la vitesse qu'elle devait ralentir. Puis s'arrêtait. Et repartait.

Le trajet promettait d'être pénible, avec le flot incessant de piétons et de véhicules qui avançaient tous au pas, à cause de la pluie. En temps normal, Theo aurait été d'humeur exécrable. Mais aujourd'hui il s'en moquait. Ils étaient seuls dans cette voiture – enfin, avec le cocher, à l'extérieur du véhicule – et ils devaient en prendre leur parti.

— Comment souhaitez-vous fêter cette première journée, Theo ?

Oh ! il ne manquait pas d'idées...

En voyant une étincelle briller dans les yeux de Daisy, il comprit qu'elle se faisait les mêmes réflexions.

Il y avait une véritable tension entre eux, presque palpable. Leur succès du jour les émoustillait. Et tant pis si on utilisait rarement ce terme pour parler d'un homme ! L'effervescence qui l'habitait était celle qu'on ressent en voyant un risque se révéler payant. C'était exactement ce qu'il éprouvait.

Daisy et lui étaient irrésistiblement attirés l'un par l'autre. Il y avait un courant magnétique. Électrique.

Il fallait bien en faire quelque chose !

C'est à la hauteur de la 19e Rue qu'il posa la bouche sur celle de Daisy.

À moins que ce ne fût le contraire. Cela semblait si naturel qu'ils se jettent dans les bras l'un de l'autre avant de s'embrasser fiévreusement, comme si le temps n'existait plus. Cela étant, vu la circulation, une éternité s'écoulerait avant qu'ils n'arrivent à destination.

Leur baiser fut intense et fulgurant. Ils penchaient la tête dans le même sens. Leurs nez se heurtaient. Une drôle de chorégraphie, certes, mais portée par une passion et un plaisir bien réels. Et cela faisait toute la différence.

De temps en temps, ils pouffaient de rire, avant de repartir de plus belle.

Au niveau de la 23e Rue, ils commencèrent à trouver leur rythme.

Daisy entrouvrit les lèvres et approfondit leur baiser. Leurs langues mêlées, ils se goûtaient. Ils mordillaient, suçaient, agaçaient. Les mains crispées. Le souffle court. Il n'y avait que lui. Il n'y avait qu'elle. Eux et ce moment, imparfait et merveilleux à la fois.

Theo n'avait jamais été aussi excité par un simple baiser. Il allait perdre la tête. Car il se donnait pleinement.

Les doigts de Daisy plongèrent dans ses cheveux, tandis qu'il happait sa lèvre inférieure.

— Oh ! Theo, je ne pensais pas que...

Il répondit d'un grognement et se découvrit un besoin impérieux d'explorer le reste du corps de Daisy pour le couvrir de baisers. La chair tendre du lobe de son oreille, par exemple. Oh ! elle avait l'air d'aimer ça. Puis le creux de sa gorge. L'endroit où la peau de son cou s'arrondissait pour laisser place à son épaule. Oui, elle aimait *vraiment* ça. Alors il descendit plus bas, et encore plus bas...

Finalement, il releva la tête et se rendit compte qu'ils étaient dans la 24e Rue.

Ils avaient tout leur temps.

Et personne ne les dérangeait. Chaleur et pluie unissaient

leurs forces pour couvrir les vitres de buée. Daisy aurait sûrement pu lui expliquer pourquoi, mais elle était trop occupée pour lui donner un cours de physique.

Il laissa ses mains courir sur le corps de sa compagne. Ça par exemple ! Elle lui avait caché quelque chose. Qu'elle avait des formes somptueuses, bien dissimulées. Des courbes parfaitement dessinées et de longues jambes fines. Des seins dont ses mains épousaient impeccablement la rondeur et qui répondaient au quart de tour aux caresses qu'il lui prodiguait, même à travers l'étoffe de sa robe. Lentement mais sûrement, en effectuant des mouvements du pouce.

Devant le plaisir qui l'envahissait, elle laissa échapper un petit *oui*.

Les boutons, à présent. Ils contrariaient l'idée qu'ils avaient en tête, tous les deux. Lui permettre de poser les mains sur sa peau.

Il les défit, l'un après l'autre. Bon sang, la peau de Daisy était si tendre et si douce ! De la soie sous ses doigts. Un vrai rêve éveillé. Un rêve qu'il ne souhaitait pas voir s'évanouir.

Dans la 39e Rue, il posa la bouche sur la pointe rose de son sein, qu'il caressa du bout de la langue, de la chaleur de sa bouche et de son haleine fraîche. *Voyons ce qui la rend ivre de plaisir...*

— Oui...

Elle soupira dans un murmure, sans retirer les doigts de ses cheveux. De ce simple geste, elle lui interdisait de s'arrêter. Voilà qui lui en apprenait plus sur ce qu'elle aimait.

Avec sa bouche, sa langue et ses mains, Theo réussit à la faire onduler sous lui. Il sentit une vague de satisfaction et de désir l'envahir. Son corps n'avait jamais été à ce point en éveil. Il avait terriblement envie d'elle. Et d'elle uniquement.

— Oui...

Elle ne cessait de le répéter.

Lui en voulait plus, toujours plus.

Il jeta un coup d'œil hagard par la vitre. Ils étaient au niveau de la 44e Rue, à présent. La pluie s'abattait sur le carreau. La circulation s'améliorait, mais ils avançaient toujours à un train de sénateur.

Ils avaient tout leur temps.

Et il ne manquait pas d'idées.

— Daisy...

Les lèvres collées contre les siennes, il attrapa sa main, sa taille, tout son corps. Puis il plongea vers sa robe, dont il remonta les pans, écarta les jupons en dentelle et coton, pour courir le long de ses jambes fines recouvertes de bas en soie. De plus en plus haut.

— J'aime votre façon de fêter les bonnes nouvelles, susurra-t-elle en esquissant le plus tentateur des sourires.

— Attendez un peu.

Il commença par caresser le cœur de son anatomie, ce point sensible caché entre ses jambes. Avec la délicatesse d'une plume. Avec le doigté qu'elle méritait. Il la sentit alors changer. Quelque chose clochait. Le feu brûlant du désir s'éteignit lentement, la tension presque électrique qui les unissait s'estompa...

Il pouvait se démener, tout tenter pour raviver l'étincelle. Ou alors... simplement lui poser la question. Pourquoi ne connaîtrait-elle pas son corps et ce qu'elle aimait ?

— Montrez-moi ce qui vous plaît, murmura-t-il.

C'est ce qu'elle fit. Et de quelle manière !

Les yeux sombres de Daisy croisèrent les siens lorsqu'elle lui agrippa la main. Elle la guida jusqu'à un endroit précis, puis lui montra l'intensité avec laquelle elle gémissait et ferma les yeux. Un petit cri de plaisir s'échappa de ses lèvres tandis qu'elle lui indiquait où et comment elle aimait qu'on la touche. Soudain, la voilà qui resurgissait, cette étincelle qui les habitait tous les deux. Elle déclencha un véritable incendie.

Daisy avait les joues empourprées, presque fiévreuses. Elle entrouvrit les lèvres, tout essoufflée par l'ardeur de ce baiser. Elle était près de lui, si près de lui.

— Comment connaissez-vous tout ça ? demanda-t-il dans un murmure.

— À votre avis ? répondit-elle en ricanant.

— J'y réfléchirai plus tard.

Pour l'heure, il profitait pleinement du moment. Daisy

ondula des hanches, et il accompagna ses mouvements, ce qui la fit gémir de plus belle.

Ses lèvres douces et pulpeuses l'appelaient, et il était incapable de résister. Alors il l'embrassa. Mais pas avant de la contempler un instant. Ses yeux clos. Ses joues en feu. Ses lèvres rougies par leur baiser passionné. La vision même d'une femme en train de s'abandonner au plaisir. La beauté incarnée.

À l'extérieur du fiacre, la ville était en effervescence, mais Daisy s'en souciait à peine. Sa robe était défaite. Elle avait sûrement les cheveux en bataille. Mais pourquoi s'en préoccuper dans un moment pareil, alors que ce diable de Theodore Prescott l'avait mise dans cet état indescriptible, grâce à ces baisers, ces caresses, ce désir qu'il avait de lui donner du plaisir ?

Elle en oubliait qu'elle le haïssait.

Jusqu'à très récemment, ils étaient ennemis, pourtant.

Et leur premier baiser avait été assez décevant.

Alors que celui-ci dépassait largement tout ce qu'elle avait pu imaginer lorsqu'elle se caressait la nuit, pour apprendre à mieux se connaître.

Et maintenant Theo savait. Et elle savait qu'il savait.

Elle attrapa la poignée du fiacre et s'y agrippa comme si sa vie en dépendait, tandis qu'une vague intense surgissait des tréfonds de son corps pour envahir son bas-ventre. Tout son corps était brûlant. Elle était à deux doigts de s'effondrer.

Tant pis s'ils avaient été ennemis.

Tant pis si elle le détestait.

Tant pis s'ils étaient associés.

Il continuait de la caresser, l'agacer, l'embrasser.

Il tenta alors de la faire chavirer.

Il se mit à genoux. À même le plancher du fiacre. Elle étouffa un cri puis sourit en comprenant ce qu'il s'apprêtait à faire. Theodore Prescott se mettait à genoux, pour elle. Un nuage de tissu sembla s'élever dans l'habitacle, tandis qu'il relevait sa robe. Elle ouvrit les jambes et découvrit le plaisir exquis de recevoir des baisers à l'intérieur des genoux, sur les cuisses. Et de plus en plus haut.

Tout cela était fort inconvenant. Et dire qu'ils étaient sur la banquette d'une voiture coincée dans les embouteillages ! Elle éclata de rire tant elle était abasourdie, ravie, sidérée. Les mains puissantes de Theo lui empoignèrent les cuisses. Il avait envie de ce moment autant qu'elle. Puis il posa la bouche sur son intimité. Cette fois, elle cessa de rire. Et étouffa un cri.

Oui...

Elle pencha la tête en arrière. Cette journée avait été extraordinaire. Y avait-il une meilleure façon de célébrer cette réussite, de se détendre, de tout oublier et de s'abandonner au plaisir ?

Oh oui...

Elle ferma les yeux, savoura cette sensation. La chaleur de cette bouche pleine. Ces caresses brûlantes. L'ardeur de son désir.

Oui...

Un brasier la dévorait. Pourquoi portait-elle encore cette robe ? Elle aurait tant aimé s'en débarrasser. Le plaisir qui l'animait ne faisait que grandir. Encore un peu et elle serait incapable de respirer. Elle manquait d'air.

Son cœur cognait fort dans sa poitrine.

Brusquement, l'orgasme déferla sur elle, et elle eut du mal à se contenir.

Quelques centaines de mètres plus loin, le fiacre s'immobilisa.

Il lui fallut un moment pour saisir qu'ils étaient arrivés à destination, chez elle. Seigneur, elle n'était pas en état de descendre ! Ses cheveux retombaient en cascade sur ses épaules. Sa robe était déboutonnée et laissait voir ses seins nus. Elle peinait à respirer normalement, et son cœur battait toujours la chamade.

Ce sacripant de Theodore Prescott ne voulait plus se détacher de ses cuisses. Il avait l'œil hagard. Lui aussi avait les lèvres rougies et gonflées par le plaisir, maintenant qu'il les avait posées sur le moindre centimètre de sa peau. Et ses cheveux, ses beaux cheveux blonds, étaient tout ébouriffés. Sans parler de son costume, froissé.

Il était magnifique.

D'une beauté à couper le souffle.

Une femme ne pouvait qu'aimer ces instants. À condition de se méfier du danger.

— Ce qui s'est passé ne changera rien, dit-elle en reboutonnant sa robe d'une main tremblante.

Theo s'assit et l'aida à refermer sa robe.

— Tout sera exactement comme avant.

C'était faux, en réalité. Tout serait différent.

Quelques minutes plus tard

Daisy referma la porte de sa chambre, s'y adossa avec un bruit sourd, puis se laissa glisser jusqu'au sol. Dieu soit loué, elle avait regagné sa chambre en toute discrétion ! Le tourbillon de sentiments et de souvenirs qui occupait son esprit était si fort qu'elle ne pensait à rien. Pas étonnant qu'elle doive s'asseoir.

Elle avait le cerveau sens dessus dessous. Dire qu'elle se vantait de son intelligence supérieure ! Celle-ci n'avait pas pesé lourd face à Theo. Une chance pour elle, respirer était un geste parfaitement naturel. Ce qui s'était passé la troublait tellement qu'elle en aurait presque oublié de remplir ses poumons d'air.

Ses jambes l'avaient complètement lâchée.

Son cœur peinait à reprendre son rythme normal après ce feu d'artifice.

Elle avait du mal à y croire. La coqueluche de Manhattan, l'homme qui hantait les rêves d'innombrables jeunes filles et qu'elle détestait depuis toujours, Theodore Prescott, le seul, l'unique, venait de lui faire l'amour dans un fiacre ? Avec sa bouche pour seule arme ? Alors qu'ils traversaient la ville ?

Elle plongea la tête dans un coussin et poussa un grand cri.

Cela n'était pas la première fois qu'elle s'adonnait au plaisir, mais c'était la première fois qu'elle partageait ce moment d'intimité avec quelqu'un. En l'occurrence la dernière personne avec qui elle aurait pensé vivre une chose pareille.

Et à présent ils étaient associés, par-dessus le marché ?

Oui. Ils étaient associés et propriétaires d'un magasin. Ils avaient des employées. Des clientes. De nombreuses clientes enthousiastes qui s'étaient empressées d'acheter sa crème de beauté. Et toutes n'étaient pas des membres de son club ! Ensemble, ils s'étaient lancés dans une aventure palpitante et capable de transformer leur existence.

Une affaire. Rien qu'une affaire.

Son produit. Il fallait qu'elle pense à son produit.

Mais elle avait d'autres préoccupations.

Elle pressa le coussin contre sa poitrine... et sourit.

Oh ! elle n'avait jamais souri avec une telle joie. Elle en avait presque mal aux joues. Brusquement, un nouvel horizon s'était ouvert face à elle. Pourquoi le nier ? Cette journée avait été un indéniable succès, tant sur le plan professionnel que personnel. Ce succès qui indiquait sans la moindre ambiguïté que tout était possible. Absolument tout. Aucun rêve n'était trop ambitieux. Tout était à portée de main.

Elle se sentait belle. Émoustillée. Et sans doute fiévreuse.

Elle posa la main sur sa joue. Elle était brûlante.

Elle se releva et marcha jusqu'à sa table de toilette. Elle se laissa tomber sur le siège tendu de velours et examina son reflet dans la glace. Elle voulait se voir enjouée, comblée et pleine d'optimisme. Alors, elle leva les yeux vers l'image que lui renvoyait le miroir.

Et elle se dit qu'elle était jolie.

Elle s'observa encore de longues secondes. Non, elle était belle.

Elle avait toujours le même visage, pourtant. Un nez un tantinet trop grand. Des yeux un peu trop rapprochés. Une bouche assez quelconque. Sa robe était boutonnée n'importe comment. Non, vraiment, elle avait eu de la chance de ne croiser personne sur le trajet qui l'avait menée de ce fiacre jusqu'à sa chambre ! Il suffisait de voir sa coiffure pour deviner qu'un homme avait plongé les doigts dedans avant de l'embrasser ardemment. Et c'était exactement ce qui s'était passé.

Sauf que...

Elle avait les yeux brillants, animés par une petite étincelle.

Des lèvres gonflées, rougies.

Des joues rosies par la vague de plaisir qui l'avait emportée.

Rien n'avait changé. Et tout avait changé. Elle avait réalisé un rêve qu'elle nourrissait depuis longtemps. Un homme lui avait fait l'amour et l'avait emportée vers les cimes enivrantes du plaisir. Même dans ses rêves les plus fous, elle n'aurait jamais imaginé vivre ces deux choses en l'espace de quelques heures seulement.

Le succès et le plaisir lui donnaient une autre dimension.

À quoi bon le nier ? Elle se sentait belle. Elle avait l'air belle. Et le sentiment de pouvoir triompher de tous les obstacles.

Si ce sentiment m'habitait tous les jours ?

Si elle avait au quotidien ces yeux ardents, ces joues roses, cet éclat flamboyant donné par l'amour ? Cela ne la dérangerait pas. Les gens n'auraient qu'à la regarder en se demandant pourquoi cette étincelle brillait dans son regard ou pourquoi elle avait le feu aux joues. Elle ne verrait aucun inconvénient à montrer qu'on venait tout juste de l'embrasser passionnément.

Comment faire ? Elle recommença à réfléchir de façon rationnelle. La réponse était évidente : elle n'avait qu'à embrasser Theo nuit et jour. Non, impossible, pour un tas de raisons pratiques. D'autant qu'elle risquait de ne pas survivre à tant de passion !

Une minute... Une femme avait-elle forcément besoin d'un homme pour être dans cet état ?

Ah, cette idée-là était plus prometteuse ! Et si elle arrivait à fabriquer, disons, une poudre qui avive la couleur des joues ? Ou un produit donnant l'impression qu'une femme venait d'échanger des baisers passionnés ? Que pourrait-elle mettre au point – en se servant de ses connaissances en chimie – pour avoir un regard plus intense ? Peut-être avait-elle les moyens d'améliorer les concoctions dont les femmes se servaient depuis toujours. Avec l'aide de Theo, de Harriet et des Dames de la liberté, peut-être parviendrait-elle à rendre ces produits respectables. Et accessibles pour celles qui avaient déjà acheté *Miracle de minuit*, bien sûr.

Il ne s'agissait plus seulement d'échapper à ce mariage ou de gagner assez d'argent pour être libre. Elle se sentait si belle, pour la première fois. Chaque femme devait être en mesure d'éprouver la même chose. C'était son souhait. Restait à savoir si elle oserait sauter le pas.

16

Ce n'est pas tous les jours que l'un des enfants chéris de l'élite new-yorkaise se retrouve impliqué dans une prise de bec au milieu des clientes d'un tout nouveau magasin spécialisé dans les produits de beauté pour dames. L'improbable est pourtant arrivé, ce mercredi, avec, dans le rôle principal, Theodore Prescott, excusez du peu !

– The New York Post

Dans les bureaux des aciéries Prescott

Le lendemain, les journaux firent leurs choux gras de Theo et Daisy. Il y avait certes le compte rendu de l'inauguration de la boutique dans les pages féminines, mais on parlait également d'eux dans la rubrique des indiscrétions. Quel journaliste aurait résisté à la tentation de mentionner que l'enfant chéri de Manhattan s'était mêlé à une altercation au milieu d'une foule de femmes ? Au sujet d'une crème de beauté, qui plus est !

Sans surprise aucune, les femmes journalistes qui étaient sur place ne s'étaient pas privées de le faire.

On avait donné à ces plumes l'occasion idéale de s'adresser à un autre public, et elles en avaient pleinement tiré profit. Leurs articles avaient donc raconté que Theodore Prescott avait essayé de « charmer une vieille mégère sermonnant un groupe de femmes sur les dangers des cosmétiques lors de l'inauguration de la boutique du Dr Swan ». Fort heureusement, l'événement avait été « un grand succès ». L'une d'elles avait même écrit qu'il avait voulu « apaiser la situation au milieu de la foule de clientes anxieuses à l'idée d'être accusées d'immoralité de par leur simple présence sur les lieux ».

Il n'y avait rien de honteux. Loin de là. Évoquer le magasin et les femmes élégantes dans la même phrase était une bien meilleure publicité, estima Theo, que la demi-page payée de sa poche. Le fait qu'il soit question d'eux dans tous les journaux, et de cette manière, donnerait matière à conversation. Voilà qui éveillerait la curiosité des femmes et les inciterait peut-être à pousser la porte de la boutique. L'essentiel était là.

Au fond, être cité dans ces journaux n'était vaguement dangereux que si l'on essayait de *ne pas* attirer l'attention de Theodore Prescott père.

Theo n'était pas prêt à l'affronter, pas encore.

Hélas, par l'intermédiaire d'un secrétaire, il avait appris que, ce jeudi à 13 heures, il s'entretiendrait avec son père dans les bureaux des aciéries familiales.

Il caressait l'idée fort répréhensible de ne pas se rendre au rendez-vous.

Lui aussi avait un emploi du temps chargé, après tout.

Il savait ce qui l'attendait, mais gardait bon espoir.

Cette fois, ce serait peut-être différent ?

Il se trouvait donc dans ce bureau à l'opulence étouffante, face à la mine réprobatrice de son géniteur. S'il avait osé paraître, c'était parce que les comptes rendus n'étaient pas complètement négatifs. Et parce qu'il avait enfin trouvé un métier. Peut-être y avait-il une chance infime pour que son père s'en réjouisse. Il voulait être là pour ça. Il se fit un serment : si son père posait des questions qui lui donnaient envie d'annoncer la nouvelle, il le ferait.

Le moment dont il rêvait depuis toujours était-il enfin arrivé ?

Mais, d'abord, il y avait ce fameux regard à supporter.

Des coupures de presse étaient étalées sur le bureau. Un homme aussi occupé et important que Theodore Prescott ne lisait pas la presse lui-même, cela prenait trop de temps. Et, le temps, c'était de l'argent. Des gens s'en chargeaient pour lui. Ils découpaient les articles intéressants, qu'ils lui présentaient par ordre d'importance.

Theo connaissait cette petite manie. Et avoir son nom dans la presse était la meilleure façon d'attirer l'attention de son père.

Lequel alla droit au but.

— Aurais-tu l'obligeance de m'expliquer comment tu as été mêlé à une « prise de bec » dans un magasin de cosmétiques pour dames ?

— Pas vraiment.

S'il s'exécutait, il risquait de révéler le rôle que Daisy jouait dans cette histoire. Un secret qui ne tenait déjà qu'à un fil. Ils en avaient discuté et étaient tombés d'accord : pour l'heure, mieux valait faire profil bas. Les gens ne tarderaient pas à découvrir le pot aux roses et à jaser, ce qui n'était pas un problème en soi. Mais, en attendant, ils ne tenaient pas à le crier sur tous les toits.

— Crois-tu que je t'ai fait venir ici pour que tu me répondes d'un ton aussi impertinent ?

Theo attendit une seconde avant de répondre :

— Pas vraiment.

— Je suis étonné de ta présence dans un magasin dont l'enseigne porte le même nom que ta fiancée. Pas toi ?

Theo se retint de sourire avant de rétorquer :

— Pas vraiment.

C'est là que son père le foudroya de son fameux regard.

Theo s'aperçut alors que cela ne l'impressionnait plus autant.

Pourquoi ? Parce que cette première journée avait été exceptionnellement prometteuse. Et parce qu'il y avait Daisy.

Il l'entendait d'ici.

« Dites-leur que nous nous sommes fiancés. Vous n'aurez plus qu'à suivre votre chemin et moi, le mien. »

Elle avait incroyablement, merveilleusement tort ! Ils étaient amis, amants et associés. Il suffisait qu'il y pense... pour qu'il peine à respirer. Il se rendait compte que ses sentiments pour elle avaient changé. Ces sentiments étaient... intenses, compliqués, difficiles à cerner. De toute évidence, ils n'étaient pas *seulement* associés. Ou *seulement* amis. Il n'avait pas les mots exacts pour décrire leur relation. Pas la moindre formule joliment tournée. Il n'avait qu'un sentiment. Au fond du cœur.

— Je n'ose imaginer ce que tu faisais là-bas. Toi, mon fils, dans une boutique de cosmétiques ! tonna son père sans se douter un instant de l'agitation qui le tenaillait. Non, je n'ose l'imaginer.

Ah, si seulement il pouvait avouer la vérité. Révéler qu'il s'était lancé dans les affaires et que cela lui réussissait plutôt bien. Hélas, aux yeux de ce grand capitaine d'industrie, faire des affaires signifiait fabriquer du fer et de l'acier. Bâtir des immeubles. Payer chichement le dur labeur des autres. Le monde des affaires était impitoyable, cynique. Et réservé aux hommes.

Pourquoi perdre du temps avec ces réclames, ces pots en verre et ce papier lavande ? Qu'importe si Daisy avait passé de longues heures de recherches acharnées pour trouver la formule permettant aux femmes de se sentir belles ! Le commerce n'était pas fait pour les femmes ou pour les gens qui avaient à cœur d'améliorer leur quotidien.

Pourtant, pour la première fois de sa vie, l'argent qu'il avait dans la poche de son costume était celui qu'il avait gagné tout seul. C'était sa part de leurs bénéfices. Il l'avait méritée.

Mais il ne pouvait l'avouer à son père.

Et ce constat l'accabla littéralement.

Pourquoi était-il dans l'incapacité de lui confier quoi que ce soit ? Comme, par exemple, le fait qu'il était peut-être en train de tomber amoureux d'une fille qu'il avait toujours ignorée ou traitée de haut lorsqu'il daignait s'intéresser à elle. Voilà qu'il n'arrivait plus à se l'ôter de la tête. Mais pour quelle raison aurait-il dû le faire ?

Il avait vraiment besoin de conseils. Hélas, son père n'évoquait jamais ces sujets-là, et ses amis étaient tout aussi peu qualifiés.

Ce n'était pas auprès d'eux qu'il aurait droit à des réflexions avisées ou à un tant soit peu de compréhension ! Avec son père, il était en droit d'espérer des conseils d'homme d'affaires chevronné. Mais pas pour vendre des produits pour dames.

Ce jour-là, son père ne se souciait que des apparences.

— Que devrai-je répondre aux gens, quand ils me poseront des questions ? Car ils poseront des questions, sois-en sûr. D'abord le scandale de Saratoga, et maintenant ça. Une *prise de bec.* Pas même une rixe ou une bagarre. Cela aurait été moins honteux, pourtant.

— Auriez-vous préféré que je me batte à mains nues dans un magasin rempli de femmes ?

— J'aurais préféré que tu n'y mettes pas les pieds, surtout ! Les gens vont jaser.

— Dites-leur que j'étais venu acheter un cadeau à ma fiancée, répondit-il avec un haussement d'épaules.

C'était une réponse assez intelligente, soit dit en toute modestie. Il passerait pour un homme romantique et dévoué. Et cela prouverait que *Miracle de minuit* était un cadeau convenable, puisque les rejetons de deux des plus grandes familles de la ville ne voyaient aucun inconvénient à l'acheter !

Hélas, son père en tira une tout autre conclusion.

— L'opération de séduction est donc en bonne voie ?

— Pas vraiment, répéta-t-il une fois de plus.

Ce qu'il vivait avec Daisy ne concernait qu'eux, il commençait à en prendre conscience.

S'il avait acquiescé, sa réponse aurait confirmé que son père avait raison. Que leurs parents avaient pris la bonne décision en s'immisçant aussi lourdement dans leur existence. Daisy serait certainement d'accord avec lui : pas question d'admettre que leurs parents étaient dans le vrai !

Répondre par la négative lui permettait donc de nier le lien en train de naître entre Daisy et lui. Un lien qui dépassait largement la réussite de *Miracle de minuit.* Il n'était pas prêt à en parler, ni à déclarer ses sentiments. Mais il reconnaissait qu'elle n'était plus la dernière fille de Manhattan qu'il aurait pensé épouser.

Heureusement, son père n'était pas du genre à laisser les autres émettre une opinion.

— Les choses ont intérêt à progresser ! Mrs Swan consacre toutes ses journées à organiser le mariage. Elle m'a demandé mon avis sur la liste d'invités. Une liste de sept cents noms !

Ces fausses fiançailles allaient-elles déboucher sur un vrai mariage ? Il était temps que cette situation intenable se termine !

— C'est tout, père ?

Il devait s'entretenir avec Daisy. Lui parler de ce qui les attendait. Malheureusement, cela l'obligerait à mettre des mots sur les sentiments qu'il éprouvait pour elle. À nouveau, il sentit une boule dans sa gorge et un poids sur sa poitrine. C'était trop, beaucoup trop.

— Tu rejoindras les aciéries après ton mariage, cela va de soi, poursuivit son père sans se douter ni se soucier de l'angoisse qui commençait à le gagner.

Travail, responsabilités, famille, il n'avait que ces mots-là à la bouche !

Comme si tout cela n'était pas une vaste mascarade.

Encore que Theo n'en soit pas sûr.

Cela ne finirait jamais. D'abord, les fiançailles. Ensuite, le mariage. Puis le reste, *après*. Son père ne cesserait jamais de s'immiscer, il ferait tout pour le modeler à son image. Theo le soupçonnait depuis longtemps. Mais être le double de son père et être lui-même se révélaient deux choses radicalement opposées, il venait de le comprendre, même si, aux yeux de son père, il n'y avait manifestement aucune différence.

Finalement, il l'entendit lui lancer :

— Tu te décides à accepter ce qui t'attend ?

Il n'eut qu'une chose à répondre :

— Pas vraiment.

17

Mrs Evelina Swan a fourni à ses amies des détails sur la robe que portera sa fille lors de son mariage. L'événement étant très attendu, la robe sera certainement somptueuse et exigera plusieurs centaines d'heures de travail de la part d'une équipe de couturières qui s'y consacreront nuit et jour. On espère qu'elles se sont déjà attelées à la tâche : la date de la cérémonie approche à grands pas.

– The New York Post

Aux abords du Asch Building
Washington Place, New York

On était mercredi. Et, comme toujours ce jour-là, les Dames de la liberté avaient des idées derrière la tête. Bonnes ou mauvaises, tout était une question de point de vue. Ce matin-là, elles étaient rassemblées à l'extérieur d'une usine textile, près du parc de Washington Square.

En temps normal, les ouvrières auraient été à l'intérieur des locaux, à coudre derrière des portes closes et des fenêtres fermées, encore et encore. De l'aube jusqu'au coucher du soleil. Un vêtement après l'autre, sans s'arrêter.

En échange de quoi manger.

Ce jour-là, pourtant, ces jeunes femmes aux moyens et aux perspectives précaires étaient dehors. En grève.

— Contre quoi manifestons-nous, aujourd'hui ? demanda Daisy à Harriet, alors qu'elles venaient grossir le groupe de femmes massées sur le trottoir, devant l'usine.

Il y avait *toujours* une bonne raison de manifester, ces temps-ci.

— Les salaires insuffisants et les conditions de travail atroces de ces malheureuses, lui expliqua son amie.

— Adeline a attiré notre attention sur ce problème, ajouta Ava.

Certes, leur amie Adeline était la couturière attitrée des plus célèbres élégantes de Manhattan – et s'apprêtait à devenir duchesse –, mais elle n'avait pas oublié celles parmi lesquelles elle avait grandi, surtout les ouvrières des usines. Elle mettait désormais à profit sa position pour leur venir en aide.

De la même manière, Daisy se servait de son commerce flambant neuf pour offrir des emplois décents à des jeunes femmes, comme chimistes ou vendeuses. Elle refusait que ses employées aient des journées interminables et faisait de son mieux pour leur verser un salaire convenable.

— Savez-vous que ces ouvrières travaillent dix heures par jour ? lança Miss Archer. Et elles n'ont même pas le droit de se rendre aux commodités, si le besoin s'en fait sentir !

— La direction verrouille également les portes pour les empêcher de prendre une pause dehors ou de s'en aller plus tôt. Quels barbares !

Daisy ramassa une pancarte et rejoignit les centaines de femmes en corsages, jupes et vestes exquisément taillés, parfois rehaussés de dentelle et de rubans, si leurs bourses le leur permettaient. Elles portaient des broches – en verroterie, bien sûr – et des chapeaux à plumes. On apercevait même quelques fourrures.

Une manifestation était l'occasion de se mettre sur son trente et un. Une démonstration d'élégance nécessaire pour rendre la grève crédible et respectable. Comment refuser à ces jeunes femmes distinguées un vestiaire pour accrocher leurs chapeaux, des salaires équitables et du temps à consacrer à leurs familles ?

Plusieurs dizaines de manifestantes brandissaient des pancartes et des banderoles. Ensemble, elles envoyaient un message par leur seule présence devant l'usine. Quelle fierté d'être à leurs côtés !

— Comment se passe l'organisation du mariage ? s'enquit Ava. Je garde bon espoir de recevoir une invitation.

— À moins que vous ne prépariez l'annulation de la cérémonie ? demanda Harriet, que cette possibilité faisait vibrer d'enthousiasme. Devrons-nous vous aider à vous enfuir ?

— Pour ne rien vous cacher, je n'ai guère eu l'opportunité d'y réfléchir, ces derniers temps.

À ces mots, Harriet et Ava interrompirent leur marche. Vu le sourire qu'affichait cette dernière, ce retournement de situation n'était pas pour lui déplaire. Elle ne pensait pas qu'abandonner le futur marié au dernier moment était une étape nécessaire pour avoir une vie heureuse.

Pour sa part, Harriet était plus circonspecte. La mine sombre, elle demanda :

— Vous n'avez pas réfléchi à la façon de mettre un terme à vos fiançailles avec cet homme que vous détestez ?

— Et si je ne le détestais plus, finalement ? avança Daisy.

— Est-ce un espoir ou un constat ?

— Vous l'avez embrassé, avouez ! s'exclama Ava sans cacher sa joie.

Daisy ouvrit la bouche dans l'intention de prétendre qu'elle ne l'avait embrassé qu'une fois, que cela ne voulait rien dire ou que ce n'était qu'un baiser. Mais elle refusait de mentir à ses amies.

— Je ne veux pas le savoir ! répliqua Harriet en secouant la tête.

Et tant mieux, car Daisy n'avait aucune envie de s'expliquer.

Ses amies allaient la bombarder de questions, sinon. Quand et comment était-ce arrivé ? Que fallait-il en conclure ? Ce baiser allait-il bouleverser ses projets, par rapport à ce mariage ? Au moment de répondre, elle serait obligée de s'interroger sur la nature de ses sentiments pour Theo, sur leurs baisers fiévreux et les conséquences de tous ces épisodes. Elle n'aurait jamais pensé vivre une chose pareille. Ces derniers temps, son existence avait été un véritable tourbillon, et elle n'avait pas eu une minute pour réfléchir posément.

Y songer ou en parler ne faisait pas partie de ses priorités. Elle en avait à peu près autant envie que de se rendre chez le dentiste ou à un examen important sans avoir révisé.

Par ailleurs, elle avait d'autres choses en tête.

— Si je n'ai pas réfléchi au moyen d'échapper à mes fiançailles, c'est parce qu'un autre projet m'a accaparé l'esprit.

De fait, elle avait négligé ses études, l'organisation de ce mariage et même Theo pour passer des heures entières dans son laboratoire. Elle avait multiplié les expériences avec l'espoir d'obtenir un résultat convaincant.

— Un projet sulfureux. Stupéfiant. Séduisant.

— Dites-nous, enfin !

— Je m'apprête à fabriquer des cosmétiques.

Elle l'avait déclaré fièrement. Haut et fort. Harriet, Ava et d'autres membres du club qui les entouraient ralentirent pour tendre l'oreille.

— Des cosmétiques ? Du rouge à lèvres et du fond de teint, par exemple ?

— Exactement.

— Je peux comprendre que vous vendiez une crème de beauté. Mais des cosmétiques...

Une fois encore, Daisy aurait préféré susciter plus d'enthousiasme. Grâce à son magasin, commercialiser ces produits pouvait être un peu moins critiquable. De toute évidence, c'était trop demander.

Elle se serait contentée d'un intérêt poli plutôt que de ces visages atones. Mais c'était trop demander, là encore. Les femmes respectables ne mettaient pas de cosmétiques. Elles ne se maquillaient pas, afin d'apparaître telles que Dieu les avait faites et de donner au monde des preuves de leur vertu.

Le contraire risquait de susciter des interrogations et d'attirer une attention malvenue. On les accuserait de faire partie de *ces femmes-là...*

Daisy était parfaitement au courant. Chacune de ses semblables grandissait avec cette conviction chevillée au corps.

Elle savait néanmoins qu'elle se sentait plus jolie lorsqu'elle mettait du rouge à lèvres, un peu de couleur sur les paupières et du fard sur les joues. Elle se sentait alors capable de soutenir la comparaison avec Theo ou n'importe laquelle de ces magnifiques jeunes femmes des soirées mondaines. Le tout sans l'impression d'être comme un poisson hors de l'eau. Elle bataillait, certes, mais elle avait le sentiment de pouvoir conquérir le monde.

Miracle de minuit était un véritable succès. Les ventes s'envolaient, et elle avait convaincu de nombreuses femmes de l'aider dans son entreprise. Theo et elle gagnaient de l'argent. Encore une chose qui la laissait croire qu'elle avait les moyens de se faire une place dans le monde. Elle avait cru se satisfaire du strict nécessaire. Ce n'était pas le cas, tout compte fait.

Elle voulait transmettre ce sentiment aux femmes qui souhaitaient l'éprouver. Elle voulait les voir se dresser et exiger davantage.

— Voilà qui risque de faire scandale, Daisy, objecta Ava. Et si votre décision faisait plonger les ventes de *Miracle de minuit* ?

Que répondre à cela ?

— Un scandale serait un moindre mal. On pourrait même vous interdire de vendre votre crème, ajouta Harriet en toute franchise.

— Oh ! cela n'arrivera sûrement pas, rassurez-vous ! Mais je doute que vous ayez une clientèle suffisante, intervint Miss Archer d'un ton plein de tact. La seule richesse d'une femme est sa réputation.

Ce n'était que la triste vérité, et personne n'osa prétendre le contraire.

— C'est très risqué, j'en conviens, répondit Daisy avec un soupir. Mais je tiens quelque chose, j'en suis persuadée. De grâce, essayez, jugez vous-mêmes, et dites-moi ce que vous ressentez.

— Il y a de vrais problèmes dans le monde, Daisy, lui fit doucement remarquer Harriet en désignant les femmes qui s'étaient rassemblées pour soutenir les grévistes. Ces ouvrières travaillent dix heures par jour, six jours par semaine, et gagnent à peine de quoi survivre. Mettre du rouge à lèvres est le cadet de leurs soucis.

Daisy se tint coite. De son point de vue, le problème ne venait pas du rouge à lèvres. Ni même de l'importance de se sentir belle. Elle brandit sa pancarte.

Toutes les femmes devraient avoir le droit d'acheter de quoi s'embellir, si elles en avaient l'envie. Elles devraient avoir la liberté et les moyens de réaliser leurs rêves sans avoir à compter sur une réputation convenable ou sur un homme pour les réaliser. Elles méritaient de mettre un peu de couleur dans leur quotidien, si tel était leur souhait.

— Daisy, j'ai peur que, si vous vous lancez dans ce projet, vous n'ayez pas d'autre choix que de vous marier. Un scandale ruinerait tous vos efforts, vous seriez obligée d'accepter cette union pour survivre. Et un mariage sans amour est bien la dernière chose que nous vous souhaitons de vivre.

Daisy plissa les lèvres – ses lèvres qu'elle trouvait si quelconques – en une ligne dure.

Elle poursuivit sa route. En traînant les pieds, cette fois. Il y avait vraiment beaucoup trop d'injustices à dénoncer, ces temps-ci.

— Avez-vous songé à vous faire passer pour morte ?

La question de Harriet la fit éclater de rire.

— Ce n'est pas dans mes projets, non !

— Comment comptez-vous échapper à ce mariage, alors ?

— En vendant mes produits cosmétiques comme des petits pains.

— Laissez croire aux gens que vous êtes morte. Ce sera plus facile.

Et quand bien même. Il subsistait un problème, simple mais crucial : voulait-elle toujours échapper à ce mariage ? Le lien qui l'unissait à Theo était devenu si intime. Quelle femme refuserait tant de plaisir au quotidien ? Il y avait pire qu'un homme désireux de découvrir les moyens de la combler, elle et personne d'autre. Puis de s'y atteler.

Pour autant, ils s'étaient juré sans la moindre ambiguïté de ne jamais se dire oui.

Oserait-elle mettre en péril leur succès naissant et cette liberté à portée de main pour du rouge à lèvres ?

Mais peut-être existait-il une façon de sauver tout à la fois son projet, sa réputation et cet amour sincère ?

Non, elle ne se ferait pas passer pour morte.

Oui, elle tenterait le tout pour le tout.

Non, elle ne savait toujours pas comment éviter ce mariage tant attendu. Et dont la date se rapprochait à grands pas.

18

Les femmes de Manhattan semblent toutes plus radieuses, depuis quelques jours. Il se murmure que Miracle de minuit, la crème de beauté que tout le monde s'arrache, n'est pas étrangère à ce phénomène.

– The New York Post

Plus tard
Union Square, numéro 27

Une semaine s'était écoulée depuis le baiser exquis qu'ils avaient échangé en traversant la ville. Leur prétendu mariage était prévu dans une quinzaine de jours. Et Theo s'aventurait là où aucun homme n'avait jamais mis les pieds. Enfin, façon de parler.

Le laboratoire, à l'arrière de la boutique, était une véritable ruche. Un tablier blanc amidonné par-dessus leurs corsages et leurs jupes noires, les employées s'affairaient à fabriquer *Miracle de minuit*. La crème de beauté se vendait comme des petits pains, surtout depuis qu'ils proposaient de tout nouveaux paquets permettant aux clientes de rapporter leurs emplettes chez elles en toute discrétion. Elles pouvaient ainsi prendre soin de leur peau et donner l'impression au reste du monde qu'elles se réveillaient aussi fraîches que des roses. Comme par enchantement.

Il s'arrêta sur le pas de la porte pour contempler la scène. Même si elle était habillée de la même façon que les autres, une femme en particulier attira son attention. Daisy. Elle travaillait à une préparation... rose.

Il se porta à sa hauteur et s'appuya sur la paillasse.

— À quoi travaille la chimiste la plus célèbre et la plus mystérieuse de Manhattan ?

— La plus célèbre *et* la plus mystérieuse ? s'esclaffa-t-elle. C'est à se demander comment j'arrive à être les deux à la fois.

— Vous êtes célèbre car la ville entière s'arrache *Miracle de minuit*. Les ventes augmentent de jour en jour. Figurez-vous que j'ai déjà remboursé les sommes empruntées. Et vous êtes mystérieuse, parce que l'on ignore que ce succès est l'œuvre d'une fille de la haute société et de son « fiancé ».

— Vous avez déjà remboursé le prêt ? fit-elle, semblant surprise. Eh bien, voilà qui dépasse toutes mes attentes. Mais le *vrai* signe de succès, c'est que j'ai vu un pot sur la table de chevet de ma mère. Nous faisons toutes les deux semblant de ne pas savoir que ce magasin est à moi. Et qui ne dit mot consent, comme le veut le proverbe !

Sans surprise, Theo n'avait pas vu de pot de *Miracle de minuit* sur la table de chevet de son père. Étrangement, cela lui semblait pourtant moins improbable que de s'imaginer lui avouer qu'il s'était lancé dans les produits pour dames.

Il y avait pourtant de quoi se réjouir. Cette réussite fulgurante ne signifiait qu'une chose : tout se passait comme prévu. Ils n'auraient pas à devenir mari et femme. Ce qui ne l'aurait pas dérangé, s'il n'avait pas commencé à éprouver des sentiments ambivalents. Épouser Daisy n'était plus la pire chose qu'il puisse envisager.

— Quoi qu'il en soit, je travaille sur un nouveau produit, dit-elle. Un rouge à lèvres. Mais pas forcément de cette couleur. Entre les dosages et la difficulté à trouver des teintes satisfaisantes, ce n'est pas de tout repos, croyez-moi...

Tandis qu'elle se lançait dans des explications scientifiques, il se répétait ce qu'elle venait de lui dire. *Elle travaillait à un rouge à lèvres !*

Ils avaient à peine lancé leur boutique, et Daisy était prête à relever un nouveau défi, encore plus irréalisable que l'aventure dans laquelle ils s'étaient déjà lancés ? Un défi qui occupait déjà chacune de ses journées, du matin au soir, en l'obligeant à apprendre les ficelles du métier, de la production jusqu'à la promotion. C'était tellement prenant.

Et voilà qu'elle souhaitait aller encore plus loin ! Que devait-il en penser ? Il prit une minute pour y réfléchir. Le temps qu'il s'arrache à ses méditations, elle avait déjà changé de sujet.

— Vous m'avez embrassée, Theo. C'était vrai, sincère, profond.

— Oui.

Il était même tenté de recommencer. Sans tarder, si possible.

— De retour chez moi, je me suis regardée dans le miroir. Mes lèvres étaient gonflées et rougies. Mes joues s'étaient empourprées. Il y avait une étincelle dans mon regard. J'avais l'air *belle,* pour la toute première fois.

— Vous êtes belle, répondit-il posément.

Elle poursuivit comme s'il n'avait pas réagi, tandis qu'il s'étonnait de sa propre sincérité.

— Je me suis interrogée. Et si une femme pouvait tout à la fois donner l'impression et avoir le sentiment qu'on venait de l'embrasser ? Comme si elle avait l'amour de son côté. Comme si elle avait les moyens de conquérir le monde.

— Je connais une solution autrement plus simple..., murmura-t-il.

S'ils avaient été seuls, il l'aurait embrassée. L'ennui, c'était qu'une demi-douzaine de femmes étaient là pour jouer les chaperons ou, s'il se comportait de façon très inconvenante, les agents de police.

— Personne ne saurait passer son temps à s'embrasser, dit-elle. À commencer par nous. Or, j'aimerais donner cette impression et avoir cette sensation quand vous n'êtes pas dans les parages.

— Pourquoi ne serais-je pas dans les parages ? osa-t-il suggérer.

Il commençait à l'aimer. À la désirer. Elle connaissait ce qu'elle pensait être ses défauts sur le bout des doigts. Pourtant, à force de l'observer et d'apprendre à la connaître, il la trouvait de plus en plus belle. À ses yeux, elle représentait le goût du défi, l'audace, le plaisir et l'aventure. Comment ne pas la trouver belle ?

C'était elle qui lui offrait la chance de transformer sa vie. De s'appuyer sur les privilèges qu'il avait reçus à la naissance – cette fortune, ces relations, ce statut, un œil pour la beauté et cette fine connaissance des femmes à la mode –, afin d'en faire bon usage. Il aimait l'homme qu'il devenait grâce à elle. Grâce à sa personnalité, ses idées, son ingéniosité et ses ambitions.

Hélas, ces vérités restaient coincées quelque part entre son cœur et sa bouche. Car il s'agissait de lui. Et d'elle. Or, jusque très récemment, ils étaient ennemis.

— Pourquoi ? reprit-elle. À cause de notre stratagème.

— Votre mère a envoyé les faire-part. Mon père a reçu pour mission de commander un nombre vertigineux de bouteilles de champagne. Mais il laissera son secrétaire s'en charger, cela va de soi. Bref, tout porte à croire que ce mariage aura lieu. Tout le monde part du principe que la cérémonie aura lieu.

— Pourquoi vous épouserais-je, puisque notre plan fonctionne à merveille ? Soyez sans crainte, nous trouverons bien une solution. En attendant, emmenez-moi au théâtre.

— Pourquoi ?

— À cause du maquillage, enfin, Theo ! Les acteurs et les actrices en portent souvent, surtout maintenant que les salles de spectacle sont éclairées au gaz. J'ai besoin de comprendre l'usage qu'ils en font, l'effet qu'il produit, les façons dont je peux l'améliorer.

— Daisy, il est hors de question que je vous emmène dans les coulisses ! Si quelqu'un nous croise là-bas ou si l'on nous aperçoit ne serait-ce que du coin de l'œil quand nous y serons, votre réputation sera anéantie.

— La vôtre sera intacte, répliqua-t-elle. C'est d'une injustice !

— Ainsi va le monde, malheureusement.

Elle afficha une mine outrée.

— Depuis quand êtes-vous un aussi fervent défenseur des convenances ? Moi qui vous prenais pour l'un de ces viveurs impénitents qui ont Manhattan pour terrain de jeu. L'un de ces célibataires oisifs à qui on a toujours tout pardonné parce que vous êtes un nanti. Et un homme. Depuis quand avez-vous peur d'une petite visite dans les coulisses d'un théâtre avec une jeune femme ?

— Mon attachement soudain aux convenances me sidère autant que vous. Il n'empêche que votre réputation...

— Et si je m'en souciais comme d'une guigne ?

— Vous auriez tort, répondit-il. Mais d'autres femmes y sont attachées. Il y aura toujours deux poids, deux mesures. Et l'une des meilleures façons de se poser des questions sur la moralité d'une femme est de la voir porter du rouge à lèvres. Ou d'autres cosmétiques de votre invention. Si vous souhaitez convaincre suffisamment de femmes d'utiliser vos produits et faire tourner votre commerce, votre réputation se doit d'être sans faille.

Il marqua une pause avant d'ajouter :

— C'est votre associé qui vous le dit.

Daisy se rembrunit.

— Vous m'agaciez quand vous n'étiez qu'un beau visage, mais maintenant...

— Maintenant que je représente la voix de la raison, je vous parais encore plus agaçant ?

— Exactement, répondit-elle avec un regard dur. En tant qu'associé, acceptez de prendre un risque limité pour développer notre commerce, que diable ! Pour inventer quelque chose d'inédit, pour lancer une industrie nouvelle. Pour montrer aux gens qui nous ont toujours sous-estimés ou pris de haut que nous sommes audacieux et pleins d'idées.

Bon sang, elle voyait juste, et il refusait de l'admettre. Une nouvelle ambition se fit jour en lui. S'ils amassaient, mettons, un million de dollars, ou s'ils arrivaient à donner des idées à la concurrence, il oserait peut-être parler à son père, qui sait ?

Mais il avait encore une question à soulever.

— Si nous allons au théâtre pour nous mêler aux acteurs et aux actrices, nous risquons fort d'être obligés de nous marier. Pour le bien de nos réputations respectives et celui de notre magasin. Souhaitez-vous vraiment prendre un tel risque ?

19

La société d'investissement de Jack Swan brasse actuellement des sommes folles. On n'a jamais vu pareil spectacle à New York.

– The New York Post

Mardi soir
The Empire Theater

Ce n'était qu'une soirée au théâtre, se répéta Daisy, tandis qu'elle passait sa nouvelle robe tout droit sortie de l'atelier de couture d'Adeline. Une vraie splendeur. Mais ce n'était pas qu'une simple tenue pour sortir. Le taffetas bleu nuit dans lequel elle était taillée épousait les moindres courbes de sa silhouette. Les finitions étaient très sobres. Des boutons en cuivre poli, des manches étonnamment courtes qui s'accordaient mieux avec la forme de son visage que ces frous-frous à la mode, quelques rubans et des fioritures dont le but était d'attirer l'œil tout en cachant les poches du vêtement, la signature d'Adeline.

Daisy appliqua une touche de rouge sur ses lèvres – une nouvelle formule qu'elle testait – et glissa le petit tube dans sa poche, avec quelques pièces de monnaie, afin de rentrer par ses propres moyens à la fin de la soirée. Elle prit également une clé de la maison. Si jamais elle avait à revenir à des heures indues sans se faire remarquer...

Décidément, ces poches étaient fort pratiques !

Theo passa la prendre. Heureusement qu'il y avait ces fausses fiançailles ! Elle n'aurait eu aucune chance de s'éclipser de la maison en toute discrétion, sa mère ayant l'œil sur tout.

— Oh ! bonsoir, Theo ! s'exclama celle-ci. Quelle joie de vous voir.

Elle était dans une forme éblouissante, tout sucre, tout miel. C'était à peine si elle cachait sa satisfaction de voir son plan fonctionner à merveille.

Daisy se sentait presque coupable de tromper sa mère. La rupture des fiançailles lui fendrait le cœur. Cela étant, cette dernière n'avait aucun scrupule à la forcer, *elle*, à se marier contre sa volonté !

Ce qui la rasséréna quelque peu.

Hélas, son martyre se poursuivit car elle dut se mettre en retrait pour observer Theo et sa mère, ces deux prodiges de beauté, faisant assaut de politesse l'un envers l'autre.

— Bonsoir, Mrs Swan.

Toujours aussi charmeur, Theo esquissa un sourire appuyé et baisa la main qu'elle lui tendait. N'en faisait-il pas un peu trop ? Malheureusement pour Daisy, personne ne lui demandait son avis. Et sa mère ne boudait pas son plaisir.

— Vous rajeunissez de jour en jour, ma parole !

— Oh ! Theo, vous savez si bien ce que les femmes aiment à entendre.

Daisy vit alors sa mère battre des cils. Il s'agissait de son futur gendre, tout de même !

— Évitons de nous mettre en retard, dit-elle alors avec une mine aussi aimable et distinguée qu'une porte de prison.

Quoi de plus normal ? Sa mère était en train de flirter avec son prétendu fiancé !

— Où passez-vous la soirée, tous les deux ?

— Nous avons deux places pour *C'était elle ou personne*, répondit-il.

— Je n'ai pas encore entendu d'échos sur cette pièce.

Ils avaient volontairement choisi une pièce qui n'attirait pas les foules. Au moins, ils limiteraient le risque de croiser leurs connaissances respectives.

De toute manière, si sa mère se rendait au théâtre, c'était d'abord pour observer les tenues des autres spectatrices. Voilà sans doute pourquoi elle observa la sienne d'un œil approbateur. Ce qui n'arrivait pas tous les jours. Mais, ce soir, c'était différent. Elle ne sortait pas dans le seul but de voir une pièce. Elle se redressa de toute sa taille et tâcha de faire honneur à sa robe.

Sentir la main de Theo au creux de ses reins était tout sauf déplaisant.

— Ma foi, Daisy, tu es...

— Magnifique ! termina Theo.

Ce spectacle lui plaisait et il n'en faisait pas mystère. Elle osa presque croire qu'il était sincère. Elle savait qu'il la désirait. Après ce fameux trajet en voiture, à quoi bon faire mine du contraire ? Seulement, elle n'aurait pas cru qu'il puisse aussi la trouver magnifique, même si elle était dans la même pièce que sa mère – qui avait jadis compté parmi les dix plus belles femmes de Manhattan. Cela n'avait pas l'air de poser problème. Quoi qu'il en soit, c'était bien la preuve que quelque chose avait changé. De là à en tirer des conclusions...

Sa mère prit sans doute ce compliment comme le signe que son plan serait bientôt couronné de succès. Tous deux devraient faire des pieds et des mains pour échapper à ce mariage, désormais.

— Ne l'encouragez pas, lui glissa-t-elle dans un murmure.

Il lui avait pris le bras pour la conduire vers la porte. Sally, sa femme de chambre, serait du voyage. Une fois au théâtre, ils retrouveraient Harriet, qui jouerait les chaperons.

Sa mère pensait probablement qu'ils avaient eu l'idée de cette sortie pour passer un moment ensemble et s'assurer que tout le monde les voyait heureux l'un avec l'autre. Ce que les couples avaient coutume de faire. Elle se serait évanouie si on lui avait expliqué ce qu'ils avaient en tête. N'importe quelle mère l'aurait fait.

Cette soirée au théâtre n'était qu'un prétexte.

Au terme de la représentation, Daisy et Theo saluèrent Harriet, sortirent en même temps que la foule, puis firent rapidement le tour du bâtiment. Direction l'entrée des artistes.

— Si l'on m'avait dit que je me retrouverais seul avec vous dans cette situation, lança-t-il.

— Songez à tout ce que nous avons fait ensemble. Nous en sommes les premiers surpris !

Pour toute réponse, Theo l'attrapa par la main.

Brusquement, un parfum romantique flotta dans l'air. Oui, ici, dans cette ruelle malpropre, à peine éclairée par la lumière des réverbères. On devinait le frisson du danger et la promesse de l'aventure.

Sans même ouvrir la bouche, il lui fit sentir qu'il éprouvait la même chose. Et que cela lui faisait plaisir.

— Ne nous attardons pas.

— Vous avez raison.

S'ils avaient assisté à une pièce moyenne dans un théâtre que Theo n'avait pas l'habitude de fréquenter, c'était parce qu'ils avaient tout intérêt à ne pas croiser leurs amis. Friands de cancans comme ils l'étaient ! Leur mission exigeait la plus grande prudence. Pas question de laisser dire que Daisy Swan furetait dans les coulisses d'un théâtre, ou qu'ils se lançaient dans ce genre de stratagèmes ensemble.

Et puis, il y avait Eunice.

— Qui est cette fameuse Eunice, déjà ? demanda Theo.

Eunice était membre du club des Dames de la liberté. Elle était dramaturge et représentait les intérêts des comédiens, femmes ou hommes. Elle menait une vraie vie de bohème. Vu sa position, Daisy n'aurait jamais dû fréquenter quelqu'un comme elle.

— Une amie, se contenta-t-elle de répondre.

Theo frappa à la porte située à l'arrière du théâtre. Une fois, deux fois.

Elle finit par s'ouvrir sur une femme assez imposante et habillée en homme de la tête aux pieds. Eunice.

— Ah, vous voilà, dit-elle. Je commençais à m'inquiéter. Rôder près de l'entrée des artistes peut s'avérer dangereux quand on vient d'un certain milieu, comme vous.

Theo s'éclaircit la gorge. De façon forte et virile. Ce qui rappela à Daisy qu'elle devait faire les présentations.

— Theo, voici mon amie Eunice. Eunice, je vous présente Theodore Prescott fils.

Celle-ci hocha la tête d'un air entendu.

— Votre fiancé.

— Il paraît..., répondit Daisy.

— Ce bruit court, ajouta-t-il. Comment vous êtes-vous rencontrées ?

— Si nous vous l'expliquions, nous devrions vous tuer.

Difficile de dire si Eunice plaisantait. Elle n'avait pas la réputation d'avoir de l'humour. Mais elle ouvrit la porte et leur fit signe d'entrer.

Ainsi commença leur exploration des coulisses. Pour ses recherches.

Oui, ses recherches. Daisy était là pour une raison précise, qui n'était pas d'observer des actrices en tenue légère se jetant au cou de son fiancé. Son prétendu fiancé, certes, mais son fiancé quand même.

— Eh, regardez !

Theo venait à peine d'entrer qu'il fut encerclé par une cohorte de jeunes femmes aux minois charmants et aux silhouettes divines. Comment ne pas les regarder d'un air envieux ? En moins de temps qu'il n'en fallait pour le dire, elle se retrouva poussée sur le côté et contempla la scène en simple spectatrice. Heureusement qu'Eunice était là pour lui tenir compagnie !

Tout cela n'avait pas l'air de déranger Theo. Mais... la troublait beaucoup.

Aucune importance. Elle était là pour tout savoir sur le maquillage des comédiens.

— Je ne m'attendais pas à ce que toutes ces jeunes femmes soient…

Elle chercha un qualificatif convenable. Sans succès. Alors elle conclut :

— … nues.

— Elles ne sont pas nues, Daisy, objecta Eunice. Elles ont leurs tuniques. Marianne porte même une robe.

Daisy soupira.

— Très bien, dans ce cas. Puisque Marianne porte une robe.

Allons, elle n'avait aucune raison d'éprouver… ce qu'on aurait pu appeler de la jalousie ou un comportement possessif. Ils étaient là pour le travail, non ? En revanche, Theo, lui, semblait là pour le plaisir. Certes, ils n'étaient pas vraiment fiancés, mais voilà qu'elle était confrontée à la dure réalité. Rien n'obligeait Theo à se montrer fidèle. Or, elle voulait qu'il le soit ? Pourquoi ?

Eunice s'adossa contre le mur et lui jeta un coup d'œil avant de déclarer :

— Je ne vous imaginais pas jouant les prudes, pour tout vous dire.

Daisy répondit par un nouveau soupir.

— Moi non plus. Mais, ça, c'était avant que j'aperçoive toutes ces jolies jeunes femmes à moitié nues qui se pressent autour de mon fiancé.

— Votre prétendu fiancé.

— C'est vrai.

— Celui qu'on vous prête.

— C'est vrai.

— Vous ne l'aimez pas, vous nous l'avez dit vous-même !

— J'ai compris, merci.

— Dans ce cas, passez à autre chose, répondit son amie en haussant les épaules. Remontez-lui les bretelles. Ou occupez-vous de ce qui vous amène ici. Pourquoi perdre du temps à discuter avec moi ? Nous avons le club pour ça !

— Vous avez raison.

Daisy se redressa et se redonna du courage en se remettant un peu de rouge sur les lèvres. Il s'était déjà estompé – un problème auquel il faudrait remédier d'ailleurs. L'effet était des plus réussis. Maintenant que sa bouche avait l'air plus grande, son nez semblait plus petit. Elle se sentait presque belle, surtout dans cette robe magnifique. En tout cas, elle se sentait plus confiante.

Assez confiante, même, pour s'approcher de ce séducteur de Theodore Prescott avec la ferme intention de marquer son territoire. Parce qu'elle était son associée, bien sûr. Ainsi que sa fiancée, même si ce n'était qu'une mascarade. C'était la seule raison, d'ailleurs. Du moins voulait-elle le croire.

— Ah, Daisy ! Laissez-moi vous présenter à ces demoiselles.

Il y avait là Marianne, en robe donc, Claudette, vêtue d'une tunique rouge, et Cordelia, dans une jupe en soie bleue.

— Voici ma fiancée, Miss Daisy Swan.

Ce mot ne suffit pas à calmer les regards brûlants et énamourés de ces demoiselles, qui avaient toutes des idées derrière la tête. Elles rêvaient d'accaparer l'attention de Theo, de recevoir ses baisers, de s'emparer du contenu de son portefeuille, de se faire offrir des bijoux, de profiter de ses relations... Et la façon dont elles la dévisageaient était très éloquente. Savoir qu'il était fiancé ne leur posait aucune espèce de problème. Pourquoi, d'ailleurs ? Tout le monde était au courant qu'il s'agissait d'un mariage arrangé. Et tous deux n'avaient jamais donné l'impression de former un joli couple d'amoureux.

Inutile de prendre cette histoire trop à cœur, par conséquent.

— C'est si grisant d'explorer l'envers du décor ! s'exclama-t-elle. Mais j'imagine que vous êtes habitué à tout ça, Theo.

Elle entendait par là qu'il avait l'habitude des actrices. De ces minauderies. De ces corps parfaits qui s'offraient au regard. De cette beauté avec laquelle elle ne pouvait rivaliser. Surtout avec un rouge à lèvres qui ne tenait pas.

— Ce n'est pas la première fois que je viens au théâtre, non.

— En voilà une réponse élégamment tournée !

Une comédienne qui venait tout juste de rejoindre leur

petit groupe enroula un long bras gracile autour du cou de Theo. Intéressant. Il y avait encore plus étonnant, cependant : la lenteur avec laquelle il enleva ce bras. Elle en sentit son aplomb chanceler.

— Tiens, tiens, ne serait-ce pas mon Charmant Voyou préféré ? roucoula l'actrice. Vous m'avez manqué, Theo.

— Bonsoir, Esmeralda. Je vous présente ma fiancée.

— Je croyais que ce n'était qu'une rumeur, s'esclaffa la jeune femme.

— A priori, marmonna Daisy.

— C'est ce que les gens disent, intervint-il.

Ça continuait. Le bras de cette fille était toujours autour de son cou, et Daisy sentit une bouffée de jalousie l'envahir comme un incendie furieux. Elle prit peur. Devait-elle comprendre que... Non, autant ne pas chercher à comprendre. Pas maintenant. Elle avait pris des risques insensés pour venir ici, elle s'était mise en danger. Pas question de laisser filer cette occasion en or.

— Je suis ici pour en apprendre davantage sur le fard avec lequel vous vous maquillez, déclara-t-elle. Auriez-vous l'obligeance de m'indiquer quelqu'un susceptible de me renseigner ? Quelqu'un qui soit habillé des pieds à la tête, de préférence ? Vous n'avez qu'à rester ici, Theo, qu'en pensez-vous ? Vous m'avez l'air comme un poisson dans l'eau.

Les actrices écarquillèrent les yeux.

— Theo, vous avez conduit votre fiancée dans les coulisses...

— Et elle souhaite vous laisser là, avec nous ?

— Sans s'inquiéter pour vous ?

Elles observèrent Daisy d'un air intrigué. *Laissons-les penser ce qu'elles veulent.* Même avec le plus beau rouge à lèvres du monde, elle ne rivaliserait jamais avec ces corps parfaits. Pas tout de suite, du moins. Surtout, elle détestait se retrouver en compétition avec elles.

Malgré l'ambiance animée et sensuelle des coulisses, il ne fallait pas être grand clerc pour deviner ce qu'elle éprouvait, même si elle avait du mal à l'admettre. Les flammes de la jalousie s'emparaient d'elle alors que d'autres femmes touchaient son fiancé.

Un fiancé de façade, certes. Un fiancé fictif. Mais un fiancé quand même.

Le fait qu'elle se sente aussi possessive la troubla beaucoup. Il s'agissait tout de même de ce goujat de Theodore Prescott, l'homme qu'elle avait soigneusement tâché d'éviter pendant plus de dix ans. Et voilà qu'elle était à deux doigts de se transformer en furie parce qu'une donzelle nommée Esmeralda – ah, les théâtreuses et leurs noms de scène ! – caressait sa joue, lovée contre lui.

Et parce qu'il ne semblait pas dérangé.

— Je suis venue ici pour apprendre les secrets du maquillage, dit-elle. Theo n'est là que pour faire tapisserie. Amusez-vous bien !

Theo regarda Daisy se diriger vers l'autre bout de la pièce. Eunice la présenta à un homme posté à côté d'un miroir. Devant lui, un vieux fauteuil défoncé. Tout autour, un véritable bric-à-brac.

Ils se mirent à parler avec animation en examinant le contenu de différents pots et en comparant des pinceaux. Le maquillage de théâtre n'aurait bientôt plus de secrets pour elle. Il eut soudain envie de les rejoindre. Assister à la conversation ne lui aurait pas déplu. Cela lui aurait peut-être donné des pistes pour le nom du produit qu'elle comptait créer.

Mais non. Daisy l'avait planté là. *Restez ici, vous et votre joli visage,* avait-elle dit, en substance. De son côté, elle s'occupait de ces questions commerciales, scientifiques, esthétiques. Comme s'il était venu amuser la galerie. Voilà pourquoi il était si agacé. Oui, c'était exactement ça. Il était profondément agacé.

— Votre fiancée s'intéresse au maquillage ?

Marianne jeta un coup d'œil à Daisy, l'air sceptique.

— Oui.

Daisy lui avait exposé son plan lors du trajet en voiture jusqu'au théâtre. Le fard et le rouge à lèvres étaient des accessoires essentiels dans la palette de n'importe quel comédien. À présent que les salles de spectacle étaient équipées de projecteurs, les acteurs étaient en pleine lumière, sur scène. Grâce au maquillage, on les voyait encore mieux.

Revers de la médaille : l'électricité – qui se développait à une vitesse folle, ces derniers temps – mettait également en lumière le moindre défaut. De plus en plus de femmes voudraient apparaître sous leur meilleur visage. Et c'est là qu'entraient en jeu Daisy et ses nouveaux produits miracle… qu'il fallait encore perfectionner.

Le maquillage de théâtre serait un excellent point de départ. Elle voulait donc connaître ses différents emplois, ses ingrédients, les manières de l'enlever.

De son côté, Theo se sentait bouillir.

— Qui est cet homme avec ma fiancée ?

— Il s'appelle Max.

— Vous n'avez aucune crainte à avoir.

Oh ! il n'avait aucune crainte. Il voulait être auprès d'elle, voilà tout. Le fameux Max sortit un assortiment de pots et de pinceaux puis montra à Daisy comment appliquer le maquillage.

Il voulait s'approcher.

Tout apprendre, à ses côtés.

Mais, non, il était forcé de rester ici et de faire diversion pour qu'elle travaille sereinement. Le succès de leur entreprise en dépendait. Tout ça pour qu'elle le quitte, au bout du compte…

Il s'arrangea cependant pour échapper à ses admiratrices. Aussi amusantes et adorables soient-elles, c'était Daisy qui le charmait, ce soir, c'était plus fort que lui.

Il se dirigea vers elle.

Il adorait la voir ainsi. Les joues rouges d'enthousiasme, le regard brillant, l'air inspiré et des idées plein la tête. Daisy Swan était à la fois loin de ses repères habituels et dans son élément. C'était dans de tels moments qu'il souhaitait être auprès d'elle, c'était là qu'il se sentait à sa place.

— C'est un plaisir de voir cette étincelle dans vos yeux et le feu que vous avez aux joues, lui dit-il.

— Ravie de l'entendre, répondit-elle sèchement.

Il l'observa à nouveau. Les apparences étaient trompeuses. Elle n'était pas enthousiaste mais en colère. Voilà pourquoi elle avait les joues en feu et le regard aussi brûlant. Il était difficile de faire la différence dans la lumière incertaine des coulisses, d'autant qu'elle était maquillée. Ce qu'elle ressentait réellement était caché sous les couches de fard et de couleur.

— Satisfaite de cette visite ?

— Je pourrais vous retourner la question, répliqua-t-elle froidement et sans même lui adresser un regard.

Tout bien réfléchi, elle n'était pas seulement en colère. Elle était dans une fureur noire. Ce qui était à la fois grotesque et injuste, vu la façon dont elle lui avait ordonné de rester à l'écart, en compagnie de cette cohorte de jolies jeunes femmes. Alors qu'il souhaitait être avec elle ! On aurait dit qu'elle était jalouse. Possessive. Ce qui n'avait aucun sens. Parce que c'était elle. Parce que c'était lui.

Ils se détestaient.

Mais non. Plus maintenant.

Il sentit son cœur cogner dans sa poitrine. Les choses avaient changé, pourquoi se voiler la face ?

— Daisy, je me suis contenté de rester à ma place et de distraire l'assistance quelques minutes. Je remplissais ma mission, rien de plus.

— Vous avez réussi, et de quelle manière ! Vous seriez riche, si les gens payaient pour ça.

— Voilà qui mérite réflexion.

Bon sang, Daisy était absolument enragée, alors qu'il n'y avait pas de quoi. Il commençait à se rendre à l'évidence. Il y avait *quelque chose* entre eux. Et pas seulement parce qu'ils s'étaient associés. Elle devait en prendre conscience, elle aussi.

Il tendit le bras vers elle.

— Daisy, attendez...

— Bien, j'ai toutes les informations dont j'avais besoin, répondit-elle. La soirée fut fort instructive. Je vais regagner mes pénates, mais vous pouvez rester. Vous avez l'air... contrarié. Oserais-je dire frustré ?

Il ignora cette pique.

— Hors de question que je vous laisse rentrer seule.

— Vraiment ? Vous paraissiez pourtant apprécier la compagnie de ces demoiselles...

— Daisy...

— Pourquoi en irait-il autrement, avec ce regard de braise que vous avez ? Une fille ne peut que se jeter au cou d'un si bel homme.

Pas de doute, elle était furieuse. Mais pourquoi se mettre en colère maintenant ? Cela n'avait aucun sens !

Et si cette colère venait d'ailleurs ?

Peut-être tenait-elle aux apparences et à l'opinion des autres, en dépit de ce qu'elle lui avait affirmé. Elle mourrait de honte, si les journaux faisaient courir le bruit que ce fiancé qu'elle méprisait avait été aperçu en train de jouer les jolis cœurs avec d'autres femmes.

Daisy se moquait éperdument de l'opinion des autres, pourtant !

Son cœur se mit à battre à une vitesse folle. Une autre question lui brûlait les lèvres, et il s'efforça de la poser avec autant de tact que possible.

— Daisy, ôtez-moi d'un doute. Seriez-vous en colère parce que d'autres femmes n'ont pas été insensibles à mes charmes ? Seriez-vous en train d'éprouver un sentiment que d'aucuns appelleraient de la jalousie ?

— Non. Si. Peut-être, avoua-t-elle avec un soupir agacé. Je vais certainement passer la nuit à me torturer avec cette histoire. Et demain je vous le reprocherai.

Inutile qu'elle passe une nuit blanche à se creuser les méninges pour comprendre ce qu'elle ressentait. Car lui le savait. Il sentit son cœur battre encore plus fort. Encore plus vite. Comme une écolière toute jeune fille qui sautillerait sur place après avoir arraché le dernier pétale d'une marguerite et conclu : « Il m'aime. » Seigneur ! Il ne se serait jamais douté qu'il ressentirait une chose pareille. Mais voilà. Il avait le cœur qui battait la chamade.

Parce qu'elle l'aimait.

Plus encore, même : elle l'aimait assez pour être prise dans les filets de la jalousie. Assez pour se montrer possessive.

Et, si Daisy l'aimait, ce n'était pas pour les mêmes raisons que les autres femmes, c'est-à-dire pour son visage à croquer, son nom, la fortune de sa famille ou la possibilité de devenir Mrs Prescott. Toutes ces choses-là ne lui faisaient ni chaud ni froid. Pourtant, elle l'aimait. Le lien qui les unissait était réel, fort, palpable.

Il le sentait, désormais.

Il l'aimait lui aussi.

Quand était-ce arrivé ? Où ? Comment ? Il l'ignorait. Reste que ses sentiments avaient bel et bien changé. Il n'aurait jamais pensé éprouver des sentiments pour elle, mais il ne voulait vivre avec personne d'autre qu'elle.

Il n'y avait donc qu'une chose à faire, compte tenu de la situation. Ne pas tout gâcher. Et marcher sur des œufs.

— Daisy, il semblerait que vous ayez des sentiments pour moi, avança-t-il prudemment.

— Vous recommencez à réfléchir ! Dans mon souvenir, la question était réglée : c'est moi la tête pensante et…

— Chut, n'ayez crainte, je ne dirai rien à personne. Mais regardez-vous. Vous avez le feu aux joues. Appelons cette belle couleur rose « *Amour secret* », qu'en pensez-vous ?

— Gardez vos idées pour plus tard. Je suis trop fâchée contre vous pour le moment. Si j'ai le feu aux joues, c'est parce que je suis folle de rage. Ou parce que j'ai été maquillée par Max. Peu importe, je suis vraiment trop en colère pour répondre.

Pour sa part, il avait du mal à faire la différence entre la colère et le maquillage. Il lui prit la main, et elle se laissa faire sans résister. C'est ainsi qu'il en eut la certitude. Dans sa tête, dans son cœur. Seulement, comment le dire à cette femme dont il n'avait fait que se moquer, avec laquelle il ne parlait qu'affaires ?

Il avait tant de mal à parler de ces sentiments inattendus,

de ce vrai coup de théâtre qu'il aurait dû voir venir. Elle aussi avait du mal. Ils s'aventuraient sur un territoire inconnu, tous les deux. Et les enjeux étaient si grands ! De deux choses l'une : il pouvait fuir... ou affronter la question avec tact. Il choisit le chemin qui l'effrayait le plus.

— Daisy, si vous êtes autant en colère, c'est parce que je vous ai blessée, ce soir. Bien malgré moi, mais tout de même. Et, si vous êtes blessée, c'est que vous n'êtes pas indifférente.

— Est-ce à Harvard qu'on vous a appris tout ça ?

— Inutile d'être aussi dure. Vous me connaissez.

— Exactement. Je vous connais. Vous me connaissez. Nous sommes des ennemis de longue date.

— Nous ne sommes plus deux gamins fâchés. Nous ne sommes même plus deux adultes faisant semblant d'être fiancés. Je ne sais plus qui nous sommes.

— Deux associés, lâcha-t-elle.

— Et si nous voulions être davantage ? osa-t-il demander.

— Davantage ? Quelle idée !

— Pourquoi ne pas essayer ? Pour la science, si j'ose dire.

Il haussa un sourcil. Sans rien laisser paraître. Même si son cœur tambourinait dans sa poitrine.

Daisy le laissa quelques instants sur des charbons ardents. Finalement, elle poussa un soupir et lâcha :

— Soit. Si c'est pour la science...

La science n'avait rien à voir là-dedans, ils en étaient conscients tous les deux.

Il l'attira alors contre lui et elle fit un pas, deux pas vers lui. La pénombre les enveloppait et les éclats de voix dans les coulisses n'étaient plus que des murmures étouffés. Il sentit sa jupe, sa poitrine, ses bras se lover contre lui. Malgré les caresses de toutes ces actrices, c'était la première fois de la soirée que tous ses sens étaient en éveil.

Il déposa un baiser sur la nuque de Daisy. À l'endroit qui lui procurait mille sensations délicieuses.

Elle tourna la tête, et leurs bouches s'unirent.

Il avait déjà eu l'occasion d'embrasser une fille dans les

coulisses d'un théâtre, à une heure indue, mais cette fois c'était bien différent. Il se donnait corps et âme. Il avait quelque chose à perdre. Il était mort de peur et bouillant d'excitation tout à la fois.

Mais, s'ils continuaient, ils ne pourraient bientôt plus revenir en arrière. Ils seraient peut-être contraints de se marier. C'est pourquoi il s'écarta et demanda avec un sourire moqueur :

— Vous ne préférez pas que je reste là à faire tapisserie ?

Au cas où le doute subsisterait, elle ne tenait pas à ce que Theo reste là à faire tapisserie. Oh non, pas question ! Elle voulait qu'il la serre contre lui et la fasse chavirer. Pourquoi le nier ? Elle avait été jalouse, possessive. Tenaillée entre la colère et le désir.

Elle avait passé la soirée à l'observer du coin de l'œil. Elle avait bien vu la façon dont les actrices se lovaient contre lui, la façon dont elles lui caressaient le bras d'un air tentateur, leurs sourires pleins de promesses séduisantes. Mais il n'était pas entré dans leur jeu. Ce qui lui avait donné bon espoir. Elle s'était dit que peut-être… Hélas, cela n'avait fait qu'aggraver les choses.

Elle avait dû faire appel à toute sa volonté pour ne pas jeter son carnet de notes, foncer vers le petit groupe et montrer qu'il était à elle. Mais cela n'aurait pas été sans conséquence. Des conséquences qui auraient changé son existence à tout jamais.

Elle avait été à deux doigts de passer à l'acte, néanmoins, et il y avait vraiment de quoi avoir peur !

La jalousie. Elle la sentait, comme une tornade furieuse prête à déferler sur elle.

Elle savait maintenant qu'elle avait laissé ce sentiment prendre de l'ampleur avant de le refouler. Ainsi marchait le monde, malheureusement. Les filles comme elle n'avaient aucune chance avec les hommes comme Theo. Alors, pourquoi prendre les choses autant à cœur ?

Elle semblait pourtant avoir une chance avec lui. Il l'encourageait, il n'hésitait pas à la contredire, il l'aidait et lui offrait du plaisir. Un bien étrange renversement de situation lui avait offert cette chance. Plus qu'une chance, même. Et le risque de la perdre la rendait jalouse. Possessive.

Pour la première fois, elle avait quelque chose à perdre.

Son cœur. Sa sagesse. Son innocence.

Dans la lumière incertaine de ces coulisses, elle éprouvait des sentiments qui lui étaient inconnus. Du désir, de l'envie, de l'attirance, de l'excitation. Autant de sensations qui l'incitaient à prendre un risque insensé et à l'emporter.

Les mains de Theo couraient lentement sur elle. Sur sa poitrine, ses hanches, son ventre.

Elle en avait le souffle court.

Et c'est là qu'elle osa. Il avait profité d'un trajet en voiture pour découvrir son corps, ce fameux jour. Mais, ce soir, elle comptait bien saisir l'opportunité de le connaître, de le posséder. Elle posa les mains à plat sur son torse musclé. *Theo était à elle.*

Il avait une silhouette fine et élancée. Mais on aurait eu tort de le prendre pour un grand échalas. Elle sentait ses muscles, forts, solides. Ses bras. Son torse. Son ventre plat. Elle fit courir ses doigts le long de la ceinture de son pantalon d'une main nerveuse, mais guidée par le désir.

Ils étaient dans les coulisses d'un théâtre !

Il y avait des gens à quelques pas seulement !

De toute évidence, tout cela n'avait aucune importance. Il faisait sombre et ils étaient ensemble.

Theo fondit sur sa bouche et l'attira contre lui. Elle perçut l'intensité de son désir. Ce qui flatta son amour-propre et attisa son propre désir.

Autre vérité indéniable : de jolies femmes auraient été prêtes à se donner à lui, mais c'était elle qu'il tenait entre ses bras. C'était elle qui le rendait fou de désir.

Sans compter que l'art d'embrasser n'avait plus de secret pour eux.

Plus aucun.

La preuve : elle ne parvenait plus à réfléchir de façon rationnelle. S'ils allaient trop loin, rompre leurs fiançailles serait plus difficile. Peut-être même impossible. Elle y réfléchirait... plus tard.

Elle n'avait jamais vraiment songé à se marier. Que ce soit avec lui ou avec un autre homme. Pourquoi commencer maintenant ?

Il lui rendit son baiser. Le rouge qu'elle s'était mis sur les lèvres s'était effacé depuis longtemps. Peut-être en inventerait-elle un qui durerait éternellement...

Plus tard. Ce serait pour plus tard.

Et voilà comment l'incroyable eut lieu. L'homme qui avait découvert comment lui donner du plaisir – après plusieurs tentatives peu fructueuses – lui faisait littéralement perdre la tête par ses baisers. Elle aurait bien dit adieu au peu de raison qui subsistait en elle, mais elle était trop occupée à explorer le corps de Theo. À le retenir contre elle, de toutes ses forces. À sentir le tissu de cette veste et de cette chemise qui dissimulaient sa peau brûlante.

C'était tellement bon !

— Ne restons pas là, murmura-t-elle. On pourrait nous surprendre.

— Ce serait terrible, acquiesça-t-il tout bas. Quelqu'un pourrait voir à quel point j'ai envie de vous. Vous le devinez, je le sais.

— Oui, répondit-elle d'une voix étranglée.

— Quelqu'un pourrait voir à quel point la passion me dévore.

— Oui, répéta-t-elle dans un soupir.

Il la fit pivoter, et elle se retrouva le dos collé contre le mur, les mains soignées mais viriles de Theo sur son corps. Son désir pressé contre ses cuisses. Si seulement il n'y avait pas toutes ces épaisseurs de tissu entre eux !

— La preuve : je suis à deux doigts de me donner à vous dans ces coulisses. Ce qui serait indigne d'un gentleman comme moi.

— Oui. Non. Peut-être.

Elle bafouillait. Parlait sans réfléchir. Il embrassait cette partie délicieusement sensible de son cou. Le reste n'avait aucune importance.

— Et indigne d'une lady comme vous.

— Tout à fait indigne.

Seigneur, c'était si agréable d'abandonner toute pudeur ! Et personne ne le lui avait jamais dit, pourquoi ?

— Tout le monde pourrait nous voir dans cette situation... ô combien intime, continua-t-il.

La voix de Theo n'était plus qu'un murmure grave qui la faisait frémir des pieds à la tête.

— Tout le monde pourrait nous voir ensemble.

— Alors partons d'ici, répondit-elle en plongeant la tête contre lui.

20

Mrs Swan réfléchit déjà à la lune de miel des futurs mariés, semble-t-il. Elle leur a acheté des billets de première classe à bord d'un transatlantique, direction l'Europe.

– The New York Post

Après minuit
Cinquième Avenue, numéro 854

Il y avait une poignée d'endroits préservés où un jeune couple passionné pouvait s'enfuir quelques heures et prolonger un moment de passion, sans anéantir sa réputation. Entre deux salves de baisers frénétiques, on finissait par se réfugier dans la chambre de la jeune femme, en toute discrétion.

Theo ne serait pas le premier homme dans l'histoire de l'humanité à se glisser dans la chambre d'une femme. Et, vu les circonstances, la mère de Daisy serait sûrement *ravie* de les surprendre.

Le trajet en voiture fut bref. Ils passèrent leur temps à se couvrir de baisers.

Tout ce voyage était lourd de signification.

Daisy s'apprêtait à faire l'amour avec son plus vieil ennemi. Sauf qu'elle ne le voyait plus ainsi.

Theo avait été – et était encore – l'homme qui lui avait fait le plus de mal. Il avait ce pouvoir sur elle. N'importe quelle femme de bon sens connaissait le risque qu'elle s'apprêtait à prendre. Mais à quoi bon protéger son cœur, son âme et son corps comme une forteresse ? En revanche, tout cela ferait vaciller leur volonté de ne jamais devenir mari et femme, inutile de se bercer d'illusions.

Elle comptait bien rester célibataire jusqu'à la fin de ses jours. C'était son objectif, et elle était à *ça* de ne plus être considérée comme un parti potentiel. Elle serait donc libre. Grâce au magasin, son indépendance serait assurée. Elle en rêvait depuis toujours.

Pour autant, elle souhaitait découvrir les sensations que cette nuit lui promettait. Le frisson qui la traverserait des pieds à la tête, à la simple perspective que leurs peaux se touchent. La course effrénée du sang dans ses veines tandis que son cœur battait, à l'idée de ce qui les attendait. La chaleur de cette bouche sur la sienne.

Pour le meilleur ou pour le pire, elle désirait Theo. Elle l'aimait. Et elle lui faisait confiance.

Comme si les dieux avaient décidé de leur sourire, ils purent se faufiler dans la maison puis monter à l'étage sans se faire remarquer. Le tout avec une facilité déconcertante.

Il faisait sombre dans la chambre. Les contours étaient à peine discernables. Tant mieux : cet éclairage incertain serait plus flatteur pour elle. Ce qui les attendait ne lui inspirait aucune honte, aucun remords, aucune hésitation.

— Voici donc votre chambre, murmura-t-il en observant la pièce.

Le lit, bien sûr. Les fenêtres donnant sur Central Park, avec de fins rideaux qu'une brise nocturne agitait presque imperceptiblement. Un bureau recouvert de matériel de chimie et de notes. Une table de toilette noyée sous les cosmétiques, un pot de *Miracle de minuit* bien en évidence.

Theodore Prescott était dans sa chambre.

Cela semblait presque irréel.

Il combla la distance qui les séparait. Un épais tapis étouffa le bruit de ses pas. Il attrapa délicatement son visage et plongea les yeux au fond des siens. Puis baissa lentement les yeux vers sa bouche.

Elle s'attendit alors à ce qu'il l'embrasse mais, d'un geste décidé, il essuya le rouge qu'elle avait sur les lèvres.

— Vous n'avez pas besoin de ça, Daisy.

Avec un chiffon et de l'eau, qu'il attrapa sur la table, il effaça les preuves de cette folle soirée. Le fard qui recouvrait sa peau, les traits de khôl qui soulignaient son regard, le rouge sur ses lèvres. Elle était maquillée pour monter sur scène, se retrouver sous les feux de la rampe, face à un public de centaines de personnes.

Alors qu'ici elle avait pour seul spectateur un homme qui ne souhaitait aucun obstacle entre eux.

Vous n'avez pas besoin de ça, Daisy.

Qu'il lui dise qu'elle était belle lui aurait paru banal, cela n'aurait été qu'un compliment de circonstance. Mais l'entendre déclarer qu'elle n'avait pas besoin de ce maquillage, de cette armure, de ce masque, de ce déguisement... Elle se sentait belle et admirée.

— Theo ?

— Oui ?

— Embrassez-moi.

Il avait déjà pénétré dans la chambre d'un certain nombre de femmes, mais jamais dans celle de Daisy. Logique. Pourtant, il était là, son désir chevillé au corps, en train de la serrer dans la pénombre. Aucune de ses aventures précédentes ne l'avait préparé à éprouver pareil trouble. Il voulait se laisser emporter par ce torrent, se perdre en elle et lui procurer un plaisir indicible.

Il la serra dans ses bras. Elle, la dernière fille qu'il aurait pensé aimer. La seule dont il avait envie.

Embrassez-moi, lui avait-elle dit.

— Vos désirs sont des ordres, susurra-t-il.

Puis il s'exécuta. Leurs bouches s'unirent. Elles se goûtèrent, s'agacèrent, prirent et offrirent. Ils avaient acquis une maîtrise certaine. Remarquable, même. Les baisers et les caresses de Daisy firent naître en lui une vague de plaisir. Tout son corps se tendit. Très vite, leurs vêtements atterrirent sur le sol. Des jupons en taffetas, un pantalon en laine. Une chemise et une tunique. Il n'y avait plus qu'elle, lui et cette passion qui les dévorait lentement.

Ils se jetèrent sur le lit, et elle murmura son nom.

Elle souhaitait revivre leur grande traversée de la ville. Étendue sur le matelas, elle écarta les jambes et l'attira vers elle avec un sourire éclatant. Il se laissa faire.

Il utilisa ses mains, sa bouche, tout. Sans se presser, il l'amena de plus en plus près du gouffre, jusqu'à ce qu'elle plonge les doigts dans ses cheveux en poussant un grand cri.

Puis elle eut d'autres idées.

— Je veux vous procurer du plaisir, dit-elle doucement. Comme vous m'en avez donné.

Devant une invitation pareille, Theo n'eut pas besoin de réfléchir à deux fois. Elle observa son corps nu avec envie. Puis referma la main sur sa virilité. Il laissa échapper un murmure.

Il attrapa sa main libre et la serra.

Ce n'était pas la première fois qu'elle mettait tout son corps en éveil, mais... il n'avait jamais ressenti un tel désir. Elle. Lui. Ensemble. C'était exquis et inattendu. Il la guida pour lui montrer comment il aimait qu'on le caresse. Comment il fallait serrer pour lui faire perdre pied avec la réalité.

Il n'y avait plus qu'elle et sa main posée sur lui. S'il survivait à ce moment, il ne serait plus le même homme tant la passion qu'elle lui inspirait était intense et brûlante. Le lien déjà complexe qui les unissait en serait encore plus difficile à démêler.

Enfin, sans doute.

Difficile de penser tandis que les doigts graciles de Daisy étaient refermés sur son sexe. Ces caresses lui procuraient des sensations indescriptibles. Il l'embrassa avec ardeur, lui pétrit les seins et s'aventura jusqu'au cœur de son intimité pour qu'elle bascule, elle aussi. L'orgasme qui le gagnait était un orage tumultueux qui grossissait sans relâche. Il ne pourrait bientôt plus l'arrêter.

Sauf si...

— Attendez, dit-il d'une voix étranglée. Arrêtez.

Arrêtez ? Theo lui avait bien demandé d'arrêter ? Pourquoi, en un moment pareil ? Elle avait été hypnotisée par ce que chacune de ses caresses avait provoqué chez lui. Un vrai spectacle : le regard de Theo s'était assombri et il avait fermé les paupières. Les lèvres entrouvertes, il s'était mis à haleter, tandis que son torse se levait et s'abaissait. Elle avait senti ce sexe devenir de plus en plus brûlant et dur. Et c'était elle, oui, elle, qui l'avait mis dans cet état. Tout du long, il en avait profité pour la caresser, titiller son sexe, explorer sa peau nue avec sa bouche. Elle était là avec lui, au bord du précipice, prête à s'abandonner corps et âme à toutes ces sensations.

Et il lui disait d'arrêter !

Il l'avait embrassée, caressée, emportée dans ce tourbillon.

Et il lui disait d'arrêter !

Elle obéit.

— J'ai envie de vous, Daisy, grogna-t-il.

— Moi aussi, au cas où cela vous aurait échappé.

— Je veux que vous soyez prête pour ce moment.

— Je suis prête, Theo. Je veux que...

— Non. Il faut que vous soyez prête comme moi je le suis. Prête à lâcher prise et à perdre tout contrôle.

Tandis qu'il parlait, il lui couvrit le ventre de baisers.

— Prête à tout oublier, tout. Sauf moi, vous, nous.

Il l'embrassa, toujours au même endroit, jusqu'à ce qu'elle laisse échapper un petit gémissement. La seconde d'après, il sautait au bas du lit et fouillait dans ses vêtements. Que cherchait-il ? Tiens, il avait sorti une enveloppe en caoutchouc de la poche de sa veste.

Son regard brûlant plongea au fond du sien.

Elle pouvait encore dire non.

Mettre un terme à cette soirée et le renvoyer chez lui.

Elle répondit par un *oui* à peine plus fort qu'un murmure. Les sentiments qu'il lui inspirait étaient si compliqués ! Dès le lendemain, les choses seraient différentes. Mais, pour l'heure, elle voulait se perdre avec lui.

Il déroula la protection puis s'installa sur elle, le sexe collé contre l'endroit le plus intime de son être. Puis il déposa un baiser sur ses lèvres. L'un de ces baisers qu'elle trouvait bien trop peu appuyés. Curieusement, cela n'avait plus aucune importance. Elle se souciait de ce qu'elle éprouvait, c'était tout. Et elle se sentait prête. Oh ! tellement prête.

Peau contre peau.

— Rien que vous, moi, nous. Rien que ce soir, murmura-t-elle.

Il ondula au-dessus d'elle, l'embrassa, caressa son intimité pour mieux la rendre folle. Il lui rappela à quel point elle aimait ça, ce qui décupla son plaisir. Elle se tortilla contre sa main pour en réclamer davantage, de toutes ses forces.

— Vous êtes vraiment prête, déclara-t-il.

— Dites-moi quelque chose que je ne sais pas déjà, répondit-elle en pouffant.

— Moi aussi, je suis prêt.

Elle tendit la main et caressa à nouveau son sexe dur.

— Ce n'est pas un secret.

Il n'y avait rien d'autre à faire que de sourire dans le noir, plonger les doigts dans ces cheveux blonds et se perdre dans un baiser. Pendant ce temps, il plongea en elle, lentement, si lentement que c'en était presque insoutenable, jusqu'à ce que leurs deux corps ne fassent plus qu'un.

Theo se mit à aller et venir, doucement d'abord, le temps qu'ils trouvent leur rythme. Ils s'embrassèrent, rirent et apprirent à se découvrir. Elle se lova contre lui pour savourer la chaleur de ce corps sur le sien. Elle savoura cette bouche au goût de champagne et de promesses. La caresse légère de la fine toison qui recouvrait son torse lorsqu'il se frottait contre elle. Le fin voile de sueur dans son dos.

Ils finirent par trouver leur rythme. Il s'enfonçait profondément et elle était humide. Brûlante, dévorée par le désir. Elle sentait son cœur battre à toute vitesse. On n'entendait que des soupirs et des gémissements. Les siens ou ceux de Theo ? Elle n'en savait rien. Elle se sentait à deux doigts de chavirer. Il respirait de façon plus haletante en grognant contre son oreille tandis que son sexe plongeait en elle. Soudain, il s'enfonça et plongea la tête entre son visage et l'oreiller pour étouffer un grand cri de plaisir. Il s'écroula sur elle, resta immobile un court instant avant de rouler sur le côté, toujours essoufflé, et dit :

— Et maintenant occupons-nous de vous.

Ce qu'il fit.

Et ce fut un moment encore plus enivrant que prévu.

21

Un million de roses ont d'ores et déjà été réservées pour le mariage et la réception du couple Prescott-Swan. On ose à peine imaginer le prix qu'elles auront coûté.

– The New York Post

Le lendemain soir
The Patriarch's Ball

Il ne faisait aucun doute que Daisy et lui participeraient au Patriarch's Ball, l'une des plus grandes soirées de l'année. Il s'agirait a priori d'une fête comme les autres. On y boirait du champagne en conversant aimablement au milieu d'une foule de personnes rivalisant d'élégance. Pourtant, ce ne serait pas une fête comme les autres. Car il reverrait Daisy pour la première fois depuis la nuit précédente.

Rien ne serait plus pareil.

Ils s'étaient dénudés l'un en face de l'autre. Et, détail encore plus important, ils avaient admis, de façon évidemment détournée, qu'ils avaient des sentiments l'un pour l'autre.

Il avait passé la journée à retourner le problème dans sa tête sans pour autant déterminer ce que cela impliquait pour lui, pour elle, pour eux. Pour leur mariage.

Il était donc obligé d'en parler avec elle.

Alors qu'il la cherchait dans la salle de bal, leurs regards se croisèrent à travers la cohue. Elle s'excusa auprès des personnes avec qui elle conversait, en l'occurrence des dames de la meilleure société, qu'il était d'ailleurs étonné de voir ici, et vint à sa rencontre.

Ils se placèrent sur le côté de la salle de bal. L'endroit idéal pour discuter sereinement tandis que la soirée battait son plein autour d'eux.

— Bonsoir, Theo.

— Bonsoir, Daisy. Vous avez les joues d'un fort joli rouge. Est-ce un nouveau produit de votre invention ou le souvenir de la nuit dernière ?

— Dans un cas comme dans l'autre, il me serait difficile de l'admettre, non ?

— À ce propos...

Il comptait poursuivre, mais elle lâcha subitement :

— Theo, nous devons parler.

— C'est vrai.

— Le mariage...

Ils avaient toutes les raisons du monde d'accepter cette union. En règle générale, un homme et une femme qui se découvraient si intimement unissaient leurs existences, sans traîner. Et puis, ils avaient des intérêts communs. Sans oublier que les faire-part avaient été envoyés et qu'un million de roses seraient prochainement acheminées jusqu'à Manhattan.

Restait un dernier problème, et non des moindres : l'amour.

Il n'était pas prêt à prononcer ce mot-là. C'était trop fort et trop tôt. Ils venaient seulement d'admettre qu'ils étaient attirés l'un vers l'autre. Pas la peine d'aller trop vite. Ni trop loin. De confondre une passion dévorante et subite avec de l'amour.

Tout autour d'eux, les gens discutaient, s'esclaffaient ou dansaient au son de l'orchestre. Mais un long et pesant silence s'installa entre eux. Le genre de silence qui devenait encore plus pesant à chaque seconde. Le genre de silence devant lequel il était absolument impossible de dire quoi que ce soit de sérieux ou de pertinent.

— Plusieurs solutions s'offrent à nous...

Il resta volontairement vague pour que Daisy mène la discussion. Il espérait l'entendre dire qu'elle avait établi une liste et qu'il existait une solution pratique pour échapper au mariage. Sauf s'ils s'y résignaient, tout simplement.

Lorsqu'elle s'interrompit, visiblement impatiente qu'il s'exprime, il fut obligé de dire quelque chose.

— L'annonce dans les journaux. Et si nous nous rendions dans les locaux du *New York World* demain matin ?

— Nous pourrions aussi quitter cette fête et écrire l'annonce dès ce soir, suggéra-t-elle.

Aucun d'eux, cependant, ne fit le moindre mouvement en direction de la sortie.

S'ils partaient maintenant, seuls, ils seraient incapables d'écrire un mot. Dès lors, les choses seraient parfaitement claires. Ils n'avaient peut-être pas besoin d'annuler le mariage, pas encore. Prendre un peu plus de temps pour réfléchir à la situation n'était pas inutile, non ?

— Si nous comptons opter pour cette solution, rien ne presse, avança-t-il. Attendons que la date fatidique approche, qu'en pensez-vous ? L'effet n'en sera que plus fort.

— Oui, excellente idée ! convint Daisy. Si nous agissons ainsi, nos parents auront moins de temps pour nous forcer à revenir sur notre décision.

C'était tout à fait logique. *Mais peut-être voulait-elle passer plus de temps avec lui...*

— Hélas, rien ne garantit que nous serons tirés d'affaire. À mon sens, une décision plus radicale s'impose.

— À quoi pensez-vous ?

— L'un de nous pourrait se faire passer pour mort.

Theo faillit s'étrangler en avalant sa gorgée de champagne.

— Ce serait une possibilité..., marmonna-t-il.

— L'un de nous pourrait également s'enfuir. Vous, de préférence.

À ces mots, le cœur de Theo se serra douloureusement.

— Devenir vieille fille fait partie de mes projets, après tout, crut-elle bon de préciser.

— Oui, c'est le grand rêve d'un nombre incalculable de femmes !

— Ne vous moquez pas. Moi, j'en ai toujours rêvé.

Décidément, cette femme avait un caractère bien trempé.

— Je ne souhaite me marier avec personne d'autre, Daisy.

C'était le mieux qu'il se sentait capable de dire dans cette salle de bal pleine à craquer, où tous les gens qui passaient près d'eux risquaient de les entendre.

— Sinon, je n'ai qu'à m'inventer un fiancé imaginaire et m'enfuir avec lui. Appelons-le Ned.

— À votre guise. Mais trouvez-lui un meilleur nom, au moins. Roderick Steele, par exemple.

— En effet, Roderick ou Theo sonnent bien mieux que Ned, répondit-elle avec un sourire. Que ferais-je sans votre talent pour les noms ?

Pour commencer, elle n'aurait pas eu à subir ce surnom odieux dont il l'avait involontairement affublée, dix ans plus tôt. Enfin, autant garder cette réflexion pour lui. Surtout à présent qu'ils avaient vécu bien d'autres choses.

— Épouser un homme qui n'existe pas vous déplairait moins que m'épouser moi ? fit-il sèchement observer.

S'il se posait encore des questions sur les sentiments de Daisy à son égard, elle venait d'y répondre. Le mariage devrait être un choix. Il le pensait depuis toujours. Et elle avait choisi de dire non.

— Ne le prenez pas personnellement, Theo. J'aurais tous les avantages du mariage sans avoir à me marier pour de vrai. Pour être honnête, maintenant que j'y réfléchis, j'ignore pourquoi nous ne sommes pas plus nombreuses à adopter cette solution.

Il avala une autre gorgée de champagne, tout en se remémorant les paroles de Daisy.

Faisons semblant d'être fiancés, rien de plus.

Ce sera facile.

Tout était si compliqué, désormais ! Parce que son cœur et

son rêve d'être heureux jusqu'à la fin de ses jours s'en étaient mêlés. Parce qu'il commençait à se dire : *peut-être*. Alors qu'elle souhaitait fuir dans l'autre sens, façon de parler.

— Et qu'en sera-t-il de notre entreprise ?

— J'ai du mal à croire que mon mari imaginaire fera des difficultés.

— Vous n'aurez pas de mari imaginaire, Daisy, nous le savons tous les deux. Cela va créer des tracasseries inutiles et nous avons d'autres choses plus importantes auxquelles nous consacrer. Dans peu de temps, vous aurez perfectionné vos produits de beauté, et je n'aurai plus qu'à réfléchir à la meilleure façon de les vendre. Mieux vaut que nous restions en ville pour nous concentrer sur nos affaires.

Voilà comment il la persuada de ne pas s'inventer un mari imaginaire dans le seul but de se débarrasser de lui.

— Si nous voulons préserver nos affaires, évitons de provoquer un scandale, en effet, répondit-elle.

Lentement. Prudemment. Il était suspendu à ses lèvres.

— Annuler le mariage ferait forcément scandale.

— Il vaudrait sans doute mieux que vous soyez mariée. Que *nous* soyons mariés, avança-t-il en prenant son air de riche célibataire blasé.

Alors qu'au fond de lui il sentait son cœur cogner furieusement sous le satin noir de sa tenue de soirée.

— Vendre des cosmétiques aux femmes nous attirera des critiques. Un peu de respectabilité ne sera pas inutile. Rien n'est plus respectable qu'une femme mariée.

— Même si cela me révulse de l'admettre, vous n'avez pas tort, Theo, avoua-t-elle dans un soupir. Mais il ne s'agirait que d'un mariage de convenance, qu'importe si nous l'avons choisi.

Elle n'eut pas besoin de dire que ce n'était pas *assez*. Surtout pour une femme qui avait une certaine vision de l'amour et de la liberté. Et qui n'avait pas peur de rester célibataire toute sa vie ! En toute sincérité, il en pensait autant. Aucun d'eux n'avait osé parler d'*amour*, certes, mais la question du désir se posait.

Comment ne pas y songer, après tout le champagne qu'ils

avaient bu ? Enfin, avait-il besoin d'un prétexte ? Évidemment que non. Le souvenir de la peau douce de Daisy et la chaleur de ce corps magnifique mêlé au sien hantaient sa mémoire. Il y avait pensé toute la journée.

Cette conversation tendue n'atténuait pourtant pas son désir. Elle lui donnait surtout envie d'embrasser Daisy et de tout oublier. De se perdre en elle et de ne penser à rien, si ce n'est à ce qu'elle éprouvait quand il était sur elle, les jambes enroulées autour de son dos, gémissant de plaisir tout contre son oreille. Il voulait la convaincre de réfléchir à l'avenir.

Il se pencha vers elle et murmura :

— Il y a une autre raison pour laquelle nous devons aller jusqu'au bout, Daisy.

— Ah oui ? répondit-elle courtoisement.

— Je sais que vous êtes une femme moderne, seulement…

Seulement, les gens avaient tendance à se marier après avoir fait l'amour. Surtout les femmes. Malgré tout, il refusait qu'elle le choisisse par défaut. C'était comme gagner un match de tennis sur abandon de l'adversaire. Il s'agissait d'une victoire, certes, mais d'une victoire au goût amer. Non, il voulait lui rappeler qu'ils s'étaient déjà unis de la seule façon qui comptait.

— Nous aurons peut-être envie de recommencer. Encore et encore.

— Devenir mari et femme à cause de ce que nous avons fait la nuit dernière serait une contrainte, déclara-t-elle. Ce n'est pas une raison suffisante. Je vous l'ai dit, Theo. Je n'ai aucune intention de me marier. Si d'aventure je le faisais, ce serait par amour. Rassurez-vous. En admettant que je change d'avis et que le mariage devienne mon plus grand désir, vous serez le premier informé.

22

La maison de couture d'Adeline Black a été chargée de créer la robe de mariée de Miss Swan. Les grands magasins Dalton fourniront le trousseau, qui comprendra de nombreux corsets, tuniques, mouchoirs brodés à la main, entre autres. Personne n'a regardé à la dépense.

– The New York Post

Deux jours plus tard
Dans la maison de couture d'Adeline Black

Si Daisy tenait à sauver les apparences, elle n'avait d'autre choix que de se plier à une séance d'essayage pour sa robe de mariée. Tant pis si elle avait dit à la couturière de ne rien préparer. Elle manquait de temps avec le succès fulgurant de sa boutique. Et puis, rendre visite à son amie Adeline serait bien plus agréable que d'expliquer à sa mère pourquoi elles pouvaient se dispenser de cette séance. D'autant plus que le grand jour approchait à pas de géant.

L'organisation de l'événement ne reposait que sur les épaules de sa mère. Daisy ne l'avait pas aidée car elle avait beaucoup mieux à faire. Comme mélanger des ingrédients, créer des produits révolutionnaires, poser les bases d'un nouvel empire commercial. Elle n'avait pas eu son mot à dire lors du choix de son futur mari, alors pourquoi aurait-elle dû se soucier du menu du repas de noces ?

Des noces qui n'auraient peut-être jamais lieu !

Depuis le début de ces « fiançailles », Theo et elle avaient élaboré une demi-douzaine de façons de tout annuler. Elle avait même une liste sur un coin de son bureau ! Les sentiments qu'il lui inspirait n'étaient cependant plus les mêmes. Tout avait changé de façon assez spectaculaire, d'ailleurs. Elle avait aimé les moments d'intimité qu'ils avaient partagés, et l'idée de fuir avec lui pour recommencer la tentait grandement. Ensemble, ils avaient fait de son rêve une réalité. La boutique était un succès. À ses yeux, c'était tout aussi important.

Elle était à *ça* d'obtenir tout ce qu'elle avait toujours voulu : la liberté que lui offrait son célibat et les moyens d'en profiter. Surtout si elle arrivait à convaincre Theo de la quitter au dernier moment. Rien ni personne ne pourrait plus la contraindre à se marier. Et puis, pourquoi renoncer maintenant ?

De temps en temps, au cœur de la nuit, dans le silence de sa chambre, elle caressait une idée encore plus effrayante : épouser Theo pour de bon. Ce destin ne lui paraissait plus si horrible. Qui l'eût cru ?

Une nuit d'amour était-elle cependant en mesure d'effacer les douze dernières années ? Cela semblait difficile à croire.

Une discussion sérieuse s'imposait. N'importe quelle personne sensée serait de cet avis. Problème : la simple perspective d'évoquer le sujet avec lui la terrorisait. Il ne fallait pas oublier que quelques mots lâchés par Theodore Prescott avaient suffi à bouleverser le cours de son existence. Tout ça parce qu'il l'avait surnommée le Vilain Petit Canard. Oserait-elle revivre cette épreuve ? Il était capable de lui faire énormément de mal, de façon irréparable.

Elle savait de quoi il était capable. Il l'avait déjà montré.

Et, désormais, l'enjeu était encore plus grand.

Voilà pourquoi elle était tentée de... laisser l'organisation du mariage suivre son cours et de voir venir.

Le grand jour approchait, cependant.

L'urgence l'écrasait.

Il fallait qu'elle se décide. Pour elle. Pour lui. Ensemble.

Et pour cette robe.

Oui, il fallait vraiment prendre une décision au sujet de cette robe.

Elle arriva à l'atelier de couture d'Adeline, où elle fut accueillie par Rose et Rachel, deux amies de longue date de la maîtresse des lieux, couturières elles aussi. Elles la conduisirent dans un cabinet privé, protégé par d'épais rideaux en velours.

La pièce n'était pas vide. Une robe, maintenue par des épingles, enveloppait un mannequin. Ce n'était qu'une version en mousseline, taillée dans un tissu bon marché afin de déterminer le drapé, les coutures, la coupe et les mesures. Une étape indispensable avant de confectionner la véritable robe, avec ce satin hors de prix et cette dentelle d'exception.

Celle qui s'offrait à son regard était tout de même splendide.

D'une beauté à vous couper le souffle. Le genre de robe capable d'aider une femme à se sentir belle, confiante et prête à relever tous les défis, y compris les plus difficiles. Se marier devant pas moins de sept cents membres de la haute société new-yorkaise, par exemple.

Tout semblait si concret, brusquement !

Entre ce récent moment de passion, leur boutique et cette tenue, à présent, il était fort possible que ce mariage ait lieu, finalement. Se retrouver face à la robe l'amenait à se poser la question.

Elle faillit se mettre à trembler des pieds à la tête, mais Adeline apparut avec un sourire légèrement contrit.

— J'ai confectionné une version en mousseline de votre robe, j'espère que vous me pardonnerez.

— La robe que nous étions d'accord pour ne pas fabriquer ?

— Celle-là, oui.

Daisy hocha la tête. Ce n'était pas le moment de détourner le regard.

— Elle est toujours susceptible de prendre feu, d'être oubliée dehors pendant un orage ou de tomber du haut du vingtième étage d'un gratte-ciel. Ce sont des choses qui arrivent, reprit Adeline.

— Un accident est si vite arrivé, acquiesça Daisy dans un murmure.

— Je n'avais qu'une vague idée du modèle. Et puis, j'ai eu un peu de temps devant moi...

Mensonge ! Le temps d'attente pour se faire confectionner une robe dans son atelier de couture était considérable.

— Bref, j'ai créé celui-ci. Essayez. Juste pour voir.

Daisy n'avait pas le choix, manifestement. Refuser aurait été malpoli. Adeline était son amie, que diable.

Ce n'était pas la vraie robe, mais un artifice. Comme le rouge sur ses lèvres et le rose sur ses joues. Comme ces fiançailles.

Contre toute attente, elle l'enfila.

Une minute suffit à lui prouver que cette robe était un pur chef-d'œuvre. Une telle splendeur ne méritait pas d'être brûlée, oubliée sous la pluie, jetée du haut d'un gratte-ciel, dans une réserve de charbon ou sous les roues d'une locomotive. Non, elle ne méritait pas un sort aussi funeste.

Adeline avait ignoré les consignes de sa mère, qui en voulait plus, toujours plus ! À la place, elle avait créé une robe qui mettait Daisy en valeur. Légère, aérienne. Enfin, dans la mesure du possible, vu la mode de l'époque.

— Il y aura de la dentelle ici, sur le bustier, et sur la jupe. Mais sans trop de fioritures. Vous avez un visage décidé, Daisy. Inutile de le cacher derrière des frous-frous. Rien ne vous ira mieux qu'une coupe simple.

— Cette robe est une merveille ! Et elle n'est qu'en mousseline.

— Une femme magnifique mérite une robe magnifique.

— Il ne fallait pas...

— Chut. Regardez.

Adeline attira son attention vers le miroir, et Daisy fut hypnotisée par son propre reflet. Elle se sentait belle dans cette robe. C'était visible à l'étincelle dans ses yeux, à sa tête levée bien haut. Mais ce n'était pas uniquement grâce au vêtement.

Elle aimait ce trait de couleur sur ses lèvres, cette touche de rose sur ses joues. Elle aimait qu'on perçoive son désir ardent d'aller plus loin, de réaliser ses rêves, de montrer au monde qu'elle était digne qu'on la remarque.

— Il y aura des poches, cela va de soi.

Évidemment, c'était la signature des créations d'Adeline ! L'idéal pour y glisser des lettres d'amour, des mouchoirs, un peu de rouge à lèvres. Ou un billet de train et de la monnaie, si jamais elle devait s'enfuir. La possibilité de rester célibataire demeurait dans un coin de sa tête.

Pour autant, cette robe l'amenait à penser qu'elle pouvait rester à New York et épouser Theo.

Maintenant qu'elle était drapée dans cette tenue, elle s'imagina en train de remonter les travées de Grace Church, de se placer à côté de Theo et de lui jurer un amour éternel. Et cela la faisait vraiment rougir. Elle pouvait montrer à tous ceux qui l'avaient prise de haut, oui, à tous ces gens qui avaient imité le cri du canard en la voyant, qu'elle était forte, pas seulement jolie mais belle, et aimée.

Dans ses rêves les plus fous, Theo l'aimait.

Elle avait passé une bonne partie des dernières semaines à échafauder un plan pour échapper à ce mariage. Mais, pour la toute première fois, elle osait songer qu'il aurait lieu.

Elle avait des bonnes raisons de le croire. Et cette robe n'était que l'une d'entre elles.

Theo et elle avaient fait l'amour. Ce n'était pas rien. Ils avaient créé quelque chose. Leur commerce n'en était certes qu'à ses balbutiements, mais il les liait. Ils avaient cessé de s'inspirer le pire pour s'offrir le meilleur. Ils étaient deux complices emportés par la passion. Pouvaient-ils être davantage ?

S'ils se mariaient, serait-ce par amour ou parce qu'ils n'arrivaient pas à s'entendre sur un moyen d'échapper à cette union ? Pour l'heure, elle n'avait pas encore de réponse. Si la réponse était oui, et se poursuivait par « je le veux », elle voulait porter cette robe.

— La cérémonie aura lieu dans quelques semaines, dit-elle.

Elle avait encore du temps pour trancher et transformer le cours de son existence. Mais c'était maintenant qu'elle devait décider si elle voulait cette robe.

— En principe, du moins.

— Cela ne laisse guère de temps pour confectionner la vraie robe, dit Adeline. Mes petites mains devront y consacrer des heures. Des journées entières, même.

Et dire qu'elle mettait en jeu son corps et sa réputation pour soutenir des couturières à qui on demandait de travailler dix heures par jour !

— Si nous la confectionnons, j'espère qu'elles seront rémunérées en conséquence.

Adeline sourit, une étincelle dans le regard.

— Bien sûr ! Nous ne sous-estimons pas le travail des femmes, ici.

— Et si je n'en ai pas l'utilité, en fin de compte ?

La question méritait d'être posée. Souhaiter apparaître devant des centaines de personnes vêtue d'une robe somptueuse, en se sachant aimée par la coqueluche de la haute société new-yorkaise, n'était pas une raison suffisante pour se marier. Une nuit de passion et une boutique gérée à deux n'étaient pas non plus des raisons suffisantes pour s'engager à tout jamais. Ce qu'elle désirait ardemment, c'était son indépendance. Peut-être plus que Theo. Et certainement plus que cette robe somptueuse, unique au monde et confectionnée spécialement pour elle.

— Qui voudra d'une robe de mariée faite sur mesure pour moi, mais qui n'aura jamais servi ?

— Je pourrai toujours la brûler. La jeter dans l'East River. La réduire en charpie pour remplir des coussins, répondit Adeline avec un haussement d'épaules. Mais qui vous dit que vous n'en aurez pas besoin ?

23

Il n'y a aucun mal à soutenir le mouvement des clubs féminins tant que leurs membres se consacrent à des questions relevant de la sphère féminine. Il serait néanmoins choquant, révoltant et scandaleux qu'elles s'intéressent à d'autres sujets.

– *The New York Post*

10e Rue Ouest, numéro 25

C'est avec un optimisme débordant et le cœur gonflé d'espoir que Daisy gravit la volée de marches qui menait à la porte de la demeure de Miss Harriet Burnett. C'était le jour de la séance hebdomadaire du club des Dames de la liberté. Et elle avait quelque chose à leur montrer.

Quelque chose de sulfureux. De stupéfiant. De scandaleux. De beau.

En l'occurrence, la toute nouvelle gamme des produits de beauté du Dr Swan. Elle avait foi dans ses créations, mélange de rigueur scientifique et d'inventivité. Toutes avaient été testées par les employées du magasin, ainsi que par certaines actrices de l'Empire Theater, qui s'étaient portées volontaires. Theo s'était vraiment surpassé en dénichant de ravissantes petites boîtes en métal avec une étiquette en papier couleur lavande, le même que pour les autres produits !

Ils étaient d'avis que le succès de ces nouveautés serait aussi fulgurant que celui de *Miracle de minuit.* Les New Yorkaises continuaient de s'arracher la crème de beauté, à laquelle était venu s'ajouter Miracle du matin, une version plus légère. Des femmes courageuses avaient osé l'acheter aux yeux de tous, les journaux en avaient parlé, ses amies l'avaient recommandée dans leur entourage et les inquiétudes s'étaient dissipées. Les ventes ne cessaient de s'envoler toujours plus haut. Daisy s'attendait à ce que cela recommence, tant les membres de son club avaient joué un rôle crucial dans ce succès.

Elle frappa à la porte à l'aide du lourd heurtoir en forme de tête de Méduse. On reconnaissait bien les goûts si particuliers de Harriet ! Le majordome lui ouvrit et l'invita à se rendre au salon. La maîtresse des lieux, Miss Ava Lumley et d'autres membres du club y étaient déjà rassemblées. Sur la table, des théières et des plateaux de sandwichs.

Manger lors de leurs réunions n'avait rien de honteux. Si l'on avait faim, on avalait un sandwich. Ou deux.

— Ah, Daisy, vous voilà !

Pourvu que les autres remarquent son maquillage ! Elle avait les lèvres rehaussées d'un rose pâle et les joues fardées dans la même teinte. Elle avait veillé à ce que cela soit discret mais visible en même temps. Puis elle avait attendu que sa mère parte pour un repas de charité pour s'éclipser en catimini. Cette dernière aurait eu une attaque si elle l'avait vue maquillée. Daisy aurait été en retard à son rendez-vous, voire condamnée à rester dans sa chambre. Or, elle avait tellement hâte de présenter sa dernière création !

Pour la toute première fois, elle *voulait* attirer l'attention sur elle.

Harriet se contenta de la saluer en lui lançant :

— Nous causions des restaurants.

— Et notamment du fait que les femmes n'ont pas le droit

d'y entrer si elles ne sont pas accompagnées d'un homme, ajouta Ava.

— Une femme est censée feindre un tout petit appétit lorsqu'elle dîne en compagnie d'un homme, alors quel intérêt ? s'exclama Elsie.

Les regards se dirigèrent vers un plateau de sandwichs et de gâteaux sur lequel il ne restait plus que des miettes.

Pendant ce temps, Daisy s'assit sur le coin d'un canapé en velours rose et accepta une tasse de thé, son sac posé à ses pieds.

— Ah, toutes ces règles, toutes ces injonctions... Encore des façons de limiter la place des femmes ! s'insurgea Harriet. Nous craignons pour notre réputation dès que nous sortons seules. Résultat : nous ne sortons pas de chez nous, si ce n'est pour aller de salon en salon. Alors posons la question : quel mal y aurait-il à ce qu'une femme sorte seule ?

— C'est dangereux. Notre moralité risque d'en être... compromise, avança Elizabeth.

— Les gens pourraient simplement *croire* que notre moralité a été compromise. Ce qui est tout aussi terrible, ou presque, renchérit Elsie.

Il y avait du vrai dans cette remarque. Daisy songea alors à son stratagème de l'autre nuit. Ce moment de passion avec Theo n'avait eu aucune incidence fâcheuse, puisque personne ne les avait vus. Tant que les gens ne jasaient pas, c'était comme s'il ne s'était rien passé.

Puis elle s'interrogea. Si certains pensaient qu'elle venait de s'adonner au plaisir, pourquoi faudrait-il qu'elle en ait honte ? On l'étiquetait comme future vieille fille ou future épouse. En dehors de ces trois catégories, point de salut.

— Quoi qu'il en soit, c'est si pénible de ne jamais pouvoir porter autre chose que ces jupes qui pèsent une tonne ! dit Ava.

— C'est un vrai problème, mais j'essaye de le résoudre.

L'intervention d'Adeline fit pouffer de rire l'auditoire.

— Les robes ne vont pas tarder à raccourcir, croyez-moi !

— En attendant, nous ne pouvons aller nulle part à moins

de faire des efforts démesurés et de mettre en jeu notre réputation. Autant rester chez soi !

— C'est le but recherché, à mon avis, répondit sèchement Elsie.

— Comment sommes-nous censées ébranler l'ordre établi en restant chez nous ?

— Là encore, c'est le but recherché.

— Daisy, qu'avez-vous sur le visage ? demanda Harriet.

L'assemblée tout entière se tourna alors pour la dévisager. Enfin !

Elle esquissa un sourire et répondit :

— Sans doute avez-vous remarqué mon rouge à lèvres. Il a été spécialement conçu pour imiter l'allure d'une femme qu'on vient d'embrasser.

Elle s'interrompit devant les grands cris de surprise et d'étonnement de ses amies. Elle poursuivit malgré tout, car elles avaient l'air intriguées et désireuses d'en savoir plus.

— Avec ce mélange de cires et d'huiles de mon invention, ainsi que des mélanges de pigments pour créer des coloris flatteurs...

— Peu importe ! la coupa Elsie d'un geste. Qui vous a embrassée ?

Miss Lumley se chargea de répondre :

— Theodore Prescott, son fiancé, c'est évident.

— Son prétendu fiancé, la corrigea Harriet. Qu'elle déteste, comme elle nous l'a dit à de multiples occasions.

Eunice soupira en l'entendant.

— Elle ne donnait pas l'impression de le détester, dans les coulisses du théâtre.

Daisy sentit ses joues se colorer d'un rose *digne d'une célibataire charmée par un voyou, et mortifiée devant ses amies.* Theo l'aurait sûrement décrite en ces termes.

— Que faisiez-vous dans les coulisses d'un théâtre ?

— Des recherches. Pour créer ceci...

Le service à thé fut rapidement retiré de la table, d'autant qu'elles étaient venues à bout d'une pile de sandwichs et que les théières avaient été vidées jusqu'à la dernière goutte. À la place, Daisy disposa l'assortiment de produits qu'elle avait délicatement sorti de son sac. De petits tubes de rouge à lèvres dans différentes teintes de rose et de rouge côtoyaient des fards.

Un profond silence s'abattit sur l'assemblée. Chacune examina les différents produits. Certaines osèrent même les prendre pour les regarder de plus près. Oh ! ce n'était pas comme si elles les découvraient. Ces produits de beauté existaient depuis des décennies. Des siècles, même. Mais, de l'aveu général, ils n'étaient utilisés que par certains types de femmes. Des femmes aux mœurs équivoques.

Le rouge était l'apanage de celles qui gagnaient leur vie de façon contestable. Les actrices et les prostituées, par exemple.

Les femmes réputées pour leur vertu sans tache, à l'image de celles que Harriet recevait dans son salon, n'avaient pas le droit d'en acheter. En encore moins de s'en servir. Elles appartenaient à l'élite new-yorkaise ou étaient issues de familles respectables de la classe moyenne. Elles prenaient néanmoins la liberté de repousser les limites de ce que les femmes honnêtes avaient le droit de faire. Elles géraient elles-mêmes une boutique qu'elles avaient créée ou travaillaient en qualité de journalistes. Certaines étaient docteurs et activistes.

Elles étaient respectables malgré tout. Et l'on ne voyait pas la moindre trace de rouge sur leurs lèvres.

— Une volontaire souhaiterait-elle l'essayer ? demanda Daisy.

— Cela va-t-il partir ?

— Bien entendu. Un peu d'eau et de savon fera l'affaire, mais j'ai également travaillé sur une solution spéciale pour rendre la tâche plus facile.

Aucune d'elles ne semblait pressée de tester, et on n'entendait pas un bruit. Il n'empêche : elles mouraient toutes d'envie de tenter l'aventure, même si elles faisaient tout pour montrer le contraire, Daisy le lisait sur leurs visages. C'était la même expression qu'on voyait chez les filles qui restaient dans leur coin pendant les bals, feignant de ne pas vouloir danser. Alors qu'elles en rêvaient.

Mais, si elles manifestaient un désir, que diraient les gens ?

Afficher une envie, voilà qui n'était pas convenable pour une femme !

— Allez, j'essaye.

On pouvait toujours compter sur Harriet pour soutenir ses amies. Daisy lui adressa un sourire plein de gratitude.

— Commençons par le fard. Cette poudre légèrement teintée de rose donne l'illusion que l'élu de votre cœur vient de vous adresser un charmant compliment.

Rougir en recevant un compliment était tout à fait convenable, non ? Tout autour de la table, chacune admira les joues de Harriet, à présent délicatement rehaussées d'un joli rose.

Daisy poursuivit en attrapant un tube de rouge à lèvres qui se marierait à ravir avec la peau de son amie.

— J'ai élaboré différentes teintes. À mon avis, cette couleur est un peu plus osée, mais elle vous ira sûrement, Harriet.

C'était une nuance de rouge, que Theo avait nommée *Lady Rebelle.*

Daisy appliqua soigneusement le bâtonnet sur les lèvres de son amie et recula pour admirer le résultat en même temps que les autres. Tout le monde n'avait pu voir l'opération. Avec un peu de chance, elles ne verraient même pas la différence. Elle avait veillé à ne pas trop en mettre. Elles n'étaient pas sous les feux de la rampe face à plusieurs centaines de personnes, après tout.

Harriet était comme d'habitude. À un détail près : ses lèvres teintées de rouge avaient quelque chose de sulfureux. De stupéfiant. De scandaleux.

Cette touche de couleur sur son visage sonnait comme un ordre. *Regardez-moi. Oui, regardez-moi. Remarquez-moi.* Un message osé dans un monde où les femmes devaient vivre drapées dans des jupes longues qui couvraient chaque parcelle de leur peau ou cachées sous une voilette. On interdisait presque de les regarder. Allons, circulez ! disait-on. Les femmes, elles, étaient censées se faire oublier sans broncher. Quitte à cacher qu'elles étaient des êtres de chair et de sang, animées par des désirs.

Dans un monde pareil, il valait mieux rester chez soi, effectivement.

En un sens, seules celles qui portaient du maquillage voulaient attirer le regard des autres. Ceux des hommes, surtout. Les actrices et les prostituées osaient captiver le regard, le retenir, le posséder.

Si des femmes souhaitaient changer le monde et obliger les autres à les remarquer, pourquoi ne mettraient-elles pas du rouge à lèvres ?

— Daisy, comptez-vous vraiment que des femmes respectables apparaîtront ainsi maquillées ? demanda Ava avec douceur.

— Adeline a souvent expliqué qu'une robe artistement confectionnée peut aider une femme à se sentir à l'aise et confiante, lorsqu'elle sort de chez elle.

Des murmures approbateurs accueillirent cette remarque.

— Et si les cosmétiques avaient eux aussi pour but de donner confiance aux femmes ? Pour ma part, il m'est arrivé de souffrir du regard que les autres posaient sur moi. Je m'accepte pleinement comme je suis, mais pourquoi me priver de ce petit quelque chose qui me rendrait encore plus forte ?

La réponse de Daisy suscita d'autres réactions curieuses au sein de l'auditoire. Toutes étaient conscientes d'avoir le regard terne ou une peau sèche. Avoir à sortir lorsqu'elles avaient mauvaise mine les agaçait, tout ça parce que le monde les jugeait à l'aune de leur apparence.

— Et si ce qui nous aidait à nous sentir belles nous donnait aussi la confiance nécessaire pour affronter le regard des autres ? Imaginez un peu ce que nous pourrions accomplir !

Une conversation animée s'engagea alors. Chacune défendait ardemment son point de vue, pour ou contre. Une voix, celle d'Elizabeth, s'éleva.

— Aurais-je confiance en moi si je me maquillais de la sorte ? J'en doute. Avoir tous ces yeux posés sur moi ? Je serais terrifiée !

— Surtout si on s'interrogeait sur ma vertu, ajouta une autre femme.

— Et lorsque l'attitude d'une femme suscite des questions…

— Serait-ce vraiment la fin du monde ? s'enquit Daisy.

C'était une question qu'elle pouvait se permettre de poser,

elle qui gagnait sa vie par ses propres moyens, afin de rester célibataire. Sans oublier qu'elle était protégée par ses fiançailles avec Theodore Prescott.

— Pourquoi vouer aux gémonies les femmes exerçant ces professions ? lança Elsie. Elles essayent simplement de survivre et de nourrir leurs familles. Sommes-nous si différentes ? Ne tentons-nous pas de réussir avec les possibilités qui s'offrent à nous ?

— Ce ne serait pas la pire chose au monde, mais... c'est grâce à sa réputation sans tache qu'une femme est en mesure de trouver un mari et d'intégrer la bonne société. Qu'y a-t-il de plus important que la famille et les amis ?

— C'est grâce à nos réputations sans tache que nous pouvons défendre d'autres femmes. Si nos actions sont prises au sérieux, c'est parce que nous sommes au-dessus de tout soupçon, de vrais modèles de moralité féminine.

— Ou parce que nous en donnons l'impression, corrigea Harriet.

Daisy voulut protester. Pourquoi se lancer dans un tel débat pour un banal bâton de rouge à lèvres ? Mais, justement, toute la question était là. Seule dans son laboratoire, elle avait simplement mélangé quelques composants. Et puis, le fruit de son travail de scientifique avait pris une autre dimension. Elle souhaitait se sentir belle et aider les femmes à en faire autant, rien de plus. Elle n'aurait jamais cru que son invention lui servirait aussi à envoyer un message. Ce rouge à lèvres était comme un symbole, elle s'en rendait compte, à présent.

— Si nous sommes nombreuses à en porter, toutes en même temps, la société n'en conclura pas que la gent féminine a sombré dans l'opprobre. Nous ne risquons pas d'être mises au ban de la société, toutes autant que nous sommes. Se maquiller doit devenir un geste banal !

— Encore faut-il que quelqu'un prenne les devants.

Daisy hocha la tête. Soit, ce serait à elle de jouer.

24

Pour la toute première fois, Theodore Prescott père va ouvrir les portes de son immense salle de bal à l'élite new-yorkaise. La raison de cette démonstration de richesse ? La future célébration du mariage de son fils avec Miss Daisy Swan.

– The New York Post

La salle de bal des Prescott
Cinquième Avenue, numéro 901

Daisy n'était pas tout le temps d'une beauté à couper le souffle. Mais, ce soir-là, elle se sentait capable de faire tourner les têtes.

On allait parler d'elle. Et pas seulement parce qu'il s'agissait d'une soirée donnée en l'honneur de son prochain mariage. Sa mère avait suggéré au père de Theo d'organiser cette fête, quitte à se montrer particulièrement insistante. Prescott père avait fini par accepter. Impossible de dire non à Evelina Swan.

Il n'y avait d'ailleurs pas à s'en plaindre. C'était une occasion en or pour Daisy ! Le moment rêvé pour apparaître maquillée en public. La soirée serait à marquer d'une pierre blanche : elle serait la cible de tous les regards. L'homme dont elle tiendrait le bras et l'aura qui l'entourait seraient ses meilleurs sésames.

Le temps de cette fête, on serait bien obligé de la remarquer et d'être agréable avec elle.

Elle comptait en profiter pleinement.

Elle sortit du salon réservé aux dames avec les lèvres nettement plus rouges qu'au moment où elle y était entrée. Sous les yeux des autres invitées, elle s'était penchée vers le miroir et avait appliqué sur sa bouche un trait de sa nouvelle création, *Lady Rebelle*. Avant de quitter la demeure familiale, elle avait très discrètement souligné ses yeux d'un trait de crayon et rehaussé ses pommettes avec un peu de son fard, *Chic et Pudique*.

Elle était renversante. Et un brin rebelle.

Pas jolie, mais certainement assez belle.

Elle n'était plus la même femme.

Le temps d'esquisser un sourire devant l'image que lui renvoyait le miroir, elle glissa le petit tube dans la poche de sa robe, sans se soucier des mines effarées des autres dames qui se trouvaient dans la pièce. Puis regagna la salle de bal.

Elle était une jeune femme respectable aux yeux de tous. Si respectable, même, qu'elle allait bientôt convoler en offrant, au passage, l'occasion à l'enfant terrible de l'élite new-yorkaise de se racheter une conduite. Si une femme était en mesure d'apparaître maquillée à sa propre fête de fiançailles et d'être invitée à une autre soirée mondaine dès le lendemain, c'était bien elle.

Daisy Swan, le Vilain Petit Canard.

Theo l'attendait avec un grand sourire, prêt à fendre la foule à côté d'elle. Il était beau comme un dieu et fort élégamment habillé, comme à son habitude. Cet homme savait comment porter un smoking !

Le regard approbateur qu'il lui lança la troubla profondément. Comme si elle était belle. Comme s'il avait de la chance d'être à ses côtés. Comme s'ils aimaient leur complicité secrète.

— Bonsoir, Daisy. Vous êtes très en beauté, ce soir.

— Cela fait partie du plan, très cher.

Elle plongea les yeux dans les siens. Une sensation familière se fit jour en elle : cette vague de désir qu'il lui inspirait. La soirée était avant tout une opération publicitaire. L'idée venait de Theo. Ils profiteraient de leur position sociale privilégiée et de leur notoriété en tant que couple pour faire sensation et provoquer le scandale. Une jeune femme respectable portait du rouge à lèvres, il y avait de quoi être outré, non ?

Qu'importe, ils se chargeraient de rendre ce geste acceptable.

Après quoi, ils vendraient leur produit. Avant de se séparer. Et de vivre heureux pour toujours ?

— Faisons le tour de la pièce, qu'en dites-vous ? proposa Theo.

Daisy attrapa le bras qu'il lui tendait.

— Nous sommes là pour faire sensation, après tout.

Toutes ces années passées à ne jamais faire de vagues n'avaient pas été vaines, finalement. Elle était prête à troquer un passé difficile contre un avenir radieux. Alors, elle fendit la foule, sans trembler, au bras d'un des hommes les plus aimés de Manhattan.

Les gens la remarquèrent. À cause de sa robe, peut-être. De son visage. De lui. Du couple qu'ils formaient. Peu importe la raison, on ne la lâchait pas des yeux. Chacun se tournait vers son voisin pour l'inviter à contempler cette scène incroyable : Theodore Prescott fils semblait *heureux* de traverser la salle de bal avec Daisy Swan, le Vilain Petit Canard. À ceci près qu'elle n'était pas si vilaine, à la vérité.

— *Elle a l'air... différente.*

Tous deux entendaient distinctement les conversations tandis qu'ils se frayaient un chemin au milieu des invités.

Daisy levait la tête bien haut. Elle n'avait pas tant changé que ça, au fond. Elle avait le nez toujours un tantinet trop grand, les yeux légèrement trop rapprochés. Et elle n'avait peut-être pas une bouche extraordinaire. Pas encore. Mais elle avait désormais un visage qui ne laissait pas indifférent, loin de là ! La manière dont elle évoluait dans la salle de bal n'était plus la même, la manière dont elle osait lever la tête et croiser le regard des gens non plus.

L'un à côté de l'autre, ils poursuivirent leur route. Elle s'amusait presque. Cela lui semblait presque *normal.*

— Les invités sont intrigués, murmura-t-il.

— Vous avez tendance à attirer l'attention, dit-elle.

— À mon avis, c'est vous qu'ils observent.

— La plupart d'entre eux ne m'auraient pas remarquée, même maquillée, si vous n'étiez pas à mon bras. Ce qu'ils regardent, c'est vous. Moi. Nous. Ensemble.

Theo lui tendit une flûte de champagne qu'il avait saisie sur le plateau d'un serveur. Tant mieux, car la conversation se rapprochait dangereusement du sujet qu'il fallait éviter... encore un moment. La conversation qui leur permettrait de trancher : qu'adviendrait-il de leurs « fiançailles » ? Cette perspective la terrifiait. Elle était folle de lui, ils avaient ouvert un magasin, il embrassait divinement bien, ses caresses lui faisaient perdre la tête... Pourtant, elle n'aimait pas cette sensation d'avoir besoin de lui. Elle rêvait encore de vivre en toute liberté. Et elle n'était pas prête à l'épouser.

Il serait sûrement très triste de l'entendre.

Pas seulement à cause de sa précieuse réputation.

Elle ne voulait pas le blesser. Elle tenait trop à lui pour ça.

— *On dirait qu'elle porte... du rouge à lèvres !*

— *Oui, Blanche l'a vue se maquiller dans le salon des dames. Devant tout le monde !*

Un chœur de voix féminines outrées s'éleva. Tant d'impudence, c'était à n'y rien comprendre !

— *Seules certaines femmes usent de ce genre de produits...*

Et voilà. Il fallait s'y attendre. La moralité qu'on lui prêtait venait de disparaître au milieu de ces messes basses.

— *Ce n'est pas la même chose, ils sont fiancés...*

Theo se pencha pour lui glisser :

— Plus les gens en discuteront, plus ils nous feront de publicité.

— D'accord avec vous. Mais plus les gens en parleront, plus il sera difficile de rompre nos fiançailles, ajouta-t-elle.

C'était la plus grosse faille de leur plan, elle venait de s'en rendre compte.

— *S'il suffit d'un peu de rouge à lèvres pour mettre la main sur un homme de la trempe de Theodore Prescott...*

Ils échangèrent un sourire radieux. Ça y est, une lueur d'espoir venait de naître. Le premier indice que leur plan fonctionnait. Tous leurs efforts n'avaient peut-être pas été vains !

Brusquement, l'ambiance changea du tout au tout, comme si un courant d'air glacial avait traversé la pièce. Les joyeux éclats de voix se firent plus sombres. Chacun s'était mis à chuchoter, à murmurer. Pourquoi tant d'inquiétude ? On venait d'apprendre la mort du Président ? Un pont s'était écroulé ?

La mère de Daisy se précipita vers elle.

Quelque chose de terrible venait de se produire. La preuve : sa mère n'était pas venue lui chiper Theo ou la réprimander parce qu'elle paradait dans la pièce avec le visage maquillé. Elle ne cilla même pas.

— Daisy, nous devons partir. Tout de suite.

— Qu'y a-t-il ?

— Pas de temps à perdre. Il faut qu'on parte, *maintenant.*

Oh non. Ça y était. Le moment tant redouté était arrivé. Et il fallait que ce soit ce soir ! Elle avait toujours su que l'heure de vérité sonnerait. Que les erreurs de son père finiraient par tout gâcher, pour tout le monde. Voilà pourquoi elle devait se mettre à l'abri – ou trouver un moyen d'assurer sa subsistance. Voilà pourquoi sa mère s'était démenée pour lui trouver un mari. C'était une course contre la montre et ils venaient de la perdre.

L'une des invitées de la soirée, Mrs Waverley, fendit la foule et marcha droit sur elles. De gros rangs de perles étaient enroulés autour de son cou et retombaient sur son ventre. Elle était livide. Elle serrait si fort sa flûte de champagne que le verre tournait entre ses doigts.

Elle s'immobilisa à un pas d'elles. Puis elle leur jeta le contenu de son verre en plein visage.

Sous le coup de la surprise, Daisy poussa un cri suraigu. Ceux qui se demandaient encore si elle avait le visage maquillé étaient fixés, maintenant. De longues traces noires coulaient le long de ses joues, mêlées à des grumeaux de rouge à lèvres et de fard. Elle n'apparaissait pas sous son meilleur jour. Mais plus personne ne la regardait. Les gens s'intéressaient surtout à sa mère.

— Est-ce vrai, Mrs Swan ? Est-ce vrai ?

Celle-ci resta stoïque, malgré le champagne qui dégoulinait sur son visage. Theo lui tendit un mouchoir, qu'elle accepta.

— Je vous en prie, Mrs Waverley. Inutile de vous donner en spectacle.

Il en fallait manifestement plus pour la calmer.

— Je vous ai posé une question, Mrs Swan ! Est-il vrai que la société de votre mari n'est qu'une monumentale escroquerie ? A-t-il vraiment volé l'argent de ses investisseurs pour payer tous ceux à qui il avait promis des intérêts ? Est-il vrai que cette odieuse tromperie vient d'être percée à jour ?

Daisy sentit sa poitrine se serrer si fort qu'elle faillit manquer d'air. Elle avait des doutes. Des soupçons. Elle n'avait jamais vraiment su de quoi il retournait. Le couperet était tombé. Et le constat était terrible, effroyable, dévastateur. Son père était un escroc. Pire : il avait choisi ses victimes parmi ses amis et ses connaissances !

Elle osa lever les yeux vers Theo.

Il semblait abasourdi par cette révélation.

Lorsqu'il se remit de sa surprise, il arbora l'expression d'un homme qui se sentait trahi. Elle aurait dû s'ouvrir à lui. Pourquoi ne l'avait-elle pas fait, bon sang ?

— J'ignore de quoi vous parlez, Mrs Waverley, répondit alors sa mère en feignant l'innocence. Dans notre milieu, les femmes ne se mêlent pas des affaires de leurs maris, vous le savez bien.

Elle essayait de prendre la chose à la légère. Mais personne n'avait envie de rire, car cela pouvait être vrai... Il régnait un silence irréel dans la salle de bal. La joie et les rires qui y résonnaient un instant plus tôt s'étaient évanouis pour laisser place à un froid glacial. Tout le monde avait confié sa fortune à Jack Swan en songeant aux sommes folles qu'il leur avait fait miroiter. Désormais, ces gens qui parlaient de lui comme d'un génie de la finance prenaient conscience qu'ils avaient été sottement bernés.

— On dit que son entreprise entière n'était qu'une vaste escroquerie. Que les nouvelles sommes versées servaient à payer les intérêts des investisseurs précédents. Que cet argent s'est volatilisé. Qu'il ne nous reste plus un sou. Savez-vous ce que cela signifie pour tous ceux qui sont ici ce soir ?

Il n'était pas nécessaire de le préciser. La fête était finie. Au propre comme au figuré. Pour la famille Swan, c'était la ruine. Et ils ne seraient sans doute pas les seuls.

Daisy observa des hommes qui se dirigeaient vers la sortie, le teint pâle, suivis par leurs épouses et leurs filles. Les robes éclatantes et les bijoux somptueux qu'elles portaient paraissaient si dérisoires, tout à coup. Des fortunes étaient perdues. Des familles ruinées. Des vies brisées.

À commencer par la sienne.

Elle se tourna vers Theo pour dire quelque chose, mais les mots moururent avant qu'elle puisse les prononcer. Il semblait toujours aussi stupéfait. Et blessé.

— Étiez-vous au courant, Daisy ?

— Oui. Non. C'est difficile à expliquer. Pas vraiment.

— Je comprends mieux pourquoi nous devions nous marier sans délai. Il ne s'agissait pas de vous et moi, pas du tout.

Elle le regarda assembler les pièces de la mosaïque. Ce n'était pas qu'un joli minois, il avait parfaitement compris pourquoi sa future belle-mère tenait tant à cette union. Et pourquoi elle-même avait autant à cœur d'amasser une fortune personnelle.

Tandis que le gros de la foule sortait, un homme fendit la foule d'un pas décidé et se planta devant eux. Il posa sur elles un regard si dur que Daisy agrippa la main de sa mère de toutes ses forces. Ce regard-là aurait pu tuer quelqu'un. Elle-même crut sa dernière heure arrivée.

Imperceptiblement, Theo s'écarta. Il s'éloigna d'elle pour se rapprocher de son père.

Lequel prit alors la parole :

— Il va sans dire que, si ces révélations sont fondées, je m'oppose catégoriquement à ce mariage !

Un jour – qui lui semblait fort lointain, à présent –, Daisy avait dressé la liste des façons possibles d'échapper à ce mariage. Mais elle n'aurait jamais osé y ajouter celle-ci.

– Êtes-vous au courant de ce qu'a fait Jack Swan ? Quel scandale !
– À peu près tout le monde, à New York, le sait.

Plus tard dans la soirée
Cinquième Avenue, numéro 854

De deux choses l'une : soit les nouvelles allaient vite, soit les membres du personnel avaient reçu pour instruction de boucler les bagages dès que sa mère et elle s'étaient rendues au bal. À leur retour, la maison était en pleine effervescence. Les domestiques couraient à droite, à gauche pour remplir des malles.

Sa mère quittait la ville. Pour une durée indéterminée. En emportant tout, à part les murs, et ce qu'elle refusait d'abandonner aux autorités. Les bijoux. Les tableaux. L'argenterie. Tous les objets en or qu'on trouvait dans la maison.

Daisy manqua de trébucher alors qu'elle essayait d'y voir clair.

Elle s'attendait à ce qu'un scandale éclate lors de cette soirée. Mais pas celui-là.

Elle savait bien que *quelque chose* se dessinait à l'horizon, qu'une nouvelle inattendue sèmerait la pagaille dans sa vie. Mais elle n'aurait jamais songé à un scandale de cette ampleur. À des investissements malheureux effectués par son père, peut-être. Mais pas à une escroquerie aussi finement orchestrée, dont les victimes n'étaient autres que des amis et des connaissances de la famille ! Un scandale pareil ne se contentait pas d'éclater du jour au lendemain. Il était capable de mettre une jeune femme au ban de la société jusqu'à la fin de ses jours.

Manifestement, sa mère le savait. Elle le savait depuis le début.

— J'ai pris des billets sur le *HMS Majestic,* ma chérie. Nous partons pour la France dès demain matin. Impossible de rester à New York plus longtemps.

— Je n'ai aucune envie de quitter New York, mère !

Celle-ci lui adressa un sourire compatissant avant de répondre :

— Je comprends. Mais avons-nous le choix ?

Il n'y avait rien d'étonnant à ce que sa mère ait tant insisté pour qu'elle se marie sans tarder. Surtout avec un homme comme Theo, qui pouvait lui offrir la fortune, les relations et la sécurité nécessaires pour affronter une telle tempête. Sans avoir à déserter sa ville de cœur.

C'était donc *par amour pour elle* que sa mère avait décidé ce mariage.

Ce constat la laissa pantoise.

— La nouvelle est tombée un peu plus tôt que prévu, Daisy. Mais nous aurons sans doute le temps de prendre le large avant qu'on vienne nous chercher des noises. J'ai réussi à échanger les billets que j'avais réservés pour ta lune de miel. De toute manière, pourquoi nous demanderait-on des comptes ? Nous ne sommes pas assez intelligentes pour ça.

Sa mère papillonna des cils et fit la moue, se transformant en une charmante écervelée qu'il valait mieux tenir à l'écart des hommes et de leurs affaires si importantes.

— Oh ! Seigneur !

Voilà donc son idée pour échapper aux interrogations et aux répercussions de ce séisme. Elle souhaitait jouer le rôle de l'épouse naïve qui dépensait l'argent de son mari sans jamais se demander d'où il sortait. En un sens, elle avait un vrai talent d'actrice, digne des étoiles de Broadway.

— Allons, Daisy, file préparer tes bagages, nous n'avons pas de temps à perdre, dit-elle encore en jetant un coup d'œil en direction de la cheminée.

Le manteau sur lequel était posée une pendule était nu, désormais.

— Notre paquebot part à l'aube, ne le loupons pas.

— Et Theo ?

— Quoi, Theo ?

— Le mariage. L'église. Le champagne et les roses ?

— Il n'y aura pas de mariage, ma chérie.

— Mais vous avez réservé l'église. Les faire-part ont été

envoyés. Vous avez organisé une réception pour des centaines de personnes au Fifth Avenue Hotel.

— C'est trop tard, Daisy. Rester ici est impossible, je te l'ai dit. Theo ne peut plus te protéger. Mr Prescott ne prendra pas ta défense. Il fait peut-être partie des victimes de ton père, imagine ! Enfin, je n'en sais rien. Je refuse de savoir. Certains de ses amis avaient confié leur argent à ton père. Il n'acceptera jamais que tu épouses son fils, à présent. Il y a de bonnes raisons de croire que ce mariage n'aura jamais lieu.

— Mais...

C'était ce qu'elle avait toujours voulu. De toutes ses forces.

Sa mère lui adressa un sourire.

— Tu es libre, ma chérie.

C'était la phrase qu'elle toujours rêvé d'entendre. Ça y était, on venait de la lui offrir, sa liberté. L'ennui, c'est qu'elle n'en voulait pas.

— Tu devrais être heureuse de l'entendre ! Après toutes les fois où tu m'as juré tes grands dieux que tu ne l'épouserais jamais. Te voilà libre de choisir un vrai bon parti.

— Mère...

— Dès que nous serons en Europe, nous tâcherons de te trouver un lord. Un duc, un vicomte ou que sais-je. Comme ta sœur Camilla. D'ici quelques années, lorsque ce scandale ne sera plus qu'un mauvais souvenir, nous reviendrons à New York. Quoi de mieux qu'un titre pour rouvrir les portes que les gens t'ont fermées au nez ?

— Vous avez pensé à tout, n'est-ce pas ?

La société était un jeu d'échecs ; elle-même n'était qu'un pion.

— J'ai peine à croire que tu aies pu penser le contraire, ma chérie.

Sur ces mots, Daisy fut priée d'aller mettre un peu d'ordre dans ses affaires. Autant dire sa vie. Elle s'arrêta sur le pas de la porte de sa chambre. Sally avait déjà commencé à ranger ses robes, ses gants, ses sous-vêtements, ses chaussures... Elle en aurait grand besoin pour séduire un comte ou un vicomte. En revanche, ce qu'elle aimait, ce à quoi elle était tant attachée, resterait ici.

Les manuels qu'elle consultait pour ses cours étaient posés sur sa table de chevet. Ses instruments de chimie entreposés dans un coin de la pièce. Quant à ses échantillons de rouge à lèvres, ils étaient disséminés sur sa table de toilette. Les vestiges de ses espoirs et de ses rêves, balayés lorsqu'elle mettrait le cap vers l'Europe.

Là-bas l'attendait une existence nouvelle, où elle se sacrifierait sur l'autel d'un mariage sans amour. Encore quelques années, et sa mère aurait la société tout entière à ses pieds. Ce qu'elle aimait, ce qu'elle voulait le plus au monde, en plus de participer aux plus belles fêtes, soir après soir.

Pourquoi refuserait-elle ce plaisir à la femme qui l'avait mise au monde, qui avait essayé de la protéger, qui s'était toujours battue pour elle ? Elle l'avait consolée et réconfortée quand Theo et ses amis s'étaient moqués d'elle si méchamment. Elle avait persuadé son mari de l'envoyer à l'université. Elle l'avait soutenue de mille et une façons, depuis des années.

Evelina Swan n'était pas une grande bourgeoise fantasque. Elle était une femme qui composait avec ce que la vie lui offrait. Elle était aussi une mère qui aimait farouchement ses filles. Elle avait tâché de la protéger, rien de plus.

Alors comment lui dire non maintenant ?

Comment la laisser affronter cet avenir si incertain toute seule ?

Dans quelques heures, leur paquebot les mènerait vers leur nouvelle vie en Europe. Daisy n'avait aucune bonne raison de ne pas être du voyage.

Si, elle en avait une : Theodore Prescott.

Un homme qui ne lui avait jamais dit qu'il l'aimait.

25

La haute société new-yorkaise est encore sous le choc de la chute de Jack Swan, dont l'ignoble escroquerie a anéanti nombre des plus grandes fortunes de la ville.

– The New York Post

Dans la bibliothèque des Prescott

L'aube qui se levait sur la demeure des Prescott baignait de sa lumière les vestiges de la fête de la veille. Des verres à champagne et des perles étaient éparpillés au milieu des œuvres d'art et des antiquités. Les domestiques s'occupaient de tout nettoyer dans un silence pesant.

À cette heure, tout le monde avait appris la nouvelle.

Jack Swan, ce génie de la finance, avait escroqué des dizaines d'investisseurs en se servant de l'argent qu'ils lui confiaient pour verser les intérêts à ses précédents clients. Parmi les victimes de cette tromperie, on trouvait certaines des familles les plus en vue de Manhattan, des sénateurs, des anciens présidents et même des membres du clergé !

Theodore Prescott père faisait partie du nombre, lui aussi.

Il avait passé des heures enfermé dans la bibliothèque à s'entretenir avec ses conseillers et ses associés, afin d'évaluer l'ampleur des dégâts.

Theo, lui, errait dans les couloirs sans cesser de réfléchir, de s'interroger, de voir clair dans cette histoire de fous. *Daisy était-elle au courant ?* Oui, forcément. Pourquoi aurait-elle fait des pieds et des mains pour que leur boutique soit un succès, sinon ? Elle avait besoin de retomber sur ses pattes lorsque tout s'écroulerait autour d'elle. Il n'avait pas envie de lui en vouloir à mort. Lui-même avait eu des raisons peu reluisantes pour l'épouser, non ?

Il aurait simplement préféré qu'elle s'ouvre à lui. S'il était tout à fait honnête, il était surtout peiné de constater qu'elle n'avait jamais eu confiance en lui *à ce point.* Après tous ces moments d'intimité qu'ils avaient partagés, pourtant !

Il ignorait ce que la suite leur réserverait.

Que deviendraient-ils, tous les deux ?

Que voulait-il qu'ils deviennent, surtout ?

Il n'avait pas encore la réponse.

Il frappa à la porte de la bibliothèque. Pour une fois, il n'attendit pas d'être autorisé à entrer et pénétra directement dans la pièce. Il méritait qu'on lui accorde un tant soit peu d'attention. C'est ce qui le retint d'hésiter.

Il découvrit son père assis dans son fauteuil, recroquevillé sur lui-même, tandis qu'un cigare brûlait dans le cendrier posé sur son bureau. Il était en bras de chemise, les cheveux en bataille, la mine fermée. Comme à l'époque où il travaillait à la fonderie en qualité de simple ouvrier.

Défait, aussi.

— C'est grave ?

— Oui.

— Pourrez-vous garder les aciéries ? La maison ?

Voilà bien des questions qu'il n'aurait jamais pensé poser un jour. Bizarrement, il n'avait pas peur des réponses, parce qu'il avait quelque chose à lui. Une entreprise qu'il avait contribué à lancer, et les moyens d'assurer sa subsistance. Tout cela ne tenait plus qu'à un fil, d'accord, mais il lui restait une bonne dose de confiance et tout ce qu'il avait appris sur le tas, en travaillant. Il lui restait ses relations, ses diplômes. Pour le meilleur ou pour le pire, peu importe si c'était mérité ou pas, un homme de sa trempe avait toujours une chance de réussir.

Il pouvait se débrouiller tout seul.

Il pouvait se permettre de croire au bonheur d'aimer.

Il adressa une pensée pleine de gratitude à Daisy. S'il prenait conscience de ces vérités, c'était grâce à elle.

— Oh ! je ne vais pas mettre la clé sous la porte, ricana son père avec amertume. Thomas, Cavanaugh et l'Église sont nettement plus à plaindre. Mais c'est grave.

Theo se demanda ce qui faisait le plus souffrir son père : voir son compte en banque vidé de moitié ou sa réputation d'homme riche, puissant et intouchable écornée.

— Quoi qu'il en soit, tout n'est pas perdu, père, j'ai de l'argent.

— Comme c'est charmant ! Mon fils met à ma disposition l'argent de poche que *je* lui donne.

Theo s'attendait à subir cette ironie mordante. Il avait été servi. Mais cette pique lui passa au-dessus de la tête. Son père ignorait de quoi il retournait vraiment. Il était bien dommage de lui faire cet aveu dans de telles circonstances mais, au fond de lui, Theo se réjouissait de prendre l'initiative et sauver la situation. Ce n'était que justice.

— Mon entreprise est bien partie pour engranger un million de dollars, cette année. Certes, ce n'est qu'un million. Mais admettez que ce n'est pas trop mal.

Son père leva la tête vers lui, les yeux plissés.

— Ton entreprise ? Tu es chef d'entreprise, toi ?

— Oui. Les produits de beauté du Dr Swan. Sans doute en avez-vous entendu parler. Les dames de la bonne société se les arrachent. C'est du jamais vu.

— De quoi s'agit-il ?

— Nous vendons une crème pour la peau révolutionnaire. Et, très bientôt, nous nous lancerons dans les cosmétiques.

Finalement, il y avait pire que le regard légendaire de son père. Et c'était son rire. Un rire puissant, tonitruant, acerbe, que les épais tapis et les livres alignés sur les rayonnages peinaient à étouffer. Un rire capable de résonner dans l'âme et dans la tête d'un enfant, pour toujours.

Theo avait presque envie de se boucher les oreilles pour ne plus l'entendre. Il resta pourtant immobile. Puis bomba le torse et encaissa le coup.

— Ce n'est pas le moment de plaisanter, Theo.

— Croyez-vous que je plaisante ?

— Je l'espère. Je refuse de croire que mon fils vend des crèmes de beauté.

Et pourtant si. Cela lui réussissait plutôt bien, d'ailleurs. Il aimait ça. Il était heureux. Ce n'était pas rien.

— Vous teniez à ce que je fasse quelque chose de ma vie, non ?

Il tâcha de répondre d'une voix ferme. Tous les sentiments qui l'habitaient, depuis des années, sans qu'il en dise un mot, étaient prêts à éclater au grand jour.

— Vous teniez à ce que je travaille. À ce que j'apprenne le goût de l'effort, de la discipline. Vous souhaitiez me voir devenir un homme dont nous pourrions être fiers, tous les deux. J'y suis arrivé.

— Non. Tu te contentes de vendre du fard tout juste bon pour des prostituées.

Son père tira une longue bouffée sur son cigare et souffla la fumée.

— Ah, j'ai compris ! Tu tentes d'échapper à ton mariage avec cette Daisy Swan. Inutile de te préciser que ce mariage ne s'impose plus. Tu peux abandonner ton petit commerce.

Sur ce, il lui fit signe de partir. D'un simple geste de la main, comme si son fils unique n'était qu'un employé prié de débarrasser le plancher. Comme s'il était certain d'être obéi au doigt et à l'œil. Comme si Theo n'avait aucun amour-propre.

Erreur. Ce fut sans trembler qu'il répondit :

— Non.

— Non, quoi ? Comptes-tu garder la fille ou la boutique ?

Il n'eut même pas besoin de réfléchir. Il était certain de sa réponse :

— Les deux.

— Sois honnête avec moi, mon fils, jusqu'à quel point dois-je m'abaisser ?

Son père se pencha vers lui, la mine fermée.

— Le nom de Prescott est connu dans tout New York. C'est dans le feu de nos usines que naît l'acier des gratte-ciel de cette ville. Et ton grand rêve est de fabriquer des produits pour dames ? D'épouser la fille du misérable qui a failli nous ruiner, mes amis et moi ? Pas question. Le débat est clos. Tu viendras travailler avec moi. J'aurais dû l'exiger dès le début.

— Je vois. Tu n'as jamais souhaité que je trouve ma voie. Tu as toujours voulu que je suive la tienne. Tu croyais que m'obliger à me fiancer avec Daisy me ferait horreur et que je m'empresserais de travailler dans nos aciéries, prêt à t'obéir. Prêt à devenir comme toi.

— Il y a bien pire. Tu as fait bien pire. Tu n'es pas le fils dont je rêvais.

Voilà. Jamais son père n'avait dit ces choses tout haut, mais Theo s'en était toujours douté. Brusquement, il manqua d'air. Une minute entière s'écoula avant qu'il ne se rappelle l'évidence : la Terre continuait de tourner et il avait intérêt à respirer.

Ce qu'il redoutait le plus venait d'arriver, et il avait survécu. Mieux : ce n'était pas ce qu'il redoutait le plus. Plus maintenant.

Perdre Daisy. Perdre ce qu'il vivait avec elle. Perdre l'homme qu'il était devenu grâce à elle. Voilà quelle était désormais sa plus grande crainte.

Finalement, il trouva les mots qu'il avait toujours portés au fond de lui, sans jamais parvenir à les formuler. La peur que lui inspiraient les sarcasmes blessants et le regard réprobateur de son père l'avait toujours empêché de parler à cœur ouvert. Désormais, il savait sans l'ombre d'un doute qu'il n'avait rien à perdre. Alors autant tout dire.

— Je n'ai jamais cherché qu'à satisfaire vos exigences, père. J'ai toujours voulu vous savoir fier de l'homme que j'étais. Je n'ai jamais cherché que votre amour. Enfin, avez-vous seulement idée de ce que c'est ? Tout ce que je veux, maintenant, c'est Daisy.

Il tourna les talons, résolu à partir. Il avait la main sur la poignée de la porte quand la voix de son père le retint.

— Je ne te laisserai pas faire. Je refuse que ton entreprise ou cette femme jettent l'opprobre sur notre nom !

— Hélas, père, ma décision est prise.

> *D'aucuns se demandent si le mariage de Theodore Prescott et Miss Daisy Swan aura bien lieu. Il y a de quoi en douter, au vu des circonstances.*
>
> *– The New York Post*

Plus tard, ce matin-là
Central Park

Lorsque Theo et Daisy se croisèrent au parc, environ une heure plus tard, ce n'était pas le fruit du hasard. L'air était frais et mordant, le ciel comme un camaïeu de gris. Rien que de très banal, à New York.

— Vous ici.

Cela tombait sous le sens, mais Theo avait trop de choses sur le cœur et il ne savait pas par où commencer.

— Vous ici, répliqua-t-elle sur le même ton.

L'espace d'un instant, ils se regardèrent sans ouvrir la bouche. Il y avait bien longtemps, il avait dit qu'elle n'était pas son genre. À présent, il n'avait plus envie de contempler un autre visage que le sien. Elle était la beauté incarnée, avec cette peau éclatante, ce sourire mutin, l'étincelle d'intelligence qui illuminait son regard. Elle était aussi la sensualité incarnée, avec ces lèvres pulpeuses et cette peau douce.

Être avec elle était un ravissement de chaque instant. On ne s'en lassait jamais.

Leurs mondes avaient beau s'être écroulés, ils étaient là, à l'ombre de cet étang, de ce kiosque et de tous leurs mauvais souvenirs. Tout avait changé.

— Nous avons imaginé bien des façons d'échapper à ce mariage, mais je n'aurais jamais songé à ça, dit-il. Daisy, étiez-vous au courant ?

— Je savais que mon père manigançait quelque chose, mais je n'aurais jamais cru qu'il s'agissait d'une tromperie pareille. Vous comprenez pourquoi ma mère tenait tant à ce que cette union ait lieu au plus vite. Elle souhaitait me protéger.

— Pourquoi ne m'avez-vous rien dit ?

— Au début, nous étions ennemis. Ensuite, j'étais trop occupée à vous embrasser.

— J'aurais du mal à vous donner tort.

Comment décider que le moment est bien choisi pour annoncer qu'une catastrophe menace à l'horizon ? Cela n'a rien d'évident, surtout quand on a tant d'aveux à formuler. Ou quand on a tant envie de donner des baisers. Il ne lui en voulait pas d'avoir gardé ce secret pour elle.

— Et maintenant ?

— Nos malles sont en route pour le port à l'instant même, annonça-t-elle.

Il en eut le souffle coupé et sentit ses genoux se dérober.

— Nous embarquons pour la France ce matin. Sans billets de retour.

— Bien entendu. Y a-t-il mieux à faire, au lendemain d'un scandale ? la coupa-t-il, car il ne se faisait pas assez confiance pour dire autre chose.

Elle était sur le départ, vraiment ? Elle ne pouvait pas partir maintenant, enfin ! Il... Il avait besoin d'elle.

— Si on part en France, c'est pour ne jamais revenir, manifestement.

— Personne ne reste en France pour toujours, rétorqua-t-il. On y va afin de vivre mille aventures, de découvrir la mode et de visiter les musées au pas de charge, pour faire semblant d'avoir deux sous de culture. Ensuite, on rentre chez soi, à Manhattan, avec une garde-robe plus fournie.

Elle lui offrit un petit sourire contraint.

— Une chose est sûre : rester ici est impossible. Enfin, pour mon père, ce sera le cas. Puisqu'il ira en prison.

— Ce n'est pas vraiment le Fifth Avenue Hotel.

— Pas vraiment, non, admit-elle. En revanche, ma mère et moi allons partir. À l'entendre, si j'épouse un comte ou un duc, tout sera pardonné, et la bonne société new-yorkaise nous rouvrira ses portes. Un jour.

— Alors le mariage est annulé, résuma-t-il.

— A priori.

— À en croire la rumeur.

— C'est ce qui se murmure. La preuve : les journaux de ce matin disent que cette union est impossible.

— Vous avez obtenu tout ce que vous vouliez, souligna-t-il. Le mariage n'aura pas lieu. Notre affaire est une réussite, et la boutique est sur d'excellents rails. Vous serez libre de profiter de votre célibat et de la liberté qui va avec. Je n'ai aucun mal à croire que le Dr Swan fera fureur à Paris. Vendre vos produits là-bas sera sans doute plus facile.

— À condition que j'y aille.

— Vous ne pouvez pas rester ici, Daisy.

Cette vérité lui écrasait littéralement la poitrine. Il savait ce qu'elle subirait en demeurant ici. Ce serait dur, très dur. Il l'aimait. Alors, pourquoi lui demander de subir cet enfer ?

— Vous ne pouvez pas rester, répéta-t-il.

Et tant pis si ces mots avaient un goût amer.

— Pas après ce que votre père a fait à tous ces gens. Votre réputation...

Il n'avait aucune envie qu'elle soit traînée dans la boue par les journaux, mise au ban de la société et rejetée par ses amies. Sans oublier que leur commerce en serait affecté.

— Ma foi, Theo, on dirait que vous souhaitez me voir partir.

— Non, Daisy, je...

— Croyez-vous vraiment que je vais laisser un scandale me chasser de cette ville ?

Il esquissa un sourire. Voilà les mots qu'il avait envie de

prononcer. Les mots qu'il gardait au fond du cœur. Des mots qui exprimaient à la perfection ce qu'il ressentait. Pas question de les garder pour lui plus longtemps.

— Ne partez pas, Daisy. Restez à New York, avec moi.

26

Avec la fermeture de la boutique du Dr Swan, les New Yorkaises sont un peu moins radieuses et passablement agacées. Comment vont-elles se procurer leur crème favorite, Miracle de minuit ?

– The New York Post

Le lendemain
Union Square, numéro 27

Theodore Prescott père n'avait pas perdu de temps pour démontrer qu'il avait les moyens et la volonté d'empêcher son fils de lui nuire. Rien n'est plus important que la fierté d'un vieil homme. Tant pis pour les rêves et les ambitions des autres.

Theo avait expliqué à Daisy que son père souhaitait les ruiner. C'était juste avant qu'elle dise au revoir à sa mère. Pendant ce temps, on avait déchargé ses malles de la voiture en partance pour le port.

L'honnêteté et le sens de l'à-propos dont il avait fait preuve étaient dignes d'un héros et d'un vrai gentleman. Il n'empêche. Naïvement, elle avait refusé de croire que cette menace serait mise à exécution. Une personne aussi occupée et aussi importante ne pouvait pas faire une chose pareille !

Pourquoi avait-elle sous-estimé ce qu'un homme était prêt à entreprendre pour protéger sa réputation ? Quelle idiote !

Mais il y avait pire : Prescott père n'avait eu aucun mal à obtenir gain de cause. Un message, une lettre et quelques relations en haut lieu avaient suffi à déclencher la fermeture du magasin. D'aucuns avaient appris « de source sûre » que la boutique n'était qu'une façade : des « femmes de mauvaise vie » s'y rendaient en réalité pour acheter des contraceptifs ! Ce qui était parfaitement illégal, bien entendu.

Le propriétaire de l'immeuble avait estimé qu'il s'agissait d'une raison suffisamment valable pour mettre un terme au bail.

Daisy et Theo se retrouvèrent donc devant ce qui avait été leur magasin, face à la vitrine vide. Les articles avaient été confisqués. Laisser circuler des produits aussi dangereux que des crèmes de beauté, quelle honte, vraiment !

Dr Swan's Apothecary n'était plus qu'un souvenir. Tout comme leur rêve d'assurer seuls leur subsistance.

— Vous avez encore le temps de rejoindre votre mère en Europe, Daisy. Ouvrir une nouvelle boutique à Paris sera un jeu d'enfant.

— Je pourrais partir ce soir, admit-elle.

— Paris est magnifique à cette époque de l'année.

— Ce n'est pas New York, hélas.

Effectivement. Voilà qui méritait quelques secondes de silence. Elle était faite pour vivre ici, tout comme Theo. Les visionnaires et les rêveurs étaient chez eux, dans cette ville. Il suffisait de tomber sous son charme pour ne plus vouloir vivre ailleurs. Pas même à Paris.

Elle était prête à se battre pour avoir le droit de vivre comme elle l'entendait.

— Daisy, je suis navré. Tout cela est l'œuvre de mon père.

Theo marqua une pause avant de reprendre :

— Il a juré qu'il ne laisserait pas notre commerce jeter l'opprobre sur le nom de Prescott. Bon sang, pourquoi n'ai-je pas accepté de travailler dans ses aciéries ? Et pourquoi a-t-il fallu que je le provoque de la sorte ? Ce coup du sort est peut-être son œuvre, mais j'en suis le seul responsable.

— Non, Theo. Tout est ma faute. C'est moi qui vous ai entraîné dans ce projet insensé. Je suis désolée que votre père soit incapable de reconnaître vos talents. Mes inventions. Et ce que nous avons créé ensemble.

Tout à coup, en plein milieu de la rue noire de monde, Theo lui attrapa la main et la serra. Devant tout le monde. Voir sa réputation anéantie en un éclair n'était pas sans avantages, finalement. On pouvait tenir la main d'un homme d'une beauté à couper le souffle, et savourer ce moment. On pouvait aussi vivre un instant hors du temps devant les vestiges d'espoirs et de rêves brisés.

— Vous êtes restée pour moi. Pour ça, dit-il en désignant la vitrine vide.

Leur enseigne avait été rapidement retirée. C'était un spectacle déchirant. Elle leva les yeux vers lui.

— Daisy, je vous promets que cette boutique rouvrira ses portes. Comme ça, lorsque je vous demanderai en mariage, vous aurez le choix.

Elle ouvrit la bouche. Elle ne s'attendait pas à un tel aveu.

— Je vous aime. Et je suis prêt à vous épouser sur-le-champ pour vous protéger ou sauver votre réputation, si vous êtes d'accord. Mais, si vous me répondez oui, je veux que ce oui vienne du cœur et que vous soyez en mesure de dire non. Je ferai tout ce qui est en mon pouvoir afin de vous offrir la possibilité de choisir.

Le cœur de Daisy battait la chamade, même si elle n'avait pas bougé d'un cheveu.

En un sens, Theodore Prescott lui faisait une demande en mariage et c'était la chose la plus romantique qu'elle ait jamais vécue. Tout ce qu'elle avait envie de répondre était...

— Oh ! Theo...

Elle poussa un soupir à fendre l'âme.

— Ne m'en voulez pas de bafouiller, je suis sans voix.

Tout à coup, au beau milieu de cette rue noire de monde,

à l'ombre de leur ancienne boutique, il éclata de rire. Il n'y avait plus qu'elle, lui et l'amour qui les unissait. Et ça, rien ne pourrait le détruire, que ce soit Theodore Prescott père ou les tristes sires qui l'avaient aidé.

— Paris est magnifique à cette période de l'année, dit-il.

— Vous avez une idée derrière la tête, semble-t-il.

— Allons à Paris. Fondons un nouveau magasin. Madame Swan, par exemple. Les Parisiens sont tellement plus... ouverts. En un rien de temps, nous serons riches comme Crésus.

Elle ne répondit pas tout de suite. La décision méritait d'être mûrement réfléchie. Ce qui n'était pas simple au milieu d'Union Square et de sa cohue. Paris était une ville splendide. Les Parisiennes raffoleraient certainement des créations de Madame Swan. Le parfum de scandale ne les suivrait pas jusque là-bas. Theo et elle seraient ensemble. Le bonheur était peut-être à portée de main ?

Seulement...

— Vous n'allez quand même pas le laisser gagner ? s'exclama-t-elle. Ne lui laissons pas le dernier mot !

— Il ne s'agit pas de perdre ou de gagner...

— Bien sûr que si ! Vous avez ébranlé son autorité ? Il la réaffirme. Vous avez froissé sa fierté ? Il piétine la vôtre. Et, ça, je ne le tolérerai pas. Vous êtes du même avis que moi, j'espère ?

— Soyons pragmatiques, Daisy. Il est tellement riche et puissant que l'escroquerie de votre père l'affectera à peine. Un mot de lui et notre entreprise appartiendra au passé. Sa détermination n'a pas varié : il ne reculera devant rien pour que je cesse de faire honte au nom de notre famille. Il peut obtenir tout ce qu'il veut.

— C'est faux, répliqua-t-elle avec force.

Elle sourit. Une idée germait dans son esprit. Elle n'abandonnerait jamais son rêve, l'homme qu'elle aimait, sa vie.

— C'est son indifférence qui sera notre chemin vers le succès.

— Comment ça ?

Seigneur, il était si beau même quand il semblait perdu !

— À qui ne pense jamais votre père ? Qui lui passe au-dessus de la tête ? Avec qui refusera-t-il de faire des affaires ? Quelle est notre arme secrète, sur laquelle il n'a aucun pouvoir ?

Theo la regarda, l'air interdit. Ce n'était peut-être qu'un joli visage, après tout. Non, elle le connaissait. Il avait confiance en elle.

— Les femmes, Theo, les femmes !

Quelques instants plus tard
10e Rue Ouest, numéro 25

À cette heure, Theo n'avait rien de plus urgent et de plus pressé que de traverser la ville avec Daisy, alors qu'elle refusait de lui expliquer son plan. Elle les conduisit jusqu'à une somptueuse demeure, à quelques encablures au sud de leur boutique.

Le majordome vint leur ouvrir lorsqu'ils frappèrent à la porte, leur adressa un regard inquisiteur, puis dit :

— Je vais voir si Miss Burnett est visible.

— Merci, Hollis, c'est très aimable à vous.

Theo en déduisit qu'ils étaient chez Miss Harriet Burnett, l'une des amies de Daisy. Elle les avait rejoints au théâtre pour faire mine de jouer les chaperons. Que savait-il sur son compte ? Pas grand-chose, à vrai dire. Elle faisait partie de ces femmes qui ne s'étaient jamais intéressées à lui. Par conséquent, il ne s'était jamais intéressé à elle.

— Mon amie Harriet a très gentiment proposé de m'héberger, le temps que je retombe sur mes pattes, expliqua Daisy.

Il s'était immédiatement posé la question, mais elle l'avait rassuré : elle avait un toit.

— C'est généreux de sa part.

— Elle est formidable. Avec moi et plein d'autres femmes.

Le majordome réapparut et leur annonça :

— Ces dames sont prêtes à vous recevoir.

Aussitôt, les portes du salon s'ouvrirent sur une véritable assemblée en jupons. Il reconnut certains visages, mais d'autres lui étaient inconnus. Toutes assises en cercle autour d'une table, ces dames buvaient du thé, cousaient ou feuilletaient des bibles ouvertes sur leurs genoux.

— Navrée de vous interrompre de la sorte, commença Daisy.

— Ce n'est qu'une petite réunion de notre club de bienfaisance, répondit Harriet avec un sourire. Tout va bien ?

Daisy se laissa tomber sur le canapé et se versa une tasse de thé. Theo resta debout derrière ces dames et elle, tout emprunté.

— Non. Nous avons besoin d'aide. Permettez-moi de tout vous expliquer.

Daisy leur raconta alors le scandale provoqué par Jack Swan et dont tout le monde avait eu vent. Après quoi, elle leur parla de l'entreprise d'anéantissement de leur projet et de leur boutique, orchestrée par Theodore Prescott père.

Les amies de Daisy étaient suspendues à ses lèvres. Elles ne détournaient même pas les yeux pour le regarder. Il se sentait… décoratif. Inutile.

Mais aussi très curieux.

Jusque-là, toutes les idées de Daisy avaient été couronnées de succès. S'il leur fallait l'aide des membres de ce club, il n'y voyait aucun inconvénient. Tout lui convenait, tant qu'il pouvait lui faire sa demande en mariage.

— Prescott père a la ville entière à sa botte, nous en avons fait la douloureuse expérience, poursuivit-elle. Une chose lui échappe, néanmoins : nous. Si nous arrivons à avoir le soutien des femmes, si nous faisons connaître ces produits dans des endroits auxquels il ne songe même pas, si nous parvenons à agir dans son dos…

— Alors rien n'est perdu, conclut-il.

Ça y est, il devinait ce qu'elle avait en tête !

— J'aime votre idée, lança une femme. Faire sensation dans la ville, juste sous son nez.

— Ce serait tellement réjouissant !

— Pardonnez-moi, les interrompit Miss Ava Lumley. Peut-on m'expliquer ce que Theodore Prescott fils fait ici ?

— C'est mon associé, expliqua Daisy. Voilà qui explique sa présence parmi nous. Il n'y a pas d'autre raison.

— Vraiment ?

Theo décida de prendre la parole.

— Disons que... je suis peut-être plus que l'associé de Miss Swan.

C'était manifestement ce qu'elles avaient envie d'entendre. Et puis, c'était la vérité.

— Je croyais que le mariage était annulé ! s'exclama Miss Burnett.

— A priori, répondit Daisy.

— À en croire la rumeur, ajouta-t-il.

— C'est ce qu'on raconte.

Miss Harriet les observa tour à tour.

— Je vois.

— Il n'y a plus que Theo et moi, à présent, lança Daisy à l'ensemble du groupe. J'ai refusé d'accompagner ma mère dans son expédition en Europe, où elle espérait me dégoter un mari. Je ne suis pas prête à abandonner mes rêves. Ou New York.

Elle leva alors les yeux vers lui et ajouta :

— Ou Theo.

Cet aveu fit naître des murmures chez les femmes présentes.

— De quoi avez-vous besoin ?

— Il nous faut un endroit où fabriquer *Miracle de minuit* et nos autres préparations. Ce n'est pas très compliqué. Nous savons déjà à qui nous confierons cette tâche. Nos employées ont besoin d'un lieu de travail, c'est tout. Il nous faut également des locaux.

— Inutile, intervint-il. Mon père n'aurait aucun mal à faire ordonner leur fermeture. Soit en s'adressant directement aux propriétaires, soit en organisant des manifestations. Il nous faut donc un moyen de contacter notre clientèle potentielle, surtout les personnes intéressées par nos produits, mais réticentes à l'idée de les acheter aux yeux de tous.

— J'ai ce qu'il vous faut, dit Harriet. Une grande cuisine et une adresse.

— Et nous serions prêtes à vous aider, proposa l'une des personnes de l'assistance.

— Attention, intervint une autre. Il s'agit de cosmétiques. Notre réputation risquerait d'en pâtir. Et nos actions en faveur des nécessiteux ne risqueraient-elles pas d'être en danger ?

— Nous n'avons pas à *toutes* nous impliquer.

— Cela aura des répercussions sur tout le monde.

Brusquement, le salon fut le théâtre d'un débat acharné – mais courtois. Le ton se mit à monter. Poliment, cela va de soi. Ces dames étaient fort distinguées, après tout. Mais les voix commençaient à grimper dans les aigus. Toutes avaient des avis tranchés qu'elles exprimaient sans crainte, quitte à s'opposer à leurs amies et aux autres membres du club.

Finalement, Miss Burnett se chargea de ramener l'ordre.

— Inutile de pousser les hauts cris pour du simple rouge à lèvres, mesdames ! Pour être honnête, je n'aime pas la sensation de cette pâte sur mes lèvres, et le rouge se marie mal avec ma peau. Je me fiche que certaines en portent et d'autres non. Mais je me battrai jusqu'à la mort pour qu'une femme ait le droit de choisir.

Un silence songeur s'installa.

— Si vous souhaitez participer à cette aventure insensée, ce sera avec grand plaisir, dit Daisy. En revanche, si vous n'en avez pas envie, ne vous sentez pas obligées à quoi que ce soit. Je ne vous en voudrai pas.

Sur ces mots, la réunion prit fin. On rangea les bibles et les nécessaires à couture.

— Si notre premier enfant est une fille, nous l'appellerons Harriet, déclara solennellement Theo.

— Ne brûlons pas les étapes, s'empressa de répondre Daisy. À chaque jour suffit sa peine.

Harriet hocha la tête.

— Si vous avez ce bonheur, je chérirai cette enfant qui portera mon prénom.

— Bien. Il est grand temps d'agir !

— Avant cela, nous avons une dernière chose à régler.

Ava tapa dans ses mains pour attirer l'attention de l'auditoire. Étrangement, Theo vit les membres du club se masser autour de lui. Un mur de taffetas, de serge et de broches aussi pointues que des poignards l'entoura. Ces femmes avaient les yeux plissés et perçants. Le message était clair : il n'allait pas s'en tirer à si bon compte.

Il avait eu tort de s'arrêter à leur allure distinguée. C'étaient des femmes fortes qu'il avait face à lui.

Harriet s'avança. Leurs pieds se touchaient presque, leurs nez aussi. Elle était assez grande, ce qui lui permettait de le regarder droit dans les yeux. D'un air assez menaçant, d'ailleurs.

— Mr Prescott, je parle au nom de tout le monde, alors ouvrez grand vos oreilles : vous n'avez jamais mis les pieds ici, cette réunion n'a jamais eu lieu, il n'a jamais été question de quoi que ce soit. Si quelqu'un nous présente, vous ferez semblant de ne jamais nous avoir rencontrées. Et, si vous parlez de cette histoire, nous veillerons à ce que vous trouviez porte close partout où vous irez. Jusqu'à la fin de vos jours.

Theo adressa un regard à Daisy, qui se contenta de hausser les épaules.

— Je n'ai rien à redire.

27

Chères New Yorkaises, chers New- Yorkais, la sulfureuse Annabelle Jones est parmi nous.

– The New York Post

Quelques jours plus tard
Fifth Avenue Hotel

Les femmes. C'étaient donc elles la clé de leur futur succès, à en croire Daisy. À présent que le temps était venu de passer à l'action, Theo devait justement en contacter une. Et pas n'importe laquelle !

La sulfureuse Annabelle Jones. Une comédienne qui jouissait d'une certaine célébrité pour ses talents, tant sur scène qu'en dehors. Son dernier coup d'éclat ? Le scandale de Saratoga, bien sûr. Elle y avait joué les premiers rôles au côté de l'un des célibataires les plus aimés de Manhattan. C'est-à-dire lui.

Elle avait fait profil bas depuis. En partie de son propre chef.

Mais voilà qu'elle venait de débarquer en ville en fanfare. Les journaux attendaient avec impatience son arrivée, et elle n'avait pas son pareil pour se mettre en scène. Tout le monde avait les yeux rivés sur elle.

Une fois à la gare, son personnel – chargé de ses innombrables malles – et elle prirent immédiatement la direction du Fifth

Avenue Hotel. Les gens en vue avaient coutume d'y réserver une suite au dernier étage. Pour sa part, elle en avait deux.

Le spectacle de son arrivée en ville fut largement couvert par la presse, et très suivi par les curieux. Les badauds s'arrêtèrent sur le trottoir pour la regarder passer. Plusieurs dizaines de personnes s'étaient massées devant l'hôtel. Des gens qui rêvaient de l'apercevoir tout en la snobant parce qu'elle était comédienne. Et l'on connaissait les mœurs de tous ces théâtreux...

À peine entrée, elle prit le chemin du restaurant de l'hôtel, où Theo l'attendait. Quel bonheur de revoir cette amie de longue date, avec qui il avait fait les quatre cents coups ! Ils s'assirent de manière à ce que tout le monde les voie. Faire semblant de ne pas remarquer les curieux qui les épiaient avait toujours été leur fort.

— Bonjour, Annabelle.

— Bonjour, Theo.

Elle lui adressa un grand sourire et tendit le bras pour qu'il lui fasse le baisemain.

— La dernière fois que je vous ai vu, la police vous embarquait après notre escapade échevelée. Et maintenant vous voilà. Encore plus beau, encore plus séduisant que jamais.

Elle lui versa une tasse de thé avec une grâce d'adolescente.

— Vous avez bonne mine, Annabelle. Beaucoup plus qu'à Saratoga.

— Fort heureusement, je ne suis plus à l'article de la mort. Grâce au ciel.

Elle leva les yeux, puis ajouta :

— Et grâce à vous !

Il n'avait pas oublié cette fameuse nuit. Il avait débarqué chez elle en compagnie de ses amis. Leur but était simple : passer du bon temps auprès d'une femme qui avait la réputation d'aimer s'amuser. Il n'empêche : leur soirée n'avait pas été une partie de plaisir, contrairement à ce qu'on avait pu lire dans les journaux. Annabelle était au lit, fiévreuse et malade, après une « opération » qui s'était mal passée. Pour ne rien arranger, l'homme qui l'avait mise dans cet état l'avait abandonnée.

Elle le savait. Il le savait. Mais ils étaient les seuls.

— N'importe qui en aurait fait autant.

— Ce n'est pas vrai et vous le savez bien, rétorqua-t-elle. Personne n'a levé le petit doigt, que ce soit le médecin, ma gouvernante ou les idiots qui vous servent d'amis. Ils sont tous partis. Tout le monde se fichait de ce qui pouvait m'arriver. Tout le monde à part vous.

Theo plongea les yeux au fond des siens. On y sentait tant d'énergie et de sincérité. Il ne voyait pas l'actrice accomplie à la réputation sulfureuse, non. Il voyait une femme qui, toute jeune, avait fui la ferme familiale, perdue au milieu de nulle part. Une femme qui essayait de survivre dans ce bas monde, par tous les moyens. Il ne la jugeait pas. Tant d'abnégation et de détermination méritait son admiration. C'étaient des qualités qu'il lui avait toujours enviées.

— Vous ne méritiez pas de mourir.

Elle était tombée enceinte des œuvres d'un jeune imbécile. Il lui avait alors demandé de régler le problème. Acculée, elle avait dû acquiescer. Un médecin avait heureusement accepté de lui venir en aide. Il s'était dérobé ensuite, quand la fièvre s'en était mêlée.

« C'est sa punition. » Voilà ce qu'avait déclaré l'homme de sciences. Theo avait donc pris la responsabilité de la sauver. Il avait volé un cheval et une voiture. En l'occurrence, le coupé du voisin, Cavanaugh, un ami de son père. Le temps d'enrouler une couverture autour d'Annabelle, il avait tâché de trouver un médecin plus compréhensif. Histoire d'économiser de précieuses minutes, ils avaient traversé la ville à tombeau ouvert, et tout le monde les avait vus. Fort heureusement, Annabelle était toujours de ce monde. Mais ils avaient sacrifié une bonne partie de leur réputation pour qu'elle survive.

— Aucune femme ne mérite de subir ce que vous avez subi.

— Voilà pourquoi vous êtes une personne de valeur, Theo. Ce n'est pas à cause de votre beau visage ou de votre sens de $1a repartie. C'est parce que vous n'abandonneriez jamais une femme à son triste sort. Vous ne la laisseriez jamais seule dans l'adversité.

Contrairement à certains hommes. Il n'était pas nécessaire de le préciser.

— Comment vous portez-vous, maintenant ?

— Je suis en bonne santé, si c'est le sens de votre question. Et prête à mettre le public à mes pieds. On m'a confié le rôle principal dans *L'Importance d'être constant*. C'est le spectacle le plus attendu de l'année. Nous jouerons à l'Olympia Theater. Tous les journaux ont hâte de parler de moi.

— Évidemment. Vous êtes à la fois belle, talentueuse et sulfureuse. L'élite de cette ville ne vous invitera jamais à ses fêtes, mais ces gens viendront toujours vous voir jouer. Et ils ne manqueront jamais de se renseigner sur vos moindres faits et gestes dans la presse.

— Quoi qu'il en soit, je suis surprise que vous ayez souhaité me voir. Sans la moindre discrétion. Vous seriez fiancé, paraît-il ?

— C'est compliqué. Disons que... ma fiancée Daisy est au courant de ma présence ici et m'a encouragé à vous demander ce rendez-vous.

— Voilà qui m'intrigue, murmura Annabelle en avalant une gorgée de thé.

— À vrai dire, je suis venu vous demander un service.

— Accordé d'avance !

— Attendez avant de me répondre. Je me suis lancé dans les affaires avec Daisy.

Theo parla alors de *Miracle de minuit*. Annabelle était une fervente utilisatrice de cette crème, apprit-il ainsi, mais jamais elle ne se serait doutée qu'il jouait un rôle dans cette histoire. Il lui expliqua également que Daisy avait l'intention de lancer une gamme de cosmétiques et que son père était déterminé à leur mettre des bâtons dans les roues.

— Je me demandais si vous auriez l'extrême gentillesse de porter notre rouge à lèvres, voire de l'évoquer dans une interview ou...

— Vous l'avez sur vous ?

— Oui, mais...

— Alors ne perdons pas de temps !

Cette proposition sidérante le laissa pantois. Depuis quand était-il devenu si attaché aux convenances ? Les femmes ne se maquillaient pas. Et, si c'était le cas, elles ne le faisaient certainement pas devant tout le monde, au milieu du hall d'un grand hôtel, par-dessus le marché ! Il était encore temps de reculer, pas question que son amie ruine sa carrière de comédienne pour un malheureux rouge à lèvres. Elle avait l'avenir devant elle, elle avait travaillé si dur pour en arriver là.

— Annabelle...

— Je n'agis pas sur un coup de tête. J'ignore si cela vous aidera qu'on me voie en train de mettre du rouge à lèvres, mais soyez sûr d'une chose : les gens en parleront. Au mieux, les autres comédiennes auront envie de me copier.

— Qu'on en parle, qu'on parle ! C'est le but recherché.

Daisy lui avait exposé son idée. S'ils parvenaient à s'appuyer sur le pouvoir des femmes, leurs relations, leurs cercles d'amies, les pages qui leur étaient consacrées dans les journaux, toutes celles qu'ils souhaitaient convaincre commenceraient à s'intéresser à leurs produits. D'où sa présence auprès d'Annabelle Jones. Le geste osé qu'elle s'apprêtait à faire serait certainement relaté dans la presse. De leur côté, Daisy et Harriet contacteraient leurs amies journalistes pour qu'elles vantent les mérites de la marque Dr Swan dans leurs articles.

Il y avait de grandes chances pour que Theodore Prescott père n'en sache absolument rien.

Le quotidien des femmes lui passait tellement au-dessus de la tête !

Son père avait peut-être les moyens de fermer un magasin, mais il ne pouvait rien faire pour empêcher Miss Harriet Burnett d'utiliser l'adresse de sa demeure, qui n'appartenait qu'à elle. Ils n'auraient qu'à gérer les commandes depuis sa cuisine. En toute liberté.

Il y avait une lueur d'espoir.

Qui reposait sur les femmes.

Des femmes comme Annabelle, prête à prendre des risques pour lui et pour celle qu'il aimait.

Il sortit alors de sa poche le petit pot de rouge à lèvres qu'il avait apporté pour l'occasion.

— Avec les compliments du Dr Swan en personne, dit-il en le faisant glisser sur la nappe blanche.

Le pot était enveloppé dans du papier couleur lavande, mais l'intérieur était rouge vif.

Et encore, le mot était trop faible pour décrire la teinte qu'avait concoctée Daisy. Cette nuance vive et intense avait les couleurs de la rébellion. D'un scandale retentissant. Ce rouge-là n'avait honte de rien, il ne faisait pas dans la demi-mesure.

C'était sulfureux. Stupéfiant. Séduisant. Révolutionnaire, même.

Les premières teintes qu'ils avaient testées étaient rose pâle. Un rose léger, doux, presque innocent. Qui avait honte de son audace. Qui demandait poliment la permission d'apparaître sans se faire remarquer, en pleine journée, avec un chaperon. Si, un jour – il disait bien *un jour* –, une mère de famille respectable et très attachée aux traditions se décidait à mettre du rouge à lèvres, son choix se porterait sur ce rose.

Mais peut-être n'avait-il pas vraiment compris l'entière portée du projet avec Daisy. La femme qui oserait mettre de la couleur sur ses lèvres, à l'époque où ils vivaient, ne serait pas une épouse rangée. Elle n'aurait pas peur de jouer avec le scandale, d'enfreindre les règles ou de faire jaser. Elle n'aurait rien à perdre et tout à gagner. Cette couleur flamboyante était destinée à celles qui demandaient davantage au monde et qui n'hésiteraient pas à se battre pour avoir gain de cause – peu importait le prix.

Bouche bée et yeux écarquillés, il regarda Annabelle attraper sur la table un petit plateau en argent aussi brillant qu'un miroir, le tendre devant elle et poser le rouge sur ses lèvres. Elle les colla ensuite l'une sur l'autre, les plissa, puis les referma autour d'une serviette en tissu.

Il entendit des murmures s'élever distinctement derrière lui.

Il tournait le dos au reste de la pièce, mais ce brouhaha était des plus éloquents. Pas la peine de se retourner.

Annabelle Jones s'était maquillée sous les yeux de dizaines de personnes.

Autant dire qu'elle avait exécuté ce geste scandaleux devant tout New York. Lui qui se serait satisfait d'une simple mention lors d'un entretien avec la presse ou, sait-on jamais, d'une recommandation à d'autres actrices, ce geste théâtral le laissait sans voix.

— De quoi ai-je l'air ?

Belle n'était pas le mot juste. *Jolie* non plus. Il n'était pas certain d'aimer le résultat, à vrai dire. Seule certitude : il était incapable de détourner les yeux de ces lèvres rouges et pulpeuses. Elle était *hypnotisante.*

— On peine à croire qu'une petite touche de couleur sur les lèvres d'une femme arrive à causer un tel émoi, fit-il remarquer.

— Oh ! ce n'est pas qu'une touche de couleur.

— Ah bon ?

Un grand sourire aux lèvres, Annabelle rangea le pot de rouge dans sa poche.

— Pour une femme, c'est une invitation à être fière de son apparence. À se dire qu'elle est digne d'intérêt, belle et épanouie. C'est une exhortation à être indépendante, à gagner sa vie par ses propres moyens. Non, Theo, ce n'est pas uniquement du rouge à lèvres. Pour une femme, c'est une manière de dire qu'elle ne se satisfait pas de ce que la nature lui a donné, qu'elle peut faire mieux. C'est un ordre lancé aux autres, pour qu'on la regarde et qu'on l'écoute. Voilà pourquoi c'est si choquant.

> *Une autre prise de bec mettant en cause des dames a eu lieu aujourd'hui, au Delmonico, cette fois.*
>
> – *The New York Post*

Pendant ce temps, au Delmonico
À l'angle de la Cinquième Avenue
et de la 26e Rue

Chaque mercredi, les femmes sortaient manifester. Et, ce jour-là, les Dames de la liberté avaient décidé de s'opposer à l'interdiction faite aux femmes de dîner au restaurant sans être accompagnées d'un homme.

Elles n'avaient pas le droit de dîner seules. Cela n'arrivait jamais. On risquait sinon de s'interroger sur leur moralité.

Et que pouvait faire une femme sans un nom respectable et une réputation sans faille ? Rien d'honnête. Enfin, c'est ce qu'on estimait. Une fois que la frontière séparant les anges de moralité des femmes perdues serait brouillée, le monde cesserait de tourner rond !

Et si les femmes perdues ne sortaient plus pendant que les anges de moralité se lançaient à la conquête du monde ? Tout serait sens dessus dessous, on marcherait sur la tête. Et ce ne serait peut-être pas si mal.

Harriet, Daisy et leurs amies du club étaient d'avis qu'une femme devrait jouir du droit de dîner au restaurant toute seule si elle le souhaitait, sans avoir à en pâtir. Une femme avait le droit de se sustenter, seule, en public, si elle en avait envie. Elles avaient, chevillée au corps, la conviction qu'une femme avait droit à la vie, à la liberté et au bonheur… Peu importaient les façons dont elle les envisageait.

En déjeunant en ville, par exemple.

— Rappelez-moi pourquoi nous faisons tout ça, déjà ?

Elizabeth avait lancé sa question à la cantonade, alors qu'elles étaient rassemblées devant les portes du Delmonico. Parées de leurs plus beaux atours, elles attendaient d'être au complet. Le rendez-vous avait été fixé à midi. Il était crucial qu'elles affichent un front uni au moment de franchir la porte d'entrée.

— Je n'arrive pas à croire que nous mettions en jeu nos réputations pour un simple déjeuner !

— Ce n’est pas un simple déjeuner, lui rappela Harriet. Obliger les femmes à dîner en présence d’un homme est une manière d’affirmer que nous sommes quantité négligeable et que nous n’avons guère le droit d’exister sans les hommes.

— On nous envoie un message clair : restez chez vous, loin de notre vue et de nos esprits, renchérit Ava.

— Pour ma part, je suis prête. Parce que j’ai une faim de loup ! lança Miss Archer en déclenchant l’hilarité générale.

Il fut alors temps d’agir. Harriet ouvrit les lourdes portes, et elles firent leur entrée au Delmonico. Un vrai défilé de mode. À leurs robes somptueusement taillées elles avaient ajouté des fourrures, des broches luxueuses et des chapeaux, bien évidemment. Le moindre détail méritait d’être soigné.

Elles étaient l’image même de la femme fortunée et respectable. L’incarnation de la distinction au féminin.

Leur premier adversaire se dressa immédiatement sur leur route : Pierre, le maître d’hôtel, un homme d’âge mûr à la mine distinguée, qui ne boudait pas son plaisir d’avoir un poste dans l’un des établissements les plus prisés de l’élite new-yorkaise.

Au cours de ses dizaines d’années d’existence, le Delmonico avait imité ses richissimes clients, et n’avait cessé de remonter vers le nord de Manhattan. Sa réputation prestigieuse l’avait évidemment suivi et Pierre avait été du voyage, à chaque étape.

Il se tenait donc à l’entrée, prêt à décider qui était suffisamment privilégié pour pénétrer dans ce sanctuaire exclusif. Les autres n’avaient qu’à rebrousser chemin. Il consacrait chacune de ses journées à appliquer ce règlement à la lettre. Dire non ne le dérangeait pas quand la situation l’exigeait. Il avait même refusé l’entrée au célèbre Rockefeller, car ce dernier ne portait pas de nœud papillon. Personne ne lui donnait d’ordres, et il observait les règles de l’établissement comme s’il s’agissait des Dix Commandements. C’était à croire qu’il était le représentant de Dieu et de Moïse sur terre.

Il était là lorsque débarquèrent Harriet et sa cohorte de dames élégantes.

— Bonjour, mesdames.

Il salua poliment leur petit groupe d'un signe de tête et les passa au crible. Pour voir s'il y avait un homme, évidemment.

— En quoi puis-je vous être utile ?

Harriet répondit en leur nom à toutes.

— Nous sommes ici pour déjeuner. Pouvez-vous nous conduire à une table ? Nous sommes dix.

Pierre leur adressa un sourire désolé.

— Je suis vraiment navré, madame, nous ne servons que des groupes déjà au complet.

— Comme vous pouvez le voir, nous sommes au complet, répondit Harriet en souriant à son tour.

Il en fallait plus pour déstabiliser le maître d'hôtel.

— Êtes-vous bien sûre que personne ne vous rejoindra ?

— Sûre et certaine.

— Il faudrait néanmoins qu'au moins un convive rejoigne votre groupe, répondit-il froidement.

En d'autres termes, il souhaitait savoir si un homme comptait dîner avec elles pour apporter une aura de moralité à leur petite assemblée.

— Notre groupe est au complet, vous dis-je, répéta Harriet d'un ton ferme.

Derrière elle, les Dames de la liberté firent bloc. Daisy sentit son cœur tambouriner dans sa poitrine. Elle croyait dur comme fer à leur combat, mais il n'y avait rien de tel qu'une confrontation pour faire palpiter le cœur d'une jeune femme.

— Je suis vraiment désolé, madame, mais notre règlement est formel : les femmes doivent être accompagnées d'un homme pour entrer dans la salle.

Il ne semblait pas désolé pour un sou. Daisy avait même la nette impression qu'il savourait les moments où il pouvait affirmer son autorité.

— Et pourquoi donc ? s'enquit courtoisement Harriet.

— Le Delmonico observe des critères et des règles stricts. Je veille à ce qu'ils soient respectés, rien de plus.

En d'autres termes, il n'était qu'un homme détenteur d'une forme d'autorité. Pourquoi devrait-il changer l'ordre des choses ?

— Êtes-vous en train de dire que Mrs Johnson ne répond pas à vos critères ? rétorqua Harriet.

Mrs Johnson était l'épouse d'un pasteur à la tête d'une des plus grandes congrégations religieuses de la ville.

Le sourire du maître d'hôtel pâlit.

— Et Mrs Collins ? N'est-elle pas assez convenable pour votre établissement ?

Celle-ci était la femme d'un riche mécène. La somme considérable que celui-ci avait récemment versée au musée des Beaux-Arts avait fait la une des journaux.

— Mille excuses, je n'avais pas reconnu madame sans son époux.

Il s'interrompit pour prendre une mine contrite.

— Malheureusement, il m'est impossible d'autoriser un groupe de femmes, même aussi respectables et estimées que vous, à dîner en l'absence d'un homme. Cette règle n'a pour seul but que de protéger votre réputation.

Voilà qu'on leur rendait un service ! Le maître d'hôtel leur évitait de commettre une erreur stupide qui aurait des répercussions terribles ! Les Dames de la liberté se lancèrent dans une conversation animée.

Harriet, elle, continua de poser ses questions. Franchement mais poliment.

— Expliquez-moi une chose, cher monsieur. Pour quelle raison les dames auraient-elles besoin d'être protégées pour manger au restaurant ?

— Nous sommes un établissement digne. Il ne s'y passe rien de douteux.

— Bien souvent, les femmes ont besoin qu'on les protège *des* hommes. Et pas d'être protégées *par* les hommes, fit observer Miss Archer.

— À moins que ce ne soit pour protéger les hommes des femmes ? intervint Miss Lumley.

— Oui, la simple présence des femmes risque de troubler la constitution fragile de ces messieurs et de leur couper l'appétit, renchérit Mrs Collins.

La discussion en était là quand un groupe d'hommes fit son entrée, nimbé d'un nuage de fumée et d'éclats de voix masculines. Ils exigèrent immédiatement une table. Se retrouver nez à nez avec une phalange de dames distinguées et rebelles leur fit hausser des sourcils étonnés.

— Que se passe-t-il, enfin, Pierre ?

— Nous n'avons pas toute la journée !

Le maître d'hôtel intervint aussitôt :

— Mesdames, je vous en prie. Je dois installer ces messieurs.

Les Dames de la liberté refusèrent de s'en laisser conter.

Elles étaient ici pour déjeuner. Si l'on n'acceptait pas de les conduire à une table, elles n'hésiteraient pas à faire un esclandre. Ce que le maître d'hôtel avait fini par comprendre. Il avait perdu la partie quoi qu'il arrive.

— Expliquez-moi pourquoi nous n'avons pas le droit d'honorer votre établissement de notre présence ! ordonna Harriet. Comme vous pouvez le voir, nous sommes des femmes au-dessus de tout soupçon et nous ne désirons qu'une chose : déjeuner.

L'employé oserait-il répondre qu'elles n'étaient pas respectables ? Oserait-il dire tout haut qu'une femme n'avait pas le droit d'être servie ? Qu'un groupe de dames au-dessus de tout soupçon ne pouvait pas déjeuner dignement ?

— Que se passe-t-il ? s'exclama une voix d'homme. Nous avons réservé.

Obligés de patienter, ces messieurs commençaient à bougonner. Bruyamment.

Ces dames gâchaient déjà leur déjeuner.

Au même moment, les portes du restaurant s'ouvrirent à nouveau. Jennie Jones et plusieurs femmes journalistes travaillant pour différents périodiques firent leur entrée, le souffle court, un calepin et un crayon à la main.

— Pardon, nous sommes en retard. La matinée a été mouvementée, il y avait un incendie et une affaire de meurtre à couvrir ! Arrivons-nous après la bataille ?

Daisy se chargea de répondre.

— Pas encore. Nous sommes à deux doigts de pénétrer

dans la salle du restaurant. Les choses sérieuses s'apprêtent à commencer.

— Tant mieux ! Nous avons couru ventre à terre pour arriver à temps. Il se passe toujours quelque chose à Manhattan.

Effectivement. Les habitants de cette ville étaient toujours pressés et rien, non, rien n'était plus important ou précieux que le temps. Surtout pour un homme d'affaires habitué à déjeuner au Delmonico.

Au bout du compte, une solution se dessina.

— Oh ! par pitié, Pierre, faites asseoir ces dames !

Daisy et ses amies furent installées autour d'une grande table, les joues en feu après ce grand succès. Elles trinquèrent à leur ténacité, en attendant qu'on serve leurs commandes. Des steaks Delmonico, pour l'essentiel. Ébranler l'ordre établi leur avait donné faim.

Après quoi, par petits groupes, elles se levèrent de table pour se rendre au salon des dames, dont elles ressortirent avec un trait de rouge sur les lèvres. Un rouge vif, affirmé, choquant.

Chacune portait la toute dernière trouvaille du Dr Swan, bientôt disponible sur le marché, *Lady Rebelle.* La plupart étaient mariées - à un pasteur, à un mécène ou à un grand capitaine d'industrie. Leurs pères étaient des politiciens ou des banquiers. Elles étaient des femmes de haut rang, reconnues, indépendantes. Et toutes étaient assez respectables pour avoir le droit de déjeuner au restaurant sans être accompagnées d'un homme.

Alors, puisqu'elles avaient déjà provoqué une vraie tornade, pourquoi ne pas en déclencher une autre à l'aide d'un simple trait de rouge à lèvres ?

28

Les rouges à lèvres du Dr Swan sont disponibles en vermillon ou en rose.

D'aucuns aiment jouer la sécurité... Et d'autres aiment faire scandale.

Par les fabricants de Miracle de minuit.

Pour l'obtenir, envoyer 1,50 $ chez Dr Swan, 10e Rue Ouest, no 25, New York.

Publicité dans tous les meilleurs journaux new-yorkais.

Quelques jours plus tard

Les journaux consacrèrent des articles entiers à ces femmes issues de l'élite ou des classes moins favorisées qui portaient du rouge à lèvres en public. Annabelle Jones s'était elle aussi maquillée devant les clients du hall du Fifth Avenue Hotel. Sans parler de la scène au Delmonico. Incidemment, Theo avait surnommé cet épisode le « scandale écarlate », et la presse s'était empressée de reprendre l'expression.

Écarlate : la couleur de la rébellion et de la transgression, mais aussi de l'amour et de la passion.

Plus les journaux s'intéressaient à ces événements, plus les gens en discutaient, ce qui incitait la presse à s'en faire de nouveau l'écho. Et ainsi de suite. Tout à coup, on en parlait partout en même temps.

Le sujet était devenu banal. Et, si on l'abordait le matin au petit déjeuner, on avait du mal à croire qu'il s'agissait d'une honte absolue.

C'était étonnant de voir à quel point le scandale avait aussi pour effet d'atténuer le scandale.

Pour tirer profit de ce coup de projecteur, Theo fit paraître une publicité dans les meilleurs journaux, à proximité de la rubrique des indiscrétions et des éditoriaux évoquant le « scandale écarlate ». La réclame représentait une femme à sa table de toilette, un assortiment de produits Dr Swan devant elle. Il s'était chargé de rédiger le texte.

Les commandes arrivèrent, d'abord au compte-gouttes, puis par dizaines. Harriet avait mis à disposition sa cuisine et son adresse, ils en faisaient bon usage.

Durant la journée, la maison était en pleine effervescence avec la petite dizaine de chimistes et d'assistantes qui préparaient les produits et les envoyaient. Difficile de s'indigner quand les meilleurs journaux imprimaient leurs publicités, quand des femmes de tous les horizons achetaient leurs produits et osaient les porter à l'église ou lors de repas de charité. Pas seulement sur scène ou dans d'autres lieux équivoques.

Voilà comment, grâce à Theo et aux amies de Daisy, ces créations rendaient le monde un peu plus flamboyant.

Ce jour-là, dans la soirée, Theo rendit visite à Daisy chez Harriet, où elle était hébergée pour une durée indéterminée. Si quelqu'un comprenait la nécessité d'avoir un toit pour survivre dans ce monde hostile, c'était bien Harriet Burnett.

Dans le hall d'entrée où ils se trouvaient, tout était calme et silencieux. Alors qu'il y avait des raisons de faire la fête, c'était le moins qu'on puisse dire.

— Je n'ai pas pour habitude de recevoir des hommes à n'importe quelle heure, surtout celui-ci, mais… soit. Par ailleurs, Ava et moi serons absentes pour la soirée.

Harriet réajusta son chapeau et les salua.

— Nous risquons de rentrer tard.

Daisy était rarement de sortie, ces jours-ci.

Et Theo n'avait pas envie d'être ailleurs.

Ils étaient livrés à eux-mêmes, sans personne pour les surveiller. Daisy était maintenant une célibataire traînant derrière elle un parfum de scandale. À présent qu'elle avait cessé d'être un parti envisageable, elle pouvait passer la soirée seule avec l'homme non marié de son choix. Et c'était bien son intention.

C'était cette liberté qu'elle avait toujours recherchée. Quel bonheur d'en profiter avec Theo, assis à côté d'elle devant la cheminée ! Elle leva sa flûte de champagne pour trinquer avec lui.

— Nous avons réussi, dit-elle.

— La ville entière ne parle que nous.

— Qui peut se vanter d'avoir été impliqué dans autant de scandales en à peine une semaine ? fit-elle remarquer en se lovant contre lui.

— N'oublions pas que la nuit ne fait que commencer ! Et que nous sommes jeunes. Qui sait ce que nous allons faire, ensuite ?

— Parlez pour vous ! Pour ma part, je suis une fille non mariée à la réputation sulfureuse, s'esclaffa-t-elle. Je ne pourrais pas être plus heureuse.

Leurs regards se croisèrent. Les yeux de Theo brillaient comme des saphirs.

Qu'allons-nous faire, ensuite ? Ce *nous* ne lui avait pas échappé. Pas plus que la façon dont ce mot avait fait manquer un battement à son cœur. Theo lui avait dit qu'il la demanderait en mariage lorsqu'elle pourrait se permettre de refuser.

De toute évidence, elle pouvait se payer ce luxe. Leur commerce allait survivre à cette période mouvementée et risquait même d'en sortir grandi. Mais, surtout, elle avait des amies qui l'aideraient à retomber sur ses pattes.

Bref, elle avait le choix.

Alors elle s'interrogeait. Theo allait-il lui faire sa demande ce soir ? Pendant qu'ils étaient seuls et heureux devant ce feu crépitant, euphoriques après ce pari risqué qui s'était soldé par une victoire ?

— Nous pouvons faire ce que nous voulons, dit-elle.

— Nous pouvons faire ce que vous voulez, répliqua-t-il.

En l'occurrence, elle avait sa petite idée...

— Je veux que vous m'embrassiez, Theo.

Il n'eut pas besoin qu'elle le lui répète. Il posa les lèvres sur les siennes pour l'embrasser langoureusement, sans hâte. Ils avaient toute la nuit, non ?

Et le reste de leur existence aussi ? Cette idée ne venait pas de lui traverser l'esprit. Daisy l'avait dans un coin de la tête depuis qu'il avait promis de la demander en mariage, le moment venu. Mais, au lieu de penser aux raisons de dire non, elle songeait aux raisons de dire oui.

Il lui attrapa le visage, les doigts plongés dans ses cheveux. Elle se lova contre lui et se laissa emporter par ce baiser et les sensations délicieuses qu'il lui procurait. Ce désir de sentir la peau nue de Theo contre la sienne. Sa passion. Ses caresses. Sa bouche. Ses mots, son intelligence, son audace. Ce qu'il lui inspirait, jour et nuit.

Si c'était à cela que pouvait ressemblait l'avenir, elle tenait à y réfléchir sérieusement.

Mais, lui, en faisait-il autant ?

Si c'était le cas, le moment était idéal pour le dire, non ?

À la place, Theo chassa ces pensées par des baisers, en trouvant le point si sensible dans son cou. Elle ne pensait plus à rien, hormis à des choses fort licencieuses.

Elle n'avait plus à en avoir peur, désormais. Elle pouvait embrasser Theo la nuit durant, si elle le souhaitait. Et le lendemain matin aussi. Elle le ferait, d'ailleurs. Car cette vie de célibataire au parfum de scandale ressemblait à s'y méprendre à une existence de femme savourant son plaisir et sa liberté.

— Laissez-moi vous dire une chose..., murmura Theo entre deux baisers. J'adore ce nouveau style de robe.

C'était une robe toute simple, spécialement conçue pour faciliter les mouvements et être portée sans corset. En outre, il n'y avait pas besoin de l'aide d'une femme de chambre pour l'enlever. Adeline l'avait dessinée, mais avait refusé de révéler d'où l'idée lui était venue. Tout s'expliquait, brusquement.

C'était pour ces moments-là… Theo fit glisser les bretelles en soie bordeaux sur ses épaules et écarta le tissu pour révéler sa poitrine.

Oui, elle voulait sa liberté. Mais elle la voulait pour ça. Cette bouche brûlante sur sa peau nue. La passion avec cet homme. Celui qu'elle aimait.

Qu'elle aimait.

Elle tressaillit. Était-ce parce qu'elle mettait un mot sur ses sentiments, ou à cause de la manière dont la langue de Theo glissait sur la pointe de ses seins ? Les deux ? Oui, sûrement les deux.

Et puis, il y avait la façon dont il remontait sa robe pour laisser courir le bout de ses doigts sur l'intérieur de ses cuisses. Elle frissonna.

Il trouva cette partie si sensible de son anatomie et la caressa exactement comme elle aimait le faire. Elle lui avait montré les gestes, il les avait appris. À présent, il les maîtrisait à la perfection.

D'abord, elle gémit de plaisir.

Puis elle se mit à songer à l'avenir.

Ils étaient si forts tous les deux. Ensemble. À midi ou à minuit, ils étaient une sorte de miracle.

Alors qu'il commençait à se faire tard, ils quittèrent le salon et gravirent quatre à quatre les marches qui menaient à sa chambre. Leurs vêtements se retrouvèrent éparpillés çà et là. Puis ils se jetèrent sur le lit. Main dans la main, les doigts entremêlés, les bouches collées pour se donner un long et profond baiser. La peau de Theo était brûlante, et elle sentait son désir, ardent, impérieux.

Pourquoi ne lui avait-il pas demandé si…

Parce que parler était superflu dans un moment pareil, avec les mille sensations qui se partageaient son corps. Mais, tout de même, pourquoi ne lui avait-il pas posé la question ?

Oui, répondit-elle cependant dans un souffle. Elle espérait tout de même qu'il se déciderait. *Oui,* répéta-t-elle lorsqu'il entra en elle. Puis lorsque leurs corps, leurs cœurs, leurs êtres furent unis. *Oui* devant les vagues intenses du plaisir qui grandissaient en elle à mesure qu'il continuait d'aller et venir, de plus en fort et de plus en vite, alors que leur désir échappait à tout contrôle. *Oui,* cria-t-elle lorsqu'il atteignit les cimes du plaisir. *Oui,* cria-t-elle à son tour, parce qu'ils étaient seuls et qu'elle voulait lui montrer tout ce qu'il provoquait en elle. *Oui,* murmura-t-elle plus tard, une fois lovée dans ses bras.

Le cœur battant. Le souffle court. Elle voulait dire *oui* à une question qu'il n'avait pas posée.

Qu'attendait-il ? Et elle, qu'attendait-elle, enfin ?

Elle n'avait pas la réponse. Alors elle se tourna vers lui et déclara simplement :

— Theo, je vous aime. Voulez-vous m'épouser ?

Le lendemain matin

De tous les endroits étranges et inattendus où Theodore Prescott avait eu l'occasion de se réveiller, ce lit qu'il partageait avec Daisy dans la chambre d'amis de Harriet Burnett remportait la palme.

Pourtant, il n'aurait pas voulu être ailleurs.

Il était tout de même assez gêné de descendre au rez-de-chaussée dans son costume froissé qui avait passé une bonne partie de la nuit par terre. Sans compter qu'il avait les cheveux en bataille. Lui qui était réputé pour son allure toujours impeccable, il allait se présenter dans cet état !

En toute hâte, Daisy avait enfilé une robe bleu pastel. Rayonnante, elle tâchait de mettre de l'ordre dans sa chevelure.

— C'est le moment de vous féliciter, je crois ! lança Harriet en les voyant entrer dans la salle à manger, où elle buvait du thé en compagnie de Miss Lumley.

Elle observait aussi une pile de lettres – adressées à l'entreprise. Parmi ces courriers, quelques-uns accuseraient les produits du Dr Swan d'être l'œuvre du démon, et déploreraient la décadence actuelle, entre autres. Mais tous les autres contiendraient des bordereaux de commande et de l'argent.

— Nos plans semblent avoir fonctionné, admit Daisy.

— Lesquels ? s'enquit Harriet.

— Tous ! répondit Ava, qui avait du mal à dissimuler son sourire derrière sa tasse de thé. Franchement, Harriet, regardez-les !

— Dire que nous devions seulement faire semblant d'être fiancés, fit remarquer Theo. Puis repartir chacun de notre côté.

Il y avait une joie intense dans ses yeux et une vraie gaieté dans sa voix.

— Je l'ai demandé en mariage, pour de vrai, annonça alors Daisy, tout en prenant place autour de la table et en se servant une tasse de thé.

Comme s'il n'y avait rien de surprenant à ce qu'une femme demande la main d'un homme !

— J'imagine qu'il a répondu oui, avança Harriet.

— Oh ! j'attendais tellement ce moment ! s'écria joyeusement Ava, les yeux étincelants et le rouge aux joues.

Elle aimait les belles histoires d'amour.

— Il a répondu oui.

Daisy n'avait pas lâché Theo des yeux.

— J'ai dit oui, répéta-t-il.

Quand la femme avec qui vous souhaitez passer le reste de vos jours vous pose cette question, « oui » est la seule réponse possible.

— Était-ce avant ou après avoir vu ceci ? demanda Harriet en tendant le journal du matin à Daisy. Page six, vers le bas de la page.

Il s'agissait d'un paragraphe de l'une des trois colonnes consacrées aux indiscrétions. Une partie non négligeable de Manhattan avait déjà dû le lire, à cette heure-ci.

Le mariage de Theodore Prescott et Miss Daisy Swan se tiendra ce dimanche, à Grace Church. Le futur marié souhaite faire savoir qu'il sera bien là pour répondre oui, lorsque le prêtre l'interrogera. Et il espère du fond du cœur que la mariée sera là, elle aussi.

— Bien, voilà qui nous laisse peu de temps pour me trouver une robe !

Daisy avait des larmes de joie dans les yeux.

— Oublions la robe, puisque je compte bien vous en débarrasser, répondit Theo avec un sourire tentateur.

Et, puisque l'heure était aux aveux, il ajouta :

— Vous serez toujours belle à mes yeux, Daisy, peu importe ce que vous porterez. Je vous aime. Et je souhaite faire de vous la femme la plus heureuse de tout New York.

Épilogue

Cinq ans plus tard

Après leur mariage, Daisy et Theo avaient commencé par ouvrir une nouvelle boutique sur la Cinquième Avenue. Leur investissement rentabilisé, ils avaient loué un appartement dans un immeuble flambant neuf, le Dakota, qui attirait beaucoup d'entrepreneurs à succès comme eux. Depuis, ils s'y sentaient vraiment chez eux. Surtout maintenant qu'ils y avaient accueilli une petite fille prénommée Harriet.

Une journée comme les autres venait de commencer. Leur petite, âgée d'à peine un an, gazouillait dans son berceau. Ils étaient en train de s'habiller. Ils avaient passé la soirée précédente dans le plus simple appareil, et leurs vêtements étaient éparpillés aux quatre coins de la pièce. Sally, qui était à leur service, arriverait d'ici peu pour s'occuper de la maison et du bébé. Mais, pour l'heure, il n'y avait qu'elle, lui, eux.

— Où sont mes chaussures favorites ? Nous lançons le nouveau rouge à lèvres aujourd'hui et j'aimerais vraiment porter cette paire. Je les avais la nuit dernière...

— Je sais que tu as un lancement aujourd'hui. Rappelle-toi, j'ai publié des annonces dans les plus grands journaux !

— Bien sûr que je m'en souviens !

D'un commun accord, Theo avait quitté Dr Swan pour lancer sa propre entreprise, chargée de concevoir et placer des publicités pour le compte de différentes marques. Ce nouveau métier le passionnait, et de plus en plus de monde recherchait ses talents. Lorsqu'il avait laissé Dr Swan entre les mains expertes de Daisy, elle avait embauché quelques-unes de ses amies du club des Dames de la liberté. Des jeunes femmes pleines d'ambition et de talent.

— Tâche de rentrer tôt, si tu peux. Ma mère vient dîner ce soir.

— Avec monsieur le duc ? s'enquit-il.

Mrs Evelina Swan avait obtenu le divorce. Vu l'escroquerie dont s'était rendu coupable son époux, elle avait eu raison de prendre cette décision pour éviter le scandale. De nouveau célibataire, elle avait passé son séjour en Europe à fréquenter assidûment les soirées mondaines. Jusqu'au jour où elle avait trouvé l'homme de ses rêves, un duc, propriétaire d'un château.

— Monsieur le duc la suit partout, répondit Daisy.

— Le brave homme, murmura-t-il.

— Theo… Et si nous invitions ton père ? Un vrai repas de famille, ce serait si agréable.

Ils l'invitaient régulièrement à dîner avec eux. On leur répondait invariablement que Mr Prescott avait hélas un rendez-vous urgent. Mais Theo n'était pas dupe : son père ne le respectait toujours pas.

Soit. C'était triste, dommage, un vrai gâchis, mais… soit. Il avait trouvé l'amour, il avait une famille. De quoi remplir son cœur et ses jours. Cela suffisait à le porter.

— Pourquoi ne pas lui envoyer une invitation ? Un de ces jours, il finira peut-être par accepter.

Pourquoi pas ? Theo pouvait se permettre d'être magnanime. Il avait magnifiquement réussi dans sa vie professionnelle. Mais ces succès ne compteraient jamais autant que son bonheur de vivre aux côtés d'une femme qui l'aimait pour ce qu'il était.

Il avait découvert la recette du bonheur : se lever à côté de son épouse et se préparer à une nouvelle journée de travail, s'occuper du bébé, prévoir des repas en famille… Un bonheur rempli de choses simples et d'amour.

— Oh ! je ne serai pas là pour dîner mercredi ! s'exclama Daisy. Je serai à une manifestation avec mes amies.

— Contre quoi manifesterez-vous, cette fois ?

— Contre le fait que les femmes n'aient pas encore le droit de vote, bien entendu. Nous comptons organiser un grand défilé. Tiens, et si j'apportais des échantillons de rouge à lèvres pour les distribuer à celles qui manifesteront avec nous ? Je viens de créer une teinte de rouge magnifique : *Belle Audacieuse.*

— Je me joindrai peut-être à vous, répondit Theo en déposant un baiser léger sur ses lèvres. Tu sais que je serai toujours à tes côtés.

NOTE DE L'AUTRICE

Difficile de ne pas aborder le sujet des cosmétiques lorsqu'on se lance dans une série de livres sur des égéries du « Gilded Age », cette « Belle Époque » américaine qui court de la fin de la guerre de Sécession, en 1865, au début du xxe siècle. J'ai pourtant hésité avant d'écrire un roman où il serait question de produits de beauté. Il faut dire que le sujet est loin de faire l'unanimité chez les femmes. Tous ces produits entretiennent-ils des standards de beauté artificiels, ou sont-ils un outil d'émancipation ? La question faisait débat hier, et c'est encore le cas aujourd'hui. Lorsque je me suis autorisée à traiter ce sujet sans donner d'avis tranché, d'innombrables éléments historiques m'ont aidée à donner corps au rêve de Daisy : lancer une marque de cosmétiques à la fin du xixe siècle – et avec l'aide d'un homme.

Je me suis d'abord inspirée d'un ouvrage relatant de façon très détaillée l'essor de l'industrie des cosmétiques, à travers la biographie croisée de deux figures historiques majeures, Helena Rubinstein et Elizabeth Arden. Si leurs époux respectifs étaient de l'aventure, c'étaient bien elles qui jouaient les premiers rôles.

Avant elles, il y avait eu Harriet Hubbard Ayer. Dans les années 1870, cette femme d'exception était la reine incontestée de la vie mondaine de Chicago. Elle consacrait ses journées à organiser des soirées et à redécorer des intérieurs. Mais, au milieu des années 1880, après des revers de fortune et un divorce, c'est en célibataire qu'elle dut élever ses deux filles à New York. Elle fut embauchée chez Sypher, un antiquaire chez qui elle avait l'habitude de faire tous ses achats. La parfaite connaissance qu'elle avait des antiquités et de la clientèle du magasin lui valut un succès retentissant. Lors d'un voyage d'affaires à Paris, elle acheta la recette d'une crème de beauté qui passait pour être celle de Juliette Récamier, la célèbre femme de lettres française, connue pour sa grande beauté. De retour à New York, avec l'argent qu'elle avait emprunté à un certain James Seymour, elle vendit les produits cosmétiques qu'elle créait dans sa cuisine.

Le succès fut immédiat, notamment grâce aux publicités qu'elle concevait elle-même, au relais des actrices (moyennant finance) et à la renommée enviable dont elle jouissait au sein de l'élite new-yorkaise. Dans mon roman, j'ai prêté ces talents à Theo.

Le destin de Harriet Hubbard m'a offert un modèle pour mon personnage de Daisy – jusqu'à un certain point, néanmoins. Après avoir récupéré l'argent qu'il lui avait prêté, James Seymour a en effet tenté de la faire admettre dans un sanatorium pour s'emparer de son entreprise (chose que Theo n'aurait JAMAIS osé faire). Elle a réussi à s'enfuir et s'est reconvertie dans le monde éditorial en dirigeant les pages féminines du *New York World*, le journal fondé par Joseph Pulitzer. Elle est morte à tout juste cinquante-quatre ans, après avoir contribué à la naissance de l'industrie des cosmétiques, de la publicité et de la presse féminine. Sachez également qu'Annette Blaugrund a consacré une biographie (encore inédite en français) à cette femme au parcours extraordinaire.

Mes recherches sur le cadre historique de ce roman m'ayant amenée à consulter les biographies et étudier le destin de plusieurs femmes méconnues, je me suis rendu compte d'une chose : toutes ces grandes femmes d'affaires se connaissaient. Elles ont concrétisé avec succès leurs projets visionnaires, et leurs existences étaient aussi trépidantes les unes que les autres. Nous avons tendance à croire que les jeunes femmes de l'époque n'en avaient pas la possibilité. Alors qu'en réalité beaucoup ont réalisé de grandes choses. Mais personne ne nous en a jamais parlé à l'école. Grâce à mes romans historiques, et notamment cette série, j'espère donner un coup de projecteur sur un pan de l'histoire trop longtemps resté dans l'ombre.

À ce propos, les figures publiques qu'évoque Daisy dans les premiers chapitres ont bel et bien existé, à l'exception d'Adeline Black, l'héroïne d'un autre de mes livres (et pour laquelle je me suis inspirée de Mme Demorest, qui a créé et dirigé un véritable empire de la mode vers la fin du xixe siècle). Même le personnage secondaire d'Eunice possède un modèle historique. En l'occurrence Bessie Marbury, célèbre imprésario et productrice de l'époque. Détail amusant : Elizabeth Arden et elle étaient très amies.

Le personnage de Harriet Burnett s'inspire, lui, de Jane Cunningham Croly, une excellente amie de Mme Demorest (quand je vous dis qu'elles se connaissaient toutes !). Journaliste, elle a fondé la Sorosis Society qui a servi de modèle à mon club des Dames de la liberté. Selon le *New York Times,* ce club « a marqué la naissance et l'essor du mouvement des clubs féminins, et a été lui-même l'une des plus influentes structures en faveur des femmes dans l'Amérique de la fin du xixe siècle ». Son but : aider les femmes à faire des études poussées et leur offrir de meilleures perspectives professionnelles. Ses membres comprenaient des activistes, des écrivaines, des médecins et des ministres, la directrice d'un magazine de mode, des femmes d'affaires et même Emily Warren Roebling, l'ingénieure qui a supervisé la construction du pont de Brooklyn. Si les membres de la Sorosis Society étaient essentiellement des femmes blanches issues de l'élite, j'ai choisi d'introduire un peu plus de diversité en incluant dans le club de mon livre une figure historique : la millionnaire afro-américaine C. J. Walker. Elle aussi a eu une vie extraordinaire, n'hésitez pas à y jeter un coup d'œil !

Jane Cunningham Croly a fondé son club en 1868, après avoir été évincée d'un dîner du New York Press Club, qui se tenait… au Delmonico. Elle a réagi en se présentant au restaurant avec les autres membres de son club et en perturbant (scandale !) les messieurs qui y déjeunaient. À l'époque, on jugeait très inconvenant qu'une femme se rende au restaurant sans être accompagnée d'un homme. Rendons néanmoins justice au Delmonico, en signalant qu'ils les ont laissées s'attabler. Par la suite, le restaurant a même accueilli la réunion annuelle de la Sorosis Society. Mais, pendant très longtemps, on a continué de voir d'un mauvais œil le fait que les femmes puissent dîner sans un homme. Imaginez qu'en 1969 le restaurant du Plaza Hotel a refusé de servir des femmes qui souhaitaient déjeuner ! Une manifestation a aussitôt été organisée – et c'est à cette occasion que la célèbre féministe Gloria Steinem a fait ses premières armes.

À propos de scandales dans les restaurants, la scène où l'actrice Annabelle Jones met du rouge à lèvres s'inspire d'un coup d'éclat de la comédienne française Sarah Bernhardt. Dans les années 1880, elle avait fait scandale en se mettant du rouge à lèvres en public. Mais ce geste a également contribué à faire évoluer les mentalités et ouvert la voie à l'usage des cosmétiques dans le monde du théâtre, puis du cinéma. Il faut dire que les actrices ont d'emblée été invitées à promouvoir les cosmétiques et d'autres produits.

Enfin, ce qui m'a vraiment décidée à écrire cette histoire est une scène qui n'a pas été retenue dans la version finale. La légende veut que le rouge à lèvres ne se soit vraiment imposé qu'en 1912, lorsque Elizabeth Arden a elle-même distribué des échantillons lors des marches des suffragettes. Le rouge vif est ainsi devenu un symbole fort de la volonté d'émancipation des femmes, à l'image des costumes blancs que portaient les manifestantes.

Et si, au fond, le rouge à lèvres n'était pas qu'un simple produit de beauté, mais un symbole de toutes les jeunes femmes qui ont osé prendre des risques, en compagnie de leurs amies ?

REMERCIEMENTS

J'aimerais remercier mes formidables lectrices et lecteurs ! Votre enthousiasme et vos encouragements comptent tellement pour moi. Un grand merci également à Tony, Nathaly, Sarah, Eve, Lucia, Lou, Helen, Jonathan, Antonia, Penelope et The Wing, ce cocon où je peux écrire des romans dont les héroïnes sont aussi rebelles que romantiques. Pour finir, j'adresse un merci tout particulier à ma mère, pour tout ce qu'elle a fait, comme ne jamais s'être trop fâchée les fois où je lui ai « emprunté » son maquillage et son rouge à lèvres.